TODO LO QUE CALLÉ

EL VIAJE DE UNA LATINA HACIA LA VERDAD

ROSY CRUMPTON

TRADUCCIÓN DE A. SANTAMARÍA
EDICIÓN DE MÓNICA RODRÍGUEZ-CASTRO

ISBN: 978-0-9908136-0-6 (English)
       978-1-7350915-0-1 (Spanish)

Traducción de A. Santamaría
Edición de Mónica Rodríguez-Castro

Publicación de Warren Publishing
Charlotte, NC
www.warrenpublishing.net
Impreso en los Estados Unidos

*A mi amoroso y solidario esposo que
me alienta y me inspira.*

*A mi grande, loca y complicada familia
por la que haría cualquier cosa.*

Los amo a todos.

Tabla de contenido

Queridos niños:

Suspiro.

¿Por dónde debería comenzar? Les puedo decir que esta historia me ha tomado años contarla. Hay tanto que recordar, compartir y volver a vivir. No fue fácil poner todo esto por escrito, pero la motivación que me ayudó a decidirme fue que estaba escribiendo para ustedes y dirigiéndome a cada uno de mis niños.

A Carrie, John, Celeste y Amelia: los cinco compartimos una madre y no es ningún secreto que mi relación con mami ha tenido sus desafíos. Han sido testigos de la incómoda relación que ambas mantuvimos con el paso de los años, pero eran demasiado jóvenes para comprenderla en aquel momento. Es posible que se hayan preguntado por qué estaba tan obsesionada con ustedes cuatro siempre a mi lado. Es posible que solo puedan recordar aquellos tiempos cuando vivíamos en la casa de la calle Newberry y que hayan olvidado los maravillosos recuerdos que guardo con ustedes incluso antes de vivir allí. La idea de que solo recuerden a nuestra familia cuando eran adolescentes me asusta porque por entonces era una persona diferente. Era alguien que no siempre se consideraba un buen ejemplo para ustedes.

Cuando me fui de esa casa de la calle Newberry, lo hice para salvarme a mí misma. Tomé la decisión egoísta de irme, pero no fue fácil. Sentí mucha culpa aquel sábado por la mañana cuando los dejé a los cuatro y me alejé en el Chevy Blazer blanco de Raymond.

Ustedes lloraban cuando me vieron salir sin saber el porqué. En aquel entonces no pude decirles la razón por la que me iba, pero ... once años después, estoy lista para contárselo.

Si hubiera compartido esta historia con ustedes antes, habría tenido un tono diferente y otro final. No habría sido una historia de crecimiento sino una de amargura, rabia y hasta de furia.

Con el tiempo he aprendido mucho y quiero compartir esto con ustedes. Mientras leen esta historia, por favor no se enojen con mami o papi y, por favor, no se enojen conmigo por mantenerlos en la oscuridad.

Estoy tan orgullosa de todos y cada uno de ustedes. Entre ustedes se llevan tan solo un año de diferencia y de manera única se han convertido en adultos con caminos únicos. No tengo suficientes palabras para expresar cuánto los amo. Son mi vida y siempre lo serán y, aunque sé que ya no son niños, siempre serán mis niños.

Los amo hoy y siempre los amaré. Estaré aquí para ayudarles a ustedes, pase lo que pase.

Su hermana mayor,

Olivia

CAPÍTULO 1

16 de abril

Meses después de que nosotros seis nos mudáramos de la casa localizada en la calle Newberry, todavía miraba fijamente a las cajas alineadas en el armario de mi habitación medio desempacadas. Las cajas me recordaban lo cerca que estuvimos de irnos de una vez por todas y para siempre. Lo que más me dolía es que esta vez me lo creí de verdad. El resto de ustedes ya habían desempacado y se habían instalado en la casa, pero a mí no me importaba hurgar en las cajas para ver lo que necesitaba cada día. Esto solo era algo temporal para mí. Algún día me iba a ir.

Los seis teníamos planes de mudarnos a un apartamento de dos habitaciones cerca de la casa de la calle Newberry el 16 de abril. Todos ustedes seguirían yendo a la misma escuela y no queríamos interrumpir demasiado sus vidas si podíamos evitarlo. Los cuatro sabían de nuestro plan de irnos. Para todos ustedes solo tomó meses, pero para mí tomó años.

Antes de que nosotros seis acordáramos mudarnos de manera premeditada, tenía todas las intenciones de mudarme de esa casa, lejos de él, lo antes posible. Era una mujer licenciada de la universidad y podía permitirme mi propio lugar. Parecía lo más "americano" posible, pero cuando le conté a mami mis planes de irme, ella no podía entenderlo.

Le dije que quería tener mi propio apartamento. Le expliqué que, aunque no estaba casada, ya era mayor de edad. A la mayoría de las personas con las que fui a la universidad les resultaba extraño el hecho de que todavía viviera en casa. No me lo dijeron, pero pude verlo en la expresión de sus rostros. Siempre tuve al menos un trabajo a tiempo completo y múltiples trabajos a tiempo parcial y había ahorrado suficiente dinero para dejar el restaurante en el que había trabajado durante mi vida universitaria y había comenzado a trabajar con mi título de psicóloga sirviendo a personas con discapacidades y diagnósticos de salud mental. Lo había hecho todo bien y había llegado el momento de ser libre e independiente, ¡POR FIN! Sin embargo, mami no quería que la dejara y me dijo que estaba lista para dejar a papi, pero que no podría hacerlo sin mí.

Hacer las maletas para dejar el hogar de la calle Newberry fue probablemente la primera vez que recuerdan a mami queriendo dejarlo, pero créanme, ella ya había hecho esto antes. Había escuchado esto al menos unas cien veces y ya no podía tomarla en serio.

"¿Y ahora qué?"—le pregunté. Entonces ella me explicó la irresponsabilidad de él con el manejo de las finanzas, como continuó bebiendo y se negó a ir a la iglesia con nosotros y cómo ahora creía que la estaba engañando una vez más. Así fue como suplicó mi ayuda para salir de esto.

Odiaba que ella me preguntara. La odiaba por haber puesto esta responsabilidad en mí. ¿Por qué no podría ella hacer esto sola? ¿Por qué no podría ser independiente? Ella me mantenía atada y no podía desprenderme de ella.

"Si hablas en serio, entonces te ayudaré"—le dije. Tenía un solo trabajo en ese momento, pero ahora, como principal sostén económico de nuestra familia numerosa, tendría que volver a tener varios trabajos. Así es como papi fue capaz de mantenernos y eso es todo lo que yo sabía hacer.

Con mi orgullo herido y en contra de todos mis deseos y sueños, pedí que me devolvieran mi trabajo en el restaurante y me contrataron por segunda vez sin ningún problema y de nuevo tenía dos trabajos.

No quería volver a trabajar allí. No quería tener mi trabajo de oficina a tiempo completo y luego ir a trabajar cuarenta horas en el restaurante. Mami solo tenía un único trabajo al que yo la llevaba y recogía de lunes a viernes, y luego se iba a casa para cuidarlos a todos. ¿Por qué no podría conseguir otro trabajo? No quería que mi vida fuera así, pero lo hice por ustedes cuatro y no por ella. Había terminado con ella. El primer día que volví a trabajar en el restaurante lloré en el estacionamiento antes de entrar y ni siquiera sabía lo peor que sería el trabajo esta vez.

Un empleado llamó diciendo que estaba enfermo una noche, así que el gerente y yo solos terminamos cerrando el restaurante. No tuvo éxito en encontrar un reemplazo y no estaba feliz de trabajar más de lo que quería. Cerrar con el gerente significaba hacer toda la limpieza, mientras que, el asistente del gerente, el señor Williams, contaba el dinero y lo llevaba al banco. Tenía prisa por hacer toda la limpieza y dejé los baños para el final.

Estaba en el baño de mujeres limpiando las huellas dactilares del espejo cuando entró el señor Williams. Me sobresalté y pensé que tenía algo que decirme, pero no dijo nada en ese momento, y cuando levanté la mirada, lo vi lamer sus labios en el reflejo frente a mí. Sonreí muy nerviosa.

"Esos pantalones caqui te quedan muy bien"—me dijo mientras caminaba lentamente hacia mí. Él mostró su sonrisa y destacaba ávidamente su diente de oro entre los dientes blancos y respiré profundamente cuando terminé.

"Solo me queda la basura y ya termino"—le dije y luego se paró justo en frente de mi camino, colgado de una sola mano de la viga que conectaba el único puesto a la pared.

"¿No vas a decir gracias?"—preguntó mientras me acorralaba. Me quedé quieta y mirando al espejo en completo temor.

"Gracias"—susurré. Pensé que si obedecía se iría, pero antes de darme cuenta, ya tenía su mano alrededor de mi cintura, me había atraído hacia él y mi trasero estaba presionado a su pelvis. Giró mi cabeza hacia un lado. Lamió y besó mi cuello y podía oler el chicle rancio en su aliento. Me quedé congelada y demasiado débil para defenderme.

"Te veré mañana"—susurró mientras me soltaba. "No te olvides de la basura".

Esquivándolo en cada oportunidad trabajé allí durante unos meses, ahorré algo de dinero y alquilé un apartamento de dos habitaciones. Mami no tenía buen crédito. Ya lo sabía, así que solicité tarjetas de crédito que me ayudaban a pagar la ropa de la escuela y los útiles escolares para los cuatro. La mudanza estaba programada para el 16 de abril y ya con un depósito de dinero hecho en nuestro próximo apartamento. Les dijimos a todos que nos estábamos mudando sin papi y que no podríamos decírselo. Los cuatro sospecharon esto y sabían que la situación entre mami y papi obviamente no era funcional y no estaba bien. Cada uno de ustedes empacó sus cosas y las envolvió en cajas. Mami siempre había tenido claro que éramos nosotros seis. Aunque todos vivíamos juntos, papi siempre iba por su lado y era un completo extraño. Ninguno de ustedes estaba molesto ante esta decisión. Ni siquiera estábamos apegados a él emocionalmente, solo financieramente.

Faltaban dos días para nuestra gran mudanza y mami cambió de opinión y decidió quedarse con él. Papi le dijo a mami que iba a comprar la casa de sus sueños en un vecindario agradable en los suburbios y que esta casa sería mucho más bonita y mejor que las que habíamos tenido antes. Esta noticia distrajo a mami del verdadero motivo por el que nos íbamos. Ella estaba miserable y había estado planeando dejar a papi por más de una década. Ella había soñado con una casa más grande y pensó en el apartamento de dos habitaciones que nos esperaba. Eligió el sueño de su casa y lo eligió a él, de nuevo.

Para entonces, ya había tenido más que suficiente con los dos. Decidí que me mudaba a pesar de su decisión de quedarse. Había perdido mi dinero en el depósito, dinero ganado con tanto esfuerzo y estaba agotada ante la cobardía de mi mamá. ¿Por qué no podía dejar al hombre que la hacía tan malditamente miserable? Todos los que conocía que se habían graduado conmigo estaban tratando de vivir independientes, comenzando sus propias vidas, divirtiéndose y saliendo con sus amigos, mientras que yo tenía que decirle a la gente que vivía en casa de mis padres debido a nuestra cultura hispana. Fue vergonzoso, pero decir que no podía mudarme hasta que me casase fue mucho más fácil que explicar nuestra ridícula situación. Mi madre no quería que la dejara a ella y a sus cuatro hijos con el hombre con el que ella había decidido casarse.

A veces el ver las cajas en mi armario me enojaba porque no nos fuimos el 16 de abril como estaba previsto, pero me mantuvo motivada.

"Vente con nosotros a la nueva casa"—dijo mami, quien todavía fantaseaba con la enorme casa que papi le había prometido, pero decidí que me mudaba y, al contrario que ella, que iba a seguir adelante, pues nunca viviría en la nueva casa de ensueño que él le había prometido.

Anhelaba salir de esa casa de la calle Newberry todos los días. Cada vez que me duchaba, miraba por encima del hombro temiendo que papi entrara por la puerta. A veces dormía en la sala porque desde allí podía oír cuando se abría la puerta de su habitación mientras ustedes dormían en las suyas. Me quedé noches viendo películas en mi habitación donde podría vigilarlos a los cuatro toda la noche y escuchar si alguna vez entraba. Vivía en paranoia total. Papi había perdido mi confianza hacía mucho tiempo.

Mami había perdido mi respeto.

La situación en casa era insufrible y yo estaba extremadamente triste. Había comenzado a tener resentimientos hacia mami y papi, y en concreto hacia mami. Me sentí atrapada. Yo quería que nuestros padres fueran una sola unidad separada de mí y no sabía cómo expresarlo. Quería que fueran responsables y amorosos. No quería ni precisaba las responsabilidades que tenía y quería ser una "hermana mayor normal" y vivir la vida como mis conocidos. Sin embargo, había hecho todo lo que nuestros padres siempre quisieron que hiciera. Ellos no entendían que lo que estaba haciendo era normal en nuestra cultura del "trabajo arduo y duro", pero que yo quería vivir mis sueños. Quería ser y vivir independiente.

Aunque los amaba a todos con todo mi corazón, no quería ajustar mi horario de trabajo para llevarlos a citas con el médico, dentistas, ortodoncistas, acompañarlos a las excursiones de clase, ser voluntaria en su escuela, asistir a las reuniones de padres, enviar correos electrónicos a sus maestros cuando faltaban a clase, etc. y todo eso mientras iba a la universidad y mantenía múltiples trabajos. Por mucho que disfrutaba estar ahí para ayudarlos a ustedes, no quería el peso de esa responsabilidad.

Era mi responsabilidad llevar a mami y recogerla del trabajo. La llevé a sus citas médicas, que eran frecuentes, desde que tuvo su primer derrame cerebral durante mi segundo año de la universidad y desarrolló epilepsia. Las citas médicas de Amelia también tenían la misma frecuencia por su epilepsia.

A lo largo de los años todo esto fue un gran peso para mí mientras trataba de trabajar e ir a la universidad. Haría cualquier cosa por mi familia, y así lo hice, pero había llegado a mi límite y nadie lo entendía, especialmente mami. Vi con mis propios ojos como papi se libraba de las actividades de nuestra familia con tanta facilidad y la actitud de mami frente a esta situación era de gratitud, pero yo pensaba que estas tareas eran *responsabilidades de mi familia*. Llegados a este punto, estaba cansada y sentía que me estaba perdiendo aquellas cosas que realmente quería hacer.

Quería vivir mi vida. Me quería ir y ya había puesto mi tiempo.

El verano después de esta fallida mudanza mami me dijo que la mamá de papi, la abuela Verónica, debía mudarse con nosotros porque estaba enferma y envejecía. Los recuerdos que yo tenía de ella eran todos negativos y sabía que tenía que hacer mis movimientos con rapidez. No viviría bajo el mismo techo con ella otra vez. Seguramente me pedirían que la cuidara y me negaba a cuidar de alguien que ni siquiera me aceptaba como su propia nieta. Lo sabía porque ella me lo dijo. Así que, en secreto, comencé a buscar mi propio apartamento.

Tuve una nueva relación durante ese tiempo. Acababa de empezar a salir con Raymond y, durante una conversación sobre búsquedas de apartamentos, me invitó a mudarme con él. En circunstancias normales, esto hubiera sido un pensamiento loco en una nueva relación, pero acepté su invitación. Habíamos estado saliendo por seis meses y, aunque no quería que yo contribuyera financieramente, insistí en pagar el cincuenta por ciento de todas las facturas combinadas. Una vez que estuvimos de acuerdo con mis términos, hicimos planes para la mudanza durante el fin de semana del Día del Trabajo, exactamente 139 días después del 16 de abril. Realmente sentí que era lo correcto.

A mi mejor amiga, Saheli, le resultó difícil entender mi decisión. Era mi amiga de confianza, prácticamente mi hermana, pero incluso ella desconocía las razones por las cuales me iba. Ella todavía no conocía a Raymond, pero solo porque vivíamos en diferentes estados. Sintió que estaba tomando una decisión impulsiva y miraba por mi bien. Yo era una buena chica católica y Saheli era una buena chica hindú. Nos exigíamos mutuamente el ser responsables y llevar una vida segura en todo momento.

Empaqué el resto de mis cosas sin decírselo a mami y papi. Los senté a ustedes cuatro y les conté mis planes de mudanza. Muy estratégicamente, sin revelar demasiada información, les dije que prestasen atención a cualquiera que quisiera causarles daño. Les recordé que las partes de su cuerpo son privadas y les pedí a todos que me hablaran de cualquier cosa que los hiciera sentir incómodos en cualquier momento. Les dije que estaría en la casa en cuestión de minutos si me llamaban porque me necesitaban. Pensando en esa conversación ahora, quizás les debí haber asustado un poco. Quería que supieran que hablaba en serio, pero no podía decirles exactamente por qué. Eran demasiado jóvenes para saber la verdad sobre él, pero quería que se dieran cuenta del peligro y que pudieran llamarme en cualquier momento si así lo sentían. Para entonces, ya sabían cómo cuidar a mami y a Amelia cuando tenían ataques epilépticos. Todos sabían cómo llamarme mientras estaba en el trabajo y les guiaría para saber qué hacer. Les di mi palabra de que estaría cerca cuando me necesitaran, incluso si fuera todos los días. Les pedí que mantuvieran mi jugada en secreto (de mami y papi) hasta que yo les dijera y los cuatro lo hicieron. Había empacado y estaba lista para ese sábado por la mañana, pero no salió exactamente como estaba planeado.

El viernes antes de que planeaba mudarme, mami se enfermó. Tuvo uno de sus ataques epilépticos y terminó yendo al hospital esa noche. Los médicos aumentaron sus medicamentos y fue dada de alta para regresar a casa después de un monitoreo nocturno. Ella no sabía de mis planes, pero por supuesto siempre encontraba la manera de arruinarlos.

Debido a su hospitalización, no había podido sentarme a decirles a mami y papi que planeaba mudarme con Raymond. Quería contarles mis planes ese viernes por la noche y había temido la conversación toda la semana. Lo descubrieron de manera más abrupta ese sábado por la mañana cuando Raymond venía a buscarme.

Papi llegó del hospital con mami esa mañana. Se había quedado con ella en el hospital durante la noche, como ella se lo había pedido. Han pasado muchos años y todavía no puedo entender qué hechizo tenía sobre ella. Ella no podía dejarlo ir.

Tan pronto como estacionaron el carro delante de la casa, envié un mensaje de texto a Raymond para que viniera a buscarme. Quería que esto sucediera y quería que fuera rápido. Sabiendo que él venía en camino empecé la cuenta atrás y mi nueva vida me estaba esperando. Vivir en pecado con mi nuevo y dulce novio era de alguna manera más reconfortante para mí que quedarme en esta casa por un minuto más. Como si de un vendaje se tratara, dejé que se rasgara tan pronto como nuestros padres entraron por la puerta.

"Lamento no habérselo dicho anoche, como lo había planeado, pero me mudo"—dije. "Raymond viene a buscarme".

"*¿Qué?*"—susurró mami con incredulidad. Sabía que en ese momento ella estaba bien. También sabía que se estaba preparando para victimizarse con su enfermedad y culparme y hacer que me quedara. La conocía. Ella sabía exactamente cómo atraparme. Sabía que su epilepsia me había mantenido en esa casa más de lo planeado y que se estaba armando para usar su enfermedad contra mí.

"Me voy a mudar"—dije con firmeza. Tenía miedo y reuní coraje desde el fondo de mi ser.

"¡Olivia Rose, acabo de llegar del hospital! Ni siquiera me has preguntado cómo me siento".

Torció los ojos como si estuviera sufriendo algún tipo de dolor, pidiendo simpatía y utilizó mi primer y segundo nombre para reafirmar su autoridad. Ahí va, pensé. No iba a dejarla ganar esta vez.

"Raymond está en camino"—dije con calma. No me salió con la misma firmeza que esperaba, pero mi declaración fue acertada. Él estaba en camino, todas mis cosas estaban empacadas en mi habitación y mi decisión estaba tomada. Por fin me iría y comenzaría *mi* vida.

"¿Es ese el chico que conocí hace algún tiempo?"— preguntó papi.

"Sí. Y lo siento, pero me tengo que ir". Empecé a recoger mis cosas. Estaba ansiosa y ya muy cerca de irme. Realmente estaba sucediendo esta vez y *por fin* me iba a escapar. Mami se enojó en este momento y alzó su voz hacia mí en un intento de mantenerme en su nido.

"¡No te vas a ningún lado! ¿Estás loca? ¡Yo no conozco a este chico! ¡*Tú* no lo conoces!"— dijo con firmeza.

"Todavía te llevaré al trabajo y te recogeré. Todavía voy a cuidar a los niños. Todavía me aseguraré de que tengan todo lo que necesitan …".

"¡No! ¡No!"—interrumpió. Papi estaba estupefacto y se dirigió a su habitación. Esto era típico de él, ausente y desconectado. Mami continuó con sus gritos. Sabía que ella estaba saludable.

"¿Cómo vas a estar aquí para ayudarnos a nosotros? ¿Cómo puedes dejarnos así?"—gritó.

Bajé las escaleras hacia mi habitación donde las encontré a ustedes chicas. Parecían preocupadas y Celeste lloraba suavemente. Celeste siempre era la primera en llorar. Siempre he admirado su espíritu sensible y vulnerable.

"Está bien"—dije, haciendo todo lo posible por consolarlos a todos. Oí el ruido de los neumáticos y vi la sombra del carro de Raymond que se detenía en el camino de entrada.

"Vamos, ¿no me ayudan a llevar mis cosas al carro?"— golpeé dos veces a Carrie en la rodilla. Como la mayor de ustedes cuatro, la vi como la siguiente en fila para dar ejemplo. De inmediato vino a ayudarme mientras mami continuaba gritando.

"¡No puedo creer que me estés dejando!"—gritó. "¡No me lo puedo creer que nos estés dejando a mí, a tu familia!"

"No te estoy dejando. ¡Estoy literalmente a tan solo siete minutos de distancia! Me verás todos los días. Simplemente no puedo vivir más aquí"—le dije, moviéndome lo más rápido posible.

Mami irrumpió escaleras arriba y se unió a papi en su habitación, dejándonos a los cinco.

De prisa, saludé a Raymond en la puerta de atrás con un puñado de mis pertenencias. Él no tenía ni idea de los acontecimientos dramáticos que acababan de ocurrir. Había pensado en pedirle que recogiera mis cosas la noche anterior mientras mami y papi estaban en el hospital, pero pensé que sería una falta de respeto hacerlo antes de hablar con ellos.

No me llevé muchas cosas conmigo. Solo me llevé mi ropa, libros, artículos de tocador y documentos importantes, que ya había empacado previamente. En tres minutos, mi habitación estaba vacía.

"No olviden lo que les dije"—les dije a todos ustedes. "Si necesitan *algo* o si *alguien* intenta hacerles daño, ¡llámenme! ¿Entienden? Estoy cerca, al final de la calle. Puedo llegar aquí en poco tiempo".

Todos asintieron mientras nos abrazábamos. Sus lágrimas rompieron mi corazón, pero si no me iba ahora, no sabía si alguna vez lo haría.

"Los veo mañana, ¿de acuerdo?"—dije. Les soplé un beso y me fui en mi auto, siguiendo a Raymond. Sabía que estaba haciendo lo correcto por mí, pero no sentía que estaba haciendo lo correcto por ustedes.

CAPÍTULO 2

Sabanitas

Nuestros orígenes, nuestras raíces provienen de un país hermoso y de gran orgullo y riqueza cultural llamado Panamá. Ustedes cuatro han estado allí. Carrie y John: ustedes son muy jóvenes para recordar la primera vez que fueron, pero créanme cuando les digo que es hermoso. Algunas áreas de nuestra comunidad de Sabanitas se ven descuidadas y otras se han visto azotadas por la pobreza, pero su gente sencilla y humilde nos hace recordar que hay que ser ricos en espíritu. Las pinturas desconchadas de los edificios y el tráfico pesado engañan, porque su gente es vibrante, alegre y se siente muy orgullosa. Aunque no hayan nacido allí, de allí provienen … mejor dicho provenimos.

La comunidad de Sabanitas está localizada en la provincia de Colón y significa pequeña sabana. Su nombre describe perfectamente a mami y mi hogar de la infancia en el trópico.

Los primeros tres años de mi vida los viví en un apartamento en la ciudad de Colón antes de vivir con la familia de mami en Sabanitas. No tengo muchos recuerdos de aquel apartamento, pero los pocos que tengo incluyen a mami y a mi padre biológico Ibán. Mami e Ibán fueron novios desde la escuela y se casaron algunos años después de su graduación. Justo después de casarse, de inmediato se quedó ella embarazada de mí. Ambos iniciaron la vida tradicional de una joven pareja enamorada.

Los tres vivimos en un apartamento en el centro de Colón. Ambos tenían muy buenos trabajos, pues ella trabajaba como asistente contable para el Departamento de Incendios de Colón, un trabajo del gobierno que ella aceptó mientras aún estaba en la universidad. Un día, mientras ella hacía una transacción bancaria recibió un cumplido por parte de un oficial del banco, quien le dijo que aplicara a un trabajo de oficina cerca de su esposo en el Departamento de Incendios. Según ella, a la cajera le impresionó su gracia. Le explicó que era estudiante, pero luego de pensarlo, decidió que podría tener un dinero extra y así fue como trabajó en aquella oficina durante nueve años. Ibán era un operador técnico en el aeropuerto de France Field en Colón. Este también era un puesto muy admirable, especialmente para alguien tan joven como él.

Estaba matriculada en la mejor escuela privada de Colón con tan solo tres años. Mami e Ibán querían lo mejor para mí. Disfrutaba la escuela y me encantaba ir todos los días. Mi mamá me dijo que me encantaban mis compañeros y los llamaba "mis niños". "Yo quiero ver a mis niños"—les decía todos los días a los dos. Era hija única a pesar de mis esperanzas de tener hermanos, así que mis compañeros se convirtieron en hermanos y hermanas para mí. Mis padres se divorciaron cuando tenía cuatro años y mi mamá y yo nos mudamos a la casa de mi abuela en Sabanitas.

~☾~

Mami amaba a su familia tanto como yo los amo a ustedes y a ella, pero no le gustaba visitarlos mientras vivíamos en la ciudad. Cuando crecí, ella me contó que se casó joven para huir del caos que se vivía en su casa, así que vivió en la ciudad sumida en su trabajo, su vida de madre joven, su matrimonio y sus amigos más cercanos de la escuela, y aunque no estaba tan lejos, eran raras las veces que viajábamos a Sabanitas.

El bus público nos dejaba en la parada, al fondo de la colina de la finca de nuestra abuela Mamacela. La cima de la colina se bifurcaba: a la izquierda daba con la casa de Mamacela y a la derecha llevaba a un camino curvo y escabroso hacia la finca de la hermana de Mamacela. Nuestra tía abuela Mercedes vivía con muchos de sus familiares en varias casas de la misma. A la izquierda de ese camino, propiedad de Mamacela, había dos casas: la de la abuelita Minerva y la de su hijo mayor. El tío Manuel y su esposa Ester, sus dos hijos, quienes tienen sus mismos nombres, vivían en aquella casa que solo quedaba a unos pasos de la casa de Mamacela. En Panamá es muy común que un miembro de la familia construya su casa en la propiedad de la familia cuando estos se casan, pero este no fue el caso de mami, ya que ella quería una vida diferente. Después de su divorcio, se tragó su orgullo y nos regresamos a la casa en donde ella creció y de la que desesperadamente había querido irse al casarse tan solo un par de años atrás.

En esa casa de tres recámaras vivían nuestros abuelos, a quienes cariñosamente llamábamos *Mamacela y Papou*, nuestros tíos adolescentes Marcos y Mateo, nuestra preadolescente tía Mía y nuestra amada bisabuela Minerva, a quien adorábamos, respetábamos y temíamos.

La abuelita Minerva era la mujer más sabia que conocíamos. No estoy segura del por qué la llamábamos abuelita Minerva si su nombre era Mariana, pero nunca hacíamos preguntas. De hecho, los niños de mi edad raramente nos atrevíamos a hablar en su presencia, pues ella decía que "los niños hablan cuando las gallinas mean". Así que nosotros nos tomábamos la expresión de una forma tan literal que íbamos afuera a ver si las gallinas orinaban para luego poder hablar.

Nuestra prima Ester era solamente ocho meses más joven que yo. Su hermanito Manuel, que le llamábamos cariñosamente Manny, era nuestro compañero. Ester y Manny se convirtieron en mis hermanos para mí y vivían solo a unos pasos de mí.

A nosotras nos encantaba jugar desde el instante en que cantaba el gallo (¡sí!, había un gallo) hasta el atardecer cuando regresábamos a nuestros hogares. Jugábamos a Jacks, barbies, o con animales de peluche, palos, lodo y cualquier otra cosa que nos encontráramos en el jardín. También por el jardín de la parte delantera de la propiedad corríamos dejando nubes de polvo. Jugábamos descalzas, sucias y agarradas de la mano. Éramos tan felices pues éramos como hermanas y raras eran las veces que aguantábamos estar apartadas. Jugábamos juegos de simulación y nos escabullíamos en nuestras idílicas aventuras.

Una vez decidimos que era buena idea escabullirnos en la finca de la tía Mercedes. Los adultos no tenían ni idea de lo que estábamos inventando, pues pensaban que estábamos a la vista de ellos como era lo habitual, pero nosotras sabíamos lo que estábamos tramando. Ester conocía un camino corto hacia la alargada finca (o al menos así nos parecía) de la tía Mercedes. Escalamos a través de los caminos hasta que llegamos … y allí estaba aquella casa de cemento con el techo oxidado.

"Shhhhh ….. Nos van a escuchar y estaremos en problemas" —dije, después de todo nadie sabía dónde estábamos pues era bastante lejos de donde supuestamente debíamos estar. Nos reímos y escondimos en el verdor del jardín mientras escuchábamos las voces de nuestras tías. Ellas estaban afuera colgando la ropa para secarla.

"Mira," —dijo Ester apuntando con el dedo, "podemos usar esto para cocinar".

Agarré las sartenes oxidadas y abandonadas, y emprendimos el viaje a la selva para regresar a la casa con mi tesoro en mano.

Luego al atardecer utilizamos nuestras nuevas sartenes para hacer hamburguesas y, después de cuidadosamente darle al lodo forma circular perfecta, pusimos aquella masa de hamburguesa en el sol para que se secara y luego pretender comérnosla. Nos reíamos de solo pensar en que trataríamos de comer esas hamburguesas y de ahí a nuestra próxima aventura.

Siempre teníamos una nueva aventura después de la escuela. Algunas de estas incluían a Manny, pero decidimos que era muy chico para algunas otras, ya que nos creíamos mucho más grandes y adultas. Lo cierto es que solo éramos tres años más grandes que él, aunque esto significaba una gran diferencia para nosotras. Casi siempre encontrábamos algunos palos y le pedíamos al tío Manuel que amarrara unas cuerdas en la esquina de los mismos para hacer un arco y agarrábamos otro para usarlo como flecha. Las ramas frescas del árbol de Guarumo tenían una pequeña curvatura, lo que las hacía perfectas para jugar a cazar. Nos gustaba acechar a nuestra presa alrededor del jardín y corríamos descalzas hasta el atardecer. A Manny le encantaba jugar a cazar con nosotras.

~ා~

Un día tiré de la camisa de mami para desesperadamente llamar su atención e interrumpí su conversación con Mamacela. "Mami, mami, mami … mamiiiii"

"¿Qué hija?"—me respondió prestando atención y totalmente lista para responder a mis súplicas desesperadas.

"Se me olvidó lo que iba a decir"—dije. Aunque en verdad no lo había hecho pues no tenía nada que decirle después de todo. Todo lo que quería era su atención mientras jugaba con mis primos.

"¿Alguna mentira?"—me dijo a modo de broma, pues le encantaba sugerir eso cada vez que se me olvidaba lo que iba a decir, lo que significaba que iba a mentir.

"No era una mentira, mami,"—le respondí.

Inclinó mi cabeza sobre su cadera, como me imaginaba que haría, y me apretó de un lado antes de continuar jugando con mis primos y me sentí completamente satisfecha con su abrazo.

~⑨~

Nos encantaba cuando llovía en Sabanitas. A la primera señal de tormenta nuestra familia corría hacia la parte de atrás de la casa para asegurarse de que los dos tanques oxidados estuvieran volteados para que las incesantes gotas de lluvia los llenaran. No estoy segura de cuán viejos estaban aquellos tanques, pero cumplieron su propósito.

Los tanques de hierro eran lo suficientemente grandes como para que una persona larguirucha entrara en ellos, así que podían almacenar suficiente agua. Luego de la lluvia, utilizaríamos aquella agua para bañarnos ya que no había agua en la casa. Después de asegurarnos de que los tanques estaban en posición, agarrábamos un poco de jabón en barra y nos bañábamos en la lluvia fría a la vez que nos reíamos y disfrutábamos del agua en familia. Luego nos poníamos los pijamas y dejábamos que nuestras desgastadas toallas mojadas corrieran por nuestras espaldas y hombros. Luego regresábamos afuera al pórtico a disfrutar del arco iris que aparecía al caer el ocaso. Yo me sentaba en las piernas de la tía Mía, el tío Mateo y el tío Marcos mientras uno de ellos desenredaba los gigantescos nudos de mi cabello mojado. El arco iris siempre aparecía.

En aquella hermosa e idílica finca había perros, gatos, cerdos, gallinas, un gallo malvado llamado Mario, serpientes, aves exóticas y monos que hurtaban mangos mientras se escabullían en el árbol que estaba detrás de nuestra casa. Si querías un mango solamente tenías que ir afuera, trepar el árbol, agarrar el mango y comértelo. También podías usar un mango para agarrar varios mangos y tirarlo para compartir aquella fruta con otros. Cuando escuchabas de repente un estruendo fuerte que venía del techo era cuando sabías que un mango había caído del árbol por sí solo. En ese momento todos dejábamos de hacer lo que estuviéramos haciendo y corríamos afuera para encontrarlo. El que lo agarraba primero era quien se lo comía. Esto tampoco era algo casual, pues literalmente hacíamos carreras y el mango era el verdadero premio.

≈⁄☙≈

Tengo recuerdos muy especiales de la abuelita Minerva y ojalá ustedes la hubieran podido conocer. Yo solamente la conocí en los seis, casi siete, años que viví en Panamá, pero en ese breve lapso de tiempo, entendí cuán importante era ella para todos nosotros.

La abuelita Minerva tenía tres niñas cuyos nombres todos empezaban con la letra M (al igual que mami y sus hermanos). Marcela (mejor conocida como Mamacela), nuestra tía abuela Mercedes y nuestra tía abuela Marta. Después de que nuestro bisabuelo falleciera a una edad joven, la abuelita Minerva vivió con Mamacela el resto de su vida. La abuelita Minerva crió a sus tres hijas y sus hijos mientras estas y sus esposos trabajaban.

Me imagino que habrán escuchado a mami contar historias de cuán estricta era la abuelita Minerva con ella y sus primos. Mami, nuestros tíos y tías aún recitan aquellas expresiones que ella con tanto ahínco usaba, y las historias de cómo correteaba detrás de *ellos* por el jardín para hacerlos alinearse y regañarles si se portaban mal. Siempre cuentan esos relatos interminables (que siempre finalizaban con un cocotazo o golpe en la cabeza con su bastón) seguidos de risas y halagos de cuánto la amaban.

Años han pasado desde aquellos días de su niñez y aún siguen contando historias de la abuelita Minerva. Ella solía gritar insultos a nuestras tías, tíos y Mamacela mientras se movía graciosamente alrededor de la casa usando sus camisones transparentes sin bragas. También preparaba nuestras comidas mientras mami y Mamacela trabajaban y el resto estaba en la escuela.

Abuelita Minerva era la única persona en la casa que hablaba inglés, español y griego, pues el resto solamente hablaba español. Ella era de descendencia griega y sus ojos eran del color verde-azul entremezclado. Tenía la piel blanca como el papel y era rubia en sus años mozos. Solo la conocí cuando su cabello estaba cubierto de tonalidad grisácea, blanca y marrón. Todo el mundo sabía lo que era recibir un regaño por parte de la abuelita Minerva, excepto yo; pues cuando no estaba jugando con Ester o Manny, me encantaba estar con ella.

"¡Olivia!"—solía gritarme para acercarme a ella. "Ayúdame a recolectar los huevos".

Solía colocarme detrás de ella mientras me enseñaba cada quehacer que me pedía.

"Mira, ves, tienes que engañar a las gallinas o si no… no darán huevos".

Me encantaba escucharla mientras explicaba el rol de aquel único gallo malvado que teníamos y que deambulaba libremente por la finca.

Un día la abuelita Minerva me llamó mientras estaba jugando. Era momento de regar las plantas como siempre le ayudaba a hacer. Había una puerta en su cuarto que estaba conectada al otro lado de la casa. Yo cogí la vasija que siempre usaba, le eché agua y me fui directamente a su puerta. Luego, me incliné para regar las plantas y, mientras terminaba, sentí un pinchazo en mi nalga derecha.

"¡Ayyyyyyyyy!" —grité de dolor.

La abuelita Minerva cojeaba tan rápido como podía para pillar al gallo detrás de mí. Después de aquel día, a Mario (el gallo) no le dejaron deambular libremente. La abuelita Minerva lo amarró a un árbol usando una cuerda de tono azulado pegada a su cuello y lo ató a la vista de su cuarto a propósito, pues la cuerda era lo suficientemente larga (y lo suficientemente corta como para que no me picara de nuevo) para recordarle a él por qué estaba amarrado mientras me veía regar las plantas todos los días. Ese era un verdadero castigo de Minerva. Así fue como nos convertimos en la única familia con un gallo amarrado como si fuera un perro y esta fue una broma que se extendió por toda la familia.

Otro gallo (perteneciente a la tía Mercedes) me picó poco tiempo después de eso. Un día, el tío Manuel y yo caminábamos por el largo camino hasta su casa para buscar una herramienta. Ver a la tía Rosario matar a una gallina me distrajo. La agarró por el cuello con sus manos y la giró mientras conversaba con alguien más. La gallina caminó detrás de mí mientras veía a mi tía quitarle las plumas sin temor. Aún recuerdo ver a esa vieja ave entre mi pulgar y el dedo índice de mi mano izquierda y vaya que nuestra familia se molestó cuando regresé a casa llorando aquel día.

En varias ocasiones la abuelita Minerva me sacaba de mi momento de juego para darme lecciones de vida. Ella disfrutaba de mi compañía y yo de la suya. En una ocasión, mientras le pasaba algunas piezas de ropa para tenderlas en el tendedero que estaba fuera de la casa, vi una bandada de buitres volando alrededor nuestro.

"¿Por qué hacen eso?"—pregunté. "Hay muerte a nuestro alrededor"—dijo y le creí.

No hice más preguntas, aunque las tuviera. Todo lo que ella decía era ley y en nuestro círculo familiar nunca se le cuestionaba.

Un día, mientras ayudaba a la abuelita con los quehaceres, nos cruzamos con una culebra grande y negra enrollada. Recuerdo haberme sorprendido cuando sacó su lengua hacia nosotras. Ella colocó su brazo sobre mi pecho como para protegerme de la coriácea y deslizante criatura. Luego me dijo en voz baja que a lo mejor mis tíos matarían a aquella criatura con un machete, pero no lo hicieron. Después, fijó su mirada desafiante en los ojos de la serpiente y raudamente esta se alejó, y dejó de ser una amenaza para nosotras. Recuerdo estar tan impresionada con su técnica, pues nunca había visto nada parecido.

～૭～

A veces nos juntábamos y jugábamos la primera versión del escondite. Nos escondíamos y corríamos por nuestras vidas en cualquier lugar de la casa o de la finca. El que buscaba cargaba con una correa y, si te encontraba, te pegaba con la misma. Aunque era solo un juego, trataba de que no me encontraran. La tía Mía me enseñó a esconderme y me enseñó a esconder mis zapatos detrás de la cortina cerrada para engañar al buscador y que pensara que yo me escondía allí. Disfrutaba ver desde lejos en mi escondite verdadero cómo mi hazaña había engañado al buscador.

En una ocasión la tía Mía era la buscadora. Escogí el escondite perfecto justo como ella me había enseñado y hasta escogí un lugar que ella no me había enseñado anteriormente. Me estaba buscando por algunos minutos cuando entró al cuarto en el que estaba. Se veía cansada de buscarme y empezó a decir: *"¿Olivia dónde estás?"* A lo que inmediatamente respondí "aquí estoy" mientras salía de mi escondite. ¡Era un truco! Caí redondamente en la trampa. La tía Mía se burlaba de mí mientras corría a sus brazos sin entender la razón de su risa y estaba tan entretenida que no me pegó con la correa.

≈.⑨≈

Cada vez que se lo pedía, nuestros tíos me levantaban, me giraban y nos daban vueltas alrededor. Era muy amada y tenía todo lo que necesitaba. Disfrutaba de nuestras tardes en Sabanitas como familia, pues veíamos televisión todos reunidos con nuestro propio gancho de alambre con aluminio en ambas puntas, que funcionaba como antena, y me habían dicho que daba una imagen más clara.

La abuelita Minerva se ponía a ver todas sus telenovelas mientras limpiaba y colaba el arroz o secaba las menestras con cuidado mientras nosotros jugábamos afuera. Podíamos ver lo que queríamos cuando la hora de las telenovelas terminaba. Algunos de mis *shows* favoritos en español eran los dibujos de Rosita Fresita, los Ositos Cariñositos, Jem y los Hologramas, Heidi: la niña de los Alpes, pero a mami y Mamacela les gustaba ver las noticias cuando regresaban del trabajo.

En una ocasión cuando todos nos reuníamos alrededor de la única televisión en la sala, un murciélago entró volando a través de una pequeña ventana. Esto era algo que sucedía con frecuencia porque la casa estaba hecha a base de concreto y sus ventanas solo eran grandes agujeros rectangulares en la pared. El enorme murciélago negro revoloteaba por todo el cuarto mientras nosotros gritábamos y nos escondíamos detrás del sofá como siempre hacíamos. Los gritos de mamá eran tan fuertes que llenaban todo el cuarto.

Luego alguien gritó "¡cúbranse el cuello! ¡Les va a chupar la sangre!" Enrollé mis manos en el cuello y las ráfagas de agudos chillidos de mami hicieron que Mamacela se riera y mami seguía gritando y riéndose de ella misma. La abuelita Minerva gritó: "¡Que alguien traiga la escoba!"

El tío corrió a buscarla mientras su novia en aquel momento, Sofía, empezó a saltar para agarrar el murciélago con sus propias manos. El resto nos mantuvimos escondidos. Sofía falló y siguió intentándolo mientras que el tío corrió hacia la sala, bateó al murciélago con la escoba y lo golpeó hasta matarlo. Sofía agarró al murciélago muerto con sus manos y lo tiró afuera mientras que regañó al tío diciéndole: "¡No tenías que matarlo! ¡No le hacía daño a nadie!"

Sofía era de Darién, de una comunidad indígena de Panamá y, cada vez que un murciélago revoloteaba por la casa, ella se encargaba del animal mientras que el resto huía y se cubría el cuello.

Mami y yo vivíamos en casa de Mamacela cuando llegó Sofía a nuestras vidas. Todos estábamos reunidos cenando cuando llamaron a la puerta.

"¿Quién es?"—gritaban varias personas a viva voz.

"No estoy esperando a nadie,"—alguien respondió.

"Shhhh te pueden oír,"—dijo mami. Nuestra familia no estaba acostumbrada a recibir visitas.

"Esconde la comida, igual es nuestra prima Rosario, la gordita"—dijo el tío Marcos.

El breve y estruendoso caos terminó cuando Mamacela caminó hacia la puerta. Yo corrí cerca de ella mientras que abría la puerta y vi a un hombre pálido y extraño que llevaba un sombrero de paja y una camisa blanca acompañado de una chica joven, delgada, pálida, con cabello castaño y liso que estaba parada al lado de él. Mamacela me dijo que fuera adentro a buscar a mami. Nunca supe que era lo que habían conversado en la puerta, pero sí supe que Sofía vivió con nosotros a partir de aquel día.

Después me enteré de que aquel extraño hombre era el padre de Sofía. Quería que aceptáramos a su niña y la dejáramos que nos ayudara en la casa a cambio de que ella fuera a la escuela y viviera con nosotros, ya que en la ciudad de ellos los niños no recibían una educación más allá de la educación primaria. Sofía ayudaba a cuidar a Ester, Manny y a mí, y también ayudaba en la cocina y la limpieza. Algún tiempo después ella y el tío Marcos se hicieron novios.

⁓☙⁓

Como ya saben a mami le aterra el resbalarse y caer, y esto es algo de siempre, pues recuerdo muy bien el día en que me enteré de su miedo y eso fue cuando fuimos a lavar la ropa a la quebrada.

"Vamos a lavar ropa en la quebrada"—dijo mami a viva voz.

La sala estalló en carcajadas.

"¿Tú? ¿Quieres ir tú a la quebrada? ¿Se te olvidó la colina llena de lodo?"—dijo Mamacela.

"Mis hermanos me ayudarán"—respondió mami como si tuviera algo que probar.

Mamacela se dio cuenta de mi mirada intrigante. "Tu mamá le tiene miedo a las colinas"—explicó.

La familia caminó a la quebrada. Era un tanto difícil caminar por un camino lleno de lodo y resbalante mientras tratabas de mantener el equilibrio y era aún más difícil hacerlo mientras llevabas la ropa que se iba a lavar. Todos llegamos al fondo mientras mami gritaba, aun con la ayuda del tío Manuel. Todos se reían de sus gritos.

"¡No se rían de mí!"—gritó mami, aunque también se reía de ella misma.

Mami cruzó sus piernas para no orinarse con tanta carcajada. Se podrán imaginar aquellas carcajadas en las que sus ojos casi se cierran y sus pestañas parecen una sola línea bajo sus cejas. Y luego puedes ver todos sus dientes y encías. No pudimos evitarlo así que también empezamos a reírnos.

Cuando mami llegó al fondo todos nos metimos en la quebrada. El agua era clara, un poco fría y se enrojecía rápidamente a mí alrededor. Grandes piedras grises y lisas delinearon los lados y el fondo de la misma.

"Ten cuidado por aquí Olivia. Me corté el dedo del pie hasta el hueso una vez en el lago. Tu tío me tuvo que llevar hasta la casa. Vigila tus pasos"—dijo mami.

"¿Eso qué es?"—pregunté apuntando a los destellos que aparecían en el agua a mi alrededor.

"Esos son peces"—respondió mami.

Después de bañarnos y jugar en la quebrada mami, el tío Manuel, el tío Marcos, el tío Mateo y la tía Mía me enseñaron a lavar la ropa en la tabla de madera con las piedras que había en la quebrada.

Aunque mami se expresaba sobre nuestras condiciones de vida con cierta vergüenza cada vez que algún amigo la visitaba, era en momentos como estos en donde ella de verdad parecía disfrutar estar de regreso al lugar donde ella creció y no parecía extrañar su vida de casada en la ciudad.

La familia De La Cruz también vivía en esta propiedad y todos vivíamos una vida feliz, normal y modesta.

CAPÍTULO 3

Vamos a conocer a Papá Noel

Recuerdo vivamente el día en que conocí al hombre a quien llamamos "Papi". Me lo presentaron como *Andrew el mago*. Recuerdo estar parada en la sala cuando él entró y se sentó en nuestro sillón viejo marrón-grisáceo que estaba al frente de la puerta delantera cruzando el cuarto.

Era un típico anochecer en casa de Mamacela. Todos habíamos terminado de hacer nuestras tareas y habíamos comido la cena que nuestra querida abuelita Minerva había preparado con ayuda de Sofía. La televisión estaba encendida aunque nadie la podía oír por la charla alegre y la brisa fría que entraba cada tanto a través de nuestras ventanas.

Mami se sentó al lado de Andrew y colocó su mano en su regazo mientras que la mayoría de la familia rodeaba a la nueva pareja. Aquella noche con maquillaje brillante, cabello negro azabache y peinado con grandes rizos, ella se reía con una risa exagerada por todo lo que él decía. Al reírse con tantas ganas su nariz se fruncía. El lado superior de su cuerpo se contraía hacia su torso mientras dejaba ver su risa y miraba alrededor del cuarto buscando la aprobación de todos. Su pintalabios rojizo dejaba entrever sus finos labios mientras con lentitud su risa se transformaba en una sonrisa y luego le miraba a él. Era algo muy genuino.

Los hermanos de mami y Mamacela estaban encantados con él. Era gracioso y hacía a mami feliz. Por el contrario, la abuelita Minerva se paró al lado opuesto del cuarto con su bastón en la mano e insultaba entre susurros, como era habitual en ella con los visitantes extraños.

"Asqueroso, malnacido"—murmuraba. Me senté al lado de ella inclinando la cabeza y cuestionando calladamente la confianza del resto de mi familia. Mami me invitó a la sala para ver un truco de magia desde cerca. Caminé con desconfianza y me senté entre las piernas de mami y lo vi frente a frente.

"Puedo hacer que las cosas desaparezcan"—me dijo.

Con un poco de desconfianza, pero aun así con energía, le dije: "¡muéstrame!"

Sacó de sus bolsillos una cajeta de fósforos y luego sacó un cerillo.

"¿Ves este cerillo? Voy a hacer que desaparezca".

"Ahora cierra los ojos,"—dijo. "Este cerillo desaparecerá antes de que abras los ojos".

Cerré los ojos anticipando la magia. *¿Lo hará?*— me pregunté.

Cuando abrí los ojos, aquel cerillo había desaparecido como había dicho. Jadeé y mis ojos se abrieron de asombro de manera desorbitada. Estaba ingenuamente impresionada, pues no había visto algo como aquello. Me puse a buscarlo, pero no lo encontré.

Para su truco especial de la noche me dijo que podía hacerme desaparecer. Claro que pensé que esto era algo imposible. Contamos hasta tres todos juntos (excepto la abuelita Minerva que se había ido a su cuarto) y, de pronto, la familia no pudo verme más. Halé a mami, corrí hacia donde estaban nuestros tíos y ni siquiera Mamacela pudo verme. Aquella noche Andrew se había ganado el corazón de aquella niña de seis años con sus trucos de magia y mi inocencia.

Andrew nos visitaba bastante después de aquella velada. Lo habitual era que viniera a cenar con todos o simplemente para pasar tiempo con mami. Mamacela, la tía Mía y todos nuestros tíos parecían tener cierto agrado hacia él. Cada vez que sacaba buenas notas en los ejercicios siempre me llevaba un paquete de M&M's con nuez, los cuales él sabía que eran mis favoritos, así que conmigo no había problema. La abuelita Minerva nunca se encariñó con él y yo pensé: "Debería darle M&M's a ella también".

Empecé a ver más y más a Andrew y menos a mi papá Ibán. Ibán solo me visitaba por tiempo limitado y luego se iba. Mami me dijo que no le gustaba el hecho de que Ibán me hiciera muchas preguntas acerca de ella y Andrew y, a decir verdad, mami me hacía más preguntas acerca del tiempo que pasaba con mi papá que Ibán cuando me preguntaba acerca de mami. Me preparaba con los tipos de preguntas que probablemente él preguntaría y me hacía ensayar las respuestas que debía darle. Luego de pasar el día con mi papá, ella me preguntaba cómo me fue y me exigía detalles.

Recuerdo haber tenido una tarea en donde tenía que practicar escribir oraciones completas en cursiva. La tarea era que tenía que escribir los nombres de mis familiares y mi relación con ellos. Por ejemplo: El nombre de mi mamá es (inserte nombre completo) … y así sucesivamente. Mientras completaba esta tarea, mami me dijo que debía escribir el nombre de Andrew como si fuera mi papá en vez de Ibán. La oración decía: "Mi papá se llama Andrew Butler". Rellené toda una página de mucha cursiva y luego mami me dijo que le enseñara a Ibán mi escritura hermosa cuando estaba de visita. Ibán lloró luego de que le enseñara mis habilidades de escritura cursiva. Recuerdo haber estado confundida y sin saber por qué estaba llorando. Su visita fue corta aquel día.

Vi a mi papá una última vez y fue el día antes de mudarnos a los Estados Unidos con *Andrew el mago*. Andrew era de Panamá, pero varios miembros de su familia vivían en los Estados Unidos, incluida su madre Verónica. Mami había llamado a Ibán para que fuera a la casa de Mamacela y empezamos a caminar, y nos sentamos en la mesa de cemento que nuestro tío había construido. Era el área más cercana y llena de sombra del terreno debajo del árbol de mango que estaba cerca de la casa. Le estaba mostrando a mi papá con tanto orgullo todas las buenas notas que tenía en mi boletín cuando me asombré por un camaleón que caminaba por el árbol.

"¿Qué es eso papi?"—pregunté. "Ese es un camaleón. Ellos cambian de color algunas veces, pues es su súper poder".

"¡Yo quiero ese súper poder!"—dije y calladamente lo miramos para no asustarlo mientras caminaba. Luego Ibán me levantó de la mesa y me bajó lentamente.

"Vamos, sigamos caminando,"—dijo. Ambos caminamos alrededor del terreno y hablamos como usualmente lo hacíamos cada vez que me visitaba. Nunca nos íbamos muy lejos.

"¡Paletas, paletas! ¡Cinco centavos!"—oímos en la distancia.

"¿Crees que podamos alcanzarlo?"—preguntó papá. Corrí loma abajo lo más rápido que pude hacia el vendedor de paletas. Corrí más rápido que papá mientras agarraba con fuerza los centavos que cargaba en cada mano.

"Dos paletas de limón por favor"—dijo Ibán y procedió a pagarle al vendedor.

La paleta de limón era sin duda mi favorita. Lo miré y cerré mis ojos porque el resplandor no me dejaba ver. Solo podía ver la sombra de su cuerpo. Recuerdo haber pensado que él era mucho más alto que yo y luego mis ojos se tornaron hacia las nubes.

"¿Ves lo lejos que se encuentran esas nubes?"—preguntó.

"Sí, están muy lejos"—dije mientras disfrutaba en total éxtasis mi paleta y lo seguía mirando a él.

"Te amo hasta el cielo"—dijo mientras apuntaba hacia el firmamento. Me reí cómoda y calladamente, y luego continué comiéndome la paleta. No se lo dije de vuelta, no porque no lo amara, sino porque disfrutaba que él me lo dijera.

Caminamos lentamente de vuelta a la casa mientras seguíamos disfrutando de aquellas paletas tan frías y jugando a nuestros juegos habituales. Apuntábamos a las nubes y nos decíamos a qué se parecían.

"Esa se parece a un camión,"—dije. Luego, apuntando a una nube diferente, dijo mi padre: "hmmm ... creo que esa se parece a un corazón".

Continuamos haciendo eso y caminamos por el camino de tierra (que sentía tan largo para mis cortas y delgadas piernas). Luego terminamos de comer nuestras paletas y nos despedimos, nos dimos besos y él se fue como era usual.

Sin saberlo, esa era la última vez que lo volvería a ver por mucho tiempo. Con el tiempo me contó mami que él sabía que era probable que no me volvería a ver y ni siquiera se despidió de la manera apropiada y como debía ser.

Esa noche vi a mami llorar mientras revisaba las fotos y las cortaba. Me senté en su regazo para consolarla y veía cómo cortaba a mi padre de todas las fotos que ella tenía en sus manos pero no entendía por qué lo hacía. Incliné mi cabeza sobre su pecho y no dije ni una sola palabra mientras veía cómo lo cortaba de nuestra memoria y nuestras vidas.

Esa misma tarde mami y yo empezamos a empacar para mudarnos a los Estados Unidos. Andrew se había ido un mes antes y nos estaba esperando. Recuerdo claramente aquella noche pues nunca había visto a nuestro abuelo *Papou* tan molesto.

"¡Él está casado y tiene cuatro hijos con tres mujeres diferentes!"—gritó Papou. "¿Con quién vas a vivir? ¿Crees que su mamá te va a recibir con los brazos abiertos?"— continuó gritando.

"¡¿Quién eres tú para hablar!? ¡Mantente al margen!"— gritó mami defendiéndose a ella misma y al amor de su vida.

Mami soñaba con estar con aquel otro hombre a quien su corazón pertenecía. Quería empezar una nueva vida lejos de ciertas personas que la juzgaban y no aceptaban su relación. También quería una vida mejor para ella y para mí. Aunque mami era una buena hija y siempre ayudaba a su mamá a cuidar de sus hermanos y hermana, también era una rebelde y quería más. Quería abrir sus alas y volar lejos.

Papou no quería que nos fuéramos. Se gritaron mientras mami continuaba empacando. No tenía ni idea de lo que estaba pasando o hacia donde nos íbamos con exactitud. Todo lo que sabía era que nos íbamos a encontrar con el mago y que vivía cerca de Papá Noel. Andrew me iba a presentar a Papá Noel para poder decirle lo que quería para la Navidad de aquel año, así que me puse a empacar para que eso pasara.

La abuelita Minerva se mantuvo en su cuarto mientras empacábamos. No le dijo nada a mami (por lo menos no frente a mí). Dormí en la cama de la abuelita aquella noche y, mientras caía en un profundo sueño, ella comenzó a rezar:

"Que Nuestro Señor las bendiga, que la Virgencita las proteja y los ángeles las acompañen …"

Esa fue la última vez que estuve con ella.

⁓☙⁓

No fue sino hasta el día siguiente, cuando toda la familia De La Cruz nos acompañó al aeropuerto (excepto Papou y la abuelita Minerva), nuestros tíos, tías, primos y demás familiares vinieron para despedirse de nosotras. No fue hasta entonces al decir adiós que me di cuenta de lo que estaba pasando. "¿Quieres decir que ellos no van a venir con nosotros?"—pregunté. "¿No quieren conocer a Papá Noel? ¡Ester quiere ver a Papá Noel! ¿Por qué me tengo que despedir?"

Lloré desconsoladamente y le pedí a mami que nos quedáramos. Ella tampoco se quería ir y lo podía ver. Su cara estaba roja de tanto llorar. Todo el mundo lloró. Mami me arrancó de los brazos de Mamacela y me arrastró hasta el aeropuerto para abordar el avión que nos llevaría a los Estados Unidos. Bajamos por las escaleras del aeropuerto y encontramos un lugar donde podíamos ver a nuestra familia parada detrás del puente de vidrio llenos de sollozos.

"¡No me quiero ir!"—le dije a mami, pero claro que no tenía opción. Empecé a hacer berrinches y luego mami me agarró por mi flaco y delgado brazo, me haló hacia donde ella y me dijo que parara de llorar.

Luego me preguntó: *"¿Si te compro algo pararás de llorar?"* Me estiré y dije que sí. Ella reconoció nuestro acuerdo mientras caminábamos para encontrar un almacén y así mantuvo su palabra. Luego empezó también a cantar la canción "La llama eterna" de la banda The Bangles que a ambas nos gustaba y que se escuchaba en la casa muchas veces.

"Close your eyes ... give me your hand, darling ..." Ambas cantábamos en nuestros acentos y murmurábamos las partes que no nos sabíamos.

La canción me distrajo de llorar y abordamos al avión enseguida. Me senté en mi asiento y me limpiaba mis lágrimas calladamente con mi nuevo oso de peluche y mi Minnie Mouse en brazos. El vuelo se me hizo eterno, pero al final paré de llorar. Claro que volvería a ver a mi familia de nuevo. Mami dijo que íbamos a ver a Papá Noel y que una nueva familia nos estaba esperando, así que empecé a inquietarme por nuestro arribo.

Aquel vuelo enfermó a mami. Se paraba para ir al baño en el avión tantas veces que la mayor parte del vuelo estuve sola en mi asiento. Recuerdo haber comido puré de papas sola mientras la comida de mami se enfriaba. Mis dos peluches me acompañaban y, después de todo, ellos eran mis únicos juguetes ya que tuve que dejar los demás en Panamá al no tener suficiente espacio para empacarlos. Le pedí a Ester que cuidara bien de mis juguetes hasta que regresara a por ellos y ella me prometió cuidarlos con mucho amor.

No tenía ni idea en aquel momento, pero la razón por la que mami estaba tan enferma en aquel vuelo era porque estaba embarazada de tres meses de la mayor de ustedes: de Carrie.

CAPÍTULO 4

No es La Academia

Arribamos en el aeropuerto John F. Kennedy en Nueva York en aquella noche de junio de 1990. Tras un día largo, lleno de emociones, oscuro, mami me arrastró por todo el aeropuerto caminando … parecía una eternidad. Finalmente llegamos a un pasillo y me dijo: "nuestra nueva familia nos espera detrás de esas puertas". Recuerdo aquel pasillo alfombrado y sin ventanas que se veía misterioso y oscuro. Las puertas se abrieron y vi a cientos de personas. Rápidamente escaneé el estruendoso cuarto, estaba lleno de gente con carteles de "Bienvenido" y algunos eran jóvenes, otros viejos y estaban por todos lados. Justo al frente de toda la gente estaba Andrew el mago.

Miré a mami con ojos desorbitados, llenos de emoción, y le pregunté: *"¿son todos ellos mi familia?"* Mami se rió y corrió hacia Andrew. Habíamos llegado sanas y salvas a los Estados Unidos.

Dos maletas de cuero descoloridas y el pequeño bolso de plástico negro de mami contenían todas nuestras posesiones actuales. Eso y mis nuevos animales de peluche eran lo único que teníamos para empezar nuestra nueva vida.

Llegamos a una gran casa amarilla en Long Island, la casa de la abuela Verónica. Esa sería nuestra nueva casa por los próximos cinco años y la primera en la que ustedes cuatro vivirían. Esta casa tenía escaleras, lo que la hacía muy diferente a la de Mamacela. Mucha gente vivía en esta casa, tal cual en Sabanitas. Andrew nos presentó a su mamá la abuelita Verónica y ella luego nos llevó al cuarto en el que los tres dormiríamos y el cual estaba en el nivel medio de la casa.

"Señora Verónica, ¿tendrá almohadas que podamos usar?"—mami preguntó con cortesía.

"¿Trajeron ropa no? Pueden descansar en ella"—contestó. Luego, se alejó y regresó con una funda vacía. "Esto es lo que tengo. Pueden poner su ropa ahí dentro y hacerla su almohada"—dijo mientras se reía como si nuestra madre hubiera hecho un pedido irrazonable y se alejó.

Me puse el pijama de algodón con pequeños arco iris y caminé hacia la cocina donde estaba mami. Le dije a mami que tenía hambre y quería *leche con conflei* para cenar, como siempre lo hacía en casa de Mamacela. Ella buscó el plato para llenarlo de cereales, pero la abuelita Verónica la detuvo.

Desaprobaba lo que había pedido y murmuró palabras en un inglés con acento tan caribeño que ni mami ni yo le entendimos.

La abuelita Verónica me preparó un plato de lo que había cocinado de cena para aquella tarde y me dijo que no podía levantarme de la mesa sin haber terminado lo que estaba en mi plato. Miré mi plato y lo vi lleno de vegetales. Yo no comía vegetales y eso olía horrible.

"Sabes … los niños pobres buscan de la basura para comer"—me dijo.

Esto no iba a ser nada como la vida que conocía. Ya extraño mi casa, pensé. Apagaron las luces y yo me quedé en la mesa de la cocina sola con aquella comida fría en mi plato. Como era muy terca, me negué a rendirme y me quedé dormida en la mesa. Después de que todos estaban dormidos, mami se escabulló y me dio un poco de cereales, luego limpió todo y mantuvimos ese secreto hasta ahora. Me fui a dormir a mi nueva cama. Mami se fue a dormir con Andrew en una cama pequeña de *twin* y yo dormí en la cama nido por debajo de la de ellos.

⮑⚬⮑

Varias semanas pasaron mientras evitaba a la abuela Verónica durante las comidas. Trataba de dar lo mejor de mí mientras me acostumbraba a la nueva forma de vivir. Tenía primos nuevos a quienes les encantaba ver TV, pero yo no entendía lo que decían los personajes, así que me ponía a jugar sola. Un día, el mago me prometió traerme una paleta de limón cuando llegara del trabajo.

"Mami … ¿cuándo va a llegar el mago?"—le pregunté.

"No sé Olivia. Espero regrese pronto". "Yo también"—dije.

"Olivia ven y siéntate conmigo," y me senté entre las piernas de mami.

"¿Quieres llamar "Papi" al mago?"—me preguntó. Me reí por su sentido del humor. "Él no es mi papi, mami. Mi papi no está aquí".

"Sé que tu papi no está aquí, pero Andrew es tu *nuevo* papi. Vivimos en un lugar nuevo así que tienes un papi nuevo". Escuchaba atentamente mientras ella continuaba: "Además, yo lo llamo Papi. ¿No quieres llamarlo Papi también?"

"Ok,"—accedí titubeante.

Después del trabajo, él me trajo una bolsa llena de helados boli, en vez de las paletas a las que estaba acostumbrada y, aunque no eran lo mismo, igual me las comí.

Me matricularon en la *Fairview Road Elementary School* un mes y medio después de haber llegado. Esa era la escuela más cercana y me matricularon en segundo grado a pesar de que ya estaba a mitad de tercer grado en Panamá. Mami y papi (me estaba acostumbrando a llamarlo así) me llevaron y caminaron conmigo hasta el salón.

Mi *teacher* se arrodilló y se presentó o eso pensé que estaba haciendo. Yo no hablaba inglés y ella sí. Luego, me senté en la mesa que estaba en medio del salón y mis padres se despidieron. Estaba sola en un salón lleno de extraños que se quedaban mirándome. Las lágrimas recorrían mis mejillas ya que no conocía a nadie y veía como mi mami y papi se iban.

El chico que estaba sentado delante de mí me dio una resma de páginas y mi instinto me dijo que debía agarrarlas. Luego, el que estaba sentado detrás de mí me tocó el hombro y aproximó su brazo para agarrar la resma por lo que se la di. Él la tomó y me dio una página de aquella resma. Algo tan sencillo como eso era algo nuevo para mí. Luego la *teacher* empezó a recitar palabras, miré a mi alrededor y todos parecían estar escribiendo lo que ella estaba dictando. Esto era algo completamente nuevo para mí. Estaba en la escuela, pero no tenía mi uniforme azul, blanco y negro cuyas faldas me tapaban las rodillas. ¿Dónde están las monjas? ¿Quién nos pegaría si alguno de nosotros intentaba escribir con la mano izquierda en vez de la derecha?

Después de eso me llevaron a una cafetería interna en donde observé cómo los estudiantes formaban filas con bandejas y escogían la comida que estaba detrás del vidrio. Servía la comida en el plato una persona que llevaba una redecilla puesta en el cabello y al final de la línea había alguien recibiendo el dinero. Algunos hablaban en vez de entregar el dinero y la cajera revisaba algo en una lista que tenía.

Por suerte, nunca tenía que formar fila porque mami siempre me daba lonche. Me sentaba y me comía mi emparedado de queso sin corteza (como me gustaba) mientras continuaba observando lo que pasaba. Había basureros de plástico de color pastel colocados en medio de cada mesa y miraba las filas interminables que había alrededor de mí. Me parecía que algunos chicos usaban los basureros para tirar las sobras y otros hacían desastres con sus bandejas. Mezclaban las sobras con sus leches chocolateadas y se reían mientras tiraban esa mezcla asquerosa a la basura. No le encontraba el chiste a eso. ¿Dónde estaban las monjas? Este era el momento preciso en que Ester y yo caminábamos y compartíamos el paquete de *Chiwi* que habíamos comprado en la tienda. La extrañaba muchísimo.

La Academia Santamaría era muy diferente a esto. Estaba acostumbrada a que en Panamá usaba un uniforme que no podía ensuciar, pues mami y Mamacela trabajaban duro para dejarlo impecable y estaba rodeada de monjas muy estrictas y cuyas manos y nudillos estaban listos para corregir con vara si veían a un niño portarse mal.

En una ocasión, una de mis maestras agarró a un compañero por la oreja y lo zumbó hacia la pared de cemento solo por escribir mal la fecha e insultarla. Jamás se me olvidará la Señora Gloria. Lo primero que debíamos hacer todos los días era escribir en la primera línea de nuestro cuaderno: "Hoy es …". Luego escribíamos el día, el mes y el año en oración completa. La Señora Gloria es la razón por la cual mi escritura es perfecta, pues no quería que me zumbaran a la pared de cemento.

En la escuelita *Farview Road Elementary* los chicos se me acercaban y me gritaban números en español: "¡Uno, dos, tres! …" como si eso hubiera hecho que los entendiera mejor. Tenían acentos como si hablaran con la boca llena. Luego me di cuenta de que lo único que querían era conversar conmigo, pero lo único que sabían de español era los números. La única palabra en inglés que recordaba de mis clases en Panamá era *"milk"* por lo que un chico me trajo una cajeta de leche pequeña para tranquilizarme.

No pasó mucho tiempo hasta que me transfirieron a otra escuela que estaba más lejos pero tenía un programa de inglés como segunda lengua. Tenía un largo caminar hasta llegar a la *Elmer Avenue School*. Las primeras semanas pensé que había hecho una amiga, pues nos tomábamos de la mano como Ester y yo hacíamos en casa, pero los chicos empezaron a llamarnos lesbianas y se burlaban de nosotras. Luego de ese suceso María no quería agarrar mi mano y no quería ser mi amiga. Yo ni siquiera sabía qué era una lesbiana y lo único que quería era desesperadamente reemplazar a mi prima, a la que consideraba mi hermana.

Aprendí muchísimo en esa escuela y más de lo que podía apreciar en aquel momento. El señor Grant, o mejor dicho *Míster* Grant, mi profesor de inglés, era fabuloso. Le doy crédito por enseñarme inglés y cultura estadounidense básica. Él no hablaba absolutamente nada de español, pero me hacía reír cuando lo intentaba. Asistía a clases con mi maestra de grado, pero me sacaban para ir a la clase de *Míster* Grant por horas. Me encantaba cuando hacíamos día de *pancake*. Él traía la batidora y luego comíamos lo que él llamaba un desayuno estadounidense típico en el salón de clase. En ese momento no lo sabía, pero él nos estaba enseñando mucho más que el idioma o probablemente solo le gustaban los *pancakes*.

Eso continuó y todos los días durante mi primer año de segundo grado me paraba cuando la *teacher* decía la *Pledge of Allegiance* (el juramento a la bandera) y todos los niños mirábamos la bandera estadounidense que estaba colgada en una esquina del tablero. Los demás ponían sus manos en el pecho y recitaban las palabras que se sabían. Francisco (otro estudiante de inglés como lengua secundaria) y yo nos mirábamos, nos encogíamos de hombros y mirábamos al resto. Murmurábamos las palabras hasta que reconocíamos alguna. Luego, esa que reconocíamos la decíamos más alto mientras murmurábamos el resto.

Claro que *Míster* Grant nos enseñaría lo que teníamos que decir y lo que significaba en el momento oportuno. Más o menos tenía una idea de la rutina pues hacíamos algo similar en La Academia. Cada mañana antes de entrar al salón, todos los niños de la escuela se alineaban afuera en el patio. Nos ponían por salón y por orden de tamaño en líneas perfectas. Esas líneas perfectas representaban un orden obsesivo compulsivo, como si de una banda militar profesional se tratara. Todos los estudiantes sabíamos que no podíamos cometer errores porque las monjas nos regañarían si hacíamos el tonto. Luego nos parábamos firmes mientras saludábamos la gran bandera panameña que ondeaba en el patio delante de nosotros. Con nuestras manos firmes en la frente y como si fuéramos pequeños soldados saludábamos y cantábamos: *"alcanzamos por fin la victoria en el campo feliz de la unión; con ardientes fulgores de Gloria se ilumina la nueva nación ..."*

Pero hoy no y jamás volvería a pasar. Hoy canté en inglés: *"my country 'tis of thee, sweet land of liberty, of thee I sing ..."* y juré frente a una bandera que era nueva para mí.

Poco después de la ceremonia de cada día alguien tocaba a nuestra puerta. Era el asistente del señor Grant, que venía para escoltar a Francisco y a mí a nuestras clases de inglés. Las únicas veces que no estábamos con el señor Grant era en arte, educación física y música. Estas clases también eran muy diferentes a las de Panamá, pero no me importaba porque me encantaba no tener que ir a clase de costura como lo hacía allá. Me tomaba toda una clase tratando de insertar el hilo en la aguja y las monjas movían sus cabezas en señal de desaprobación.

En una ocasión una monja me pegó durante la clase de costura. Ninguno de sus alumnos había hecho algo bien en ese día en particular así que ella decidió pegarnos a todos. Cuando regresé a casa y mami vio la marca roja en mi mano se enfureció.

Al día siguiente mami fue a la escuela y usó palabras que las monjas y el director no esperaban escuchar. Ella sabía que yo era de jugar y era un poco hiperactiva en casa, pero ella me enseñó a portarme bien en la escuela, así que cuando mami llegó con el carro de los bomberos (una ventaja de su trabajo) y exigió que le explicaran por qué me pegaron ese día, a las monjas jamás se les ocurrió volver a pegarme.

~∽⊚∽~

En la casa amarilla, me ponía a ver Sábado Gigante, El Chapolín Colorado y las telenovelas con mami en el canal en español. En poco tiempo ya estaba cambiando y poniendo las Aventuras de los Tiny Toons, Los problemas crecen, Todo queda en familia, Tres por Tres y Blossom. Las entendía. Me sentaba en el mismo sillón en donde me había estado sentando desde el primer día que llegué, pero ahora miraba, me reía y entendía lo que los personajes decían.

Este era el mismo sofá que usaba cuando tomaba los huevos de la refrigeradora de la abuela Verónica y los ponía alrededor de mí. La abuelita Minerva me había enseñado que los huevos debían estar calientitos para que eclosionaran. No había visto gallinas en Nueva York, así que tomé casi como una obligación el mantenerlos calientes. La refrigeradora estaba fría y lo único que sabía es que iban a eclosionar por la mañana. No hace falta decir que mami me despertó a la mañana siguiente cuando encontró todos los huevos rotos a mi alrededor en el sofá.

Durante este tiempo también desarrollé el hábito de la lectura y descubrí que la biblioteca estaba llena de libros e historias interesantes así que prácticamente vivía allí. Me encantaba leer y entender lo que estaba leyendo para luego enseñarle a mami, papi y por último a ustedes. Lo mejor de todo es que aquellas tardes de lectura me ayudaban con mi inglés. Después de dos años de cursos de inglés como lengua secundaria en *Elmer Avenue School,* ya sabía lo suficiente como para graduarme del programa. Regresé al *Fairview Road Elementary* en cuarto grado, después de haber aprendido suficiente inglés como para estar con mis semejantes. Para entonces, me gustaba caminar a la escuela con mis amigos del vecindario y ya vivía la típica vida estadounidense.

Hablaba inglés, hice amigos y hasta tenía días de juego y pijamadas ocasionales (luego de explicarle a mami que esto era algo habitual). Ya podía comunicarme bastante bien con mis vecinos para participar en eventos de recaudación de fondos de la escuela. Iba de puerta en puerta con catálogo en mano para vender papel de regalo, baratijas o cualquier cosa que la escuela nos pidiera. Los ejercicios de Dictado ya no me hacían llorar y los dibujos animados de los sábados por la mañana ya formaban parte de mi rutina.

Aunque ya estaba adoptando una nueva cultura y un nuevo país, aún había cosas que me hacían sentir diferente de mis semejantes. Siempre he sido un poco intensa o quisquillosa con la comida y no me gustaba la que daban en la cafetería de la escuela, así que mami siempre me daba lo que sobraba de la cena como lonche. No había otro estudiante que tuviera un plato de arroz frío y que le pidiera a su *teacher* que le calentara la comida en el salón de maestros. En un principio no parecía algo tan difícil de pedir, así que lo hice por un tiempo hasta que empecé a sentirme avergonzada, pues me sentía diferente al resto de mis amigos.

Cuando a mis compañeros de clase y a mí nos tocaba hablar de nuestro fin de semana, mis experiencias siempre eran bastante diferentes en comparación con la de ellos. Nuestra familia hacía lo mismo cada domingo (y era un asunto de todo el día). La familia de mami siempre había sido muy religiosa. Fuimos bautizados como católicos, teníamos un sacerdote de familia y la familia entera iba a misa. El mismo sacerdote que bautizó a nuestros primos fue el mismo que casó a la tía, y ya saben quién … y así sucesivamente. Participábamos de las procesiones, en las posadas de la Natividad y en las procesiones del Viernes Santo.

El tío Manuel sirvió como monaguillo en la iglesia y toda nuestra familia proviene de una larga línea de sucesión de servidores del altar y orgullosos ministros de la Eucaristía. Siempre me ha impresionado el hecho de que Mamacela pudiera decir el nombre del santo correspondiente a cualquier día del año del calendario además de la información de porqué era conocido aquel santo. Mamacela rezaba el rosario todas las mañanas seguido de algunas otras oraciones a la Virgen María, Jesús y varios santos. Me gustaba acompañarla cada vez que ella me lo pedía. No era fácil llegar a nuestra iglesia en Panamá, lo que hacía la experiencia más significativa.

Todos los domingos la familia al completo se pondría sus mejores galas. Algunas de las mujeres se cubrían la cabeza con un velo o pañueleta en señal de respeto. Mami siempre me ponía un vestido colorido y usaba mis mejores medias blancas dobladas para enseñar los lacitos que tenían y el toque final lo daban mis relucientes zapatos de cuero. Si rayaba mis zapatos, les ponía un poco de brillo con un poco de betún. No me importaba hacer esto, pues me encantaba el fuerte olor a pintura que emitía porque me hacía sentir que usaba zapatos nuevos.

Una vez ya estábamos todos vestidos, caminábamos hasta el final de la colina para esperar el bus. Íbamos en bus hasta la parada más cercana y luego caminábamos como por treinta minutos mientras rezábamos todos al unísono. Después de la misa, hacíamos el mismo recorrido de vuelta a casa.

Nuestros viajes a la iglesia en Nueva York eran algo similares hasta que descubrimos cómo funcionaba el sistema de transporte público. Mami y yo caminábamos a la iglesia los domingos mientras papi trabajaba. Nos tomaba aproximadamente dos horas en una vía por la autopista. Continuamos este ritual incluso cuando ustedes cuatro ya habían nacido. Todos nos ajustamos a nuestra nueva vida y a nuestra propia versión de *neoyorquinos*.

Mami y papi estaban bastante impresionados por lo rápido que aprendí el idioma. Estaban tan orgullosos que presumían de mí ante nuestra familia de Panamá. "Los niños aprenden tan rápido"—solían decir. Aprendí de cada experiencia rara y les explicaba todo el tiempo que lo que ellos planeaban no parecía ser lo *normal* en los Estados Unidos.

El hablar el idioma mejor que mami y papi fue toda una ventaja, pero a la vez era bastante la presión que tenía aun siendo una niña en la escuela primaria. Escribía mis propias cartas para excusarme por mis ausencias a la escuela (claro que solo con el permiso de nuestros padres). Traducía las cartas que los *teachers* mandaban a casa para que mami las firmara. Solía interpretar lo que los *teachers* tenían que decir a mami y papi acerca de mí en las reuniones de padres (para su suerte siempre fui buena niña), recibía buenas notas y nunca les di problemas.

Ellos contaban conmigo para muchas cosas por la barrera del idioma. Era su traductora de conveniencia, corrector ortográfico y verificador de acento. Les ayudaba en todo lo que necesitaran leer y escribir en sus trabajos. En un corto periodo de tiempo pasé de ser la niña asustada que no hablaba inglés a tener un inglés fluido en este nuevo y extraño país.

Mi nueva vida se estaba convirtiendo en una vida segura y cómoda. Aunque pudiera ser un poco caótico vivir en una casa llena de gente, nuestra familia tenía una rutina. Iba a la escuela y regresaba para ver a mami cocinar nuestras exquisiteces favoritas, jugaba con nuestros primos y con Carrie. De vez en cuando, la abuela Verónica nos movía a diferentes áreas de la casa, pero aparte de eso todo lo demás era predecible. Tengo muchos recuerdos de esa casa, pero la peor de todas ocurrió en nuestra segunda Navidad en el ático de la abuela. Esa noche cambió mi vida para siempre.

CAPÍTULO 5

Navidad en el ático

Habíamos logrado ascender a vivir al ático de la abuela Verónica después de un año y medio de vivir en los Estados Unidos. Era un ascenso de los cuartos del nivel medio de la casa, donde dormíamos al principio, al ático. Esta era una gran mejora, pues nos lo habíamos ganado y habíamos probado nuestro potencial financiero de ser inquilinos leales. Una alfombra verdosa desgastada nos guiaba hasta la pequeña escalera que daba a nuestros cuartos privados.

El ático tenía un baño pequeño terminado (lo cual era un lujo para nosotros) y dos cuartos a los costados del baño. A la izquierda de las escaleras quedaba el dormitorio en el que dormíamos y a la derecha estaba el resto. Un pequeño pasillo frente al baño conectaba ambos cuartos.

El otro cuarto era nuestra sala/cocina/área de cenar. El cuarto multiuso tenía un sofá que heredamos de la basura de un vecino y al final también heredamos la televisión. Mami trató de hacer el ático nuestro, tanto como le fuera posible, así que improvisó. No teníamos cocina, pero de algún modo mami cocinó todas nuestras comidas en una olla arrocera *Oster* y en estufa de mesa eléctrica con doble quemador. Ella cocinaba mis comidas favoritas en aquel ático, aquellas comidas panameñas que tanto me encantaban. Comía arroz blanco con mantequilla y kétchup, lentejas (ustedes saben que son mis favoritas) y todos los emparedados de bolonia que podía pedir. Una de nuestras cenas favoritas era pan blanco con mantequilla y azúcar en la tapa. Es probable que les parezca asqueroso ahora, pero era a lo que estábamos acostumbrados y lo que podíamos pagar. También comía cereales a la cena si quería, sin que la abuela Verónica le dijera a mami que no me los debía dar. Después de la cena siempre lavábamos los platos en el lavamanos del baño.

En mi opinión, el ático era mucho mejor porque era el área más privada de aquella casa. No teníamos que pasar a través de la casa llena de gente para llegar a nuestro espacio, pues las escaleras que daban al ático estaban justo en la entrada principal de la casa. No teníamos que compartir nuestra comida y ¡lo mejor de todo! que no teníamos que compartir el baño con el resto.

Aquel era un lugar divertido para un niño, aunque tenía sus fallas. Tenía que estar callada en el ático o sino la abuela o la tía Bertha usaban la escoba para golpear el techo por debajo de nosotros y gritaban. Esto usualmente significaba que estaba haciendo ruido o caminando muy fuerte y podía causarle problemas a mami y papi después. Además, a pesar de ser un área pequeña para compartir, tratamos de sacarle provecho.

"Bidi bidi bom bom … bidi bidi bom bom … bidi bidi … bom bom … bidi … bidi … bidi bom". Movía mis caderas de un lado a otro al son de la canción de moda de la artista más *hot* de aquel tiempo, la muy talentosa Reina del Tex-Mex Selena. Usaba una escoba como mi micrófono y cantaba aquellas canciones tan llenas de emociones que no entendía en ese momento. El micrófono se convirtió de manera tan repentina en mi compañero de baile, pues lo usaba para moverme de un lado a otro y cantaba a todo pulmón mientras hacía los quehaceres del sábado. Ella era mi ídolo, pues era hermosa, amable, estaba a la moda, era bilingüe y muy talentosa. Mami y yo veíamos cada concierto de ella en Univisión y seguíamos su carrera en la televisión. Yo seguía cantando apasionadamente *"mi corazón se enloquece así cada vez que lo veo pasar y me empieza a palpitar ... así ... así ... bidi ..."*, pero mi concierto se terminaría de manera súbita con los golpes y los gríteríos que venían del piso de abajo. "Para de hacer todo ese ruido, niñita: ¡cállate!" Así que obedecía y paraba de una vez. En el ático el techo estaba bastante bajo y cerca de las paredes, por lo que tenías que ser cuidadoso al caminar. Había un total de cinco ventanas sin vidrio que nos daban una hermosa vista, especialmente en el verano, y a veces mami me dejaba subirme (excepto durante invierno por el frío) a la punta del techo para mirar la inmensa calle.

De veras que lo habíamos convertido en nuestro pequeño espacio de privacidad.

≈۹≈

Era diciembre de 1991, un día típico de invierno en Nueva York, y era nuestra primera Navidad en el ático y la primera vez que colocábamos un árbol de Navidad (uno "real" pero artificial). Papi y mami habían comprado los ornamentos en el almacén de ventas de segunda mano y era un momento muy emocionante pues teníamos mucho que celebrar.

Habíamos pasado nuestra primera Navidad fuera de Panamá en el sótano de la abuela un año antes. Habíamos celebrado con un pequeño árbol de mesa que había hecho a base de cartulina con pompones verdes pegados a él en la clase de arte y me regalaron un pequeño animalito de peluche que había visto en el almacén que estaba cerca del restaurante donde papi trabajaba. Pensé que Santa me estaba observando.

〜❡〜

Ese año papi había trabajado tanto que ascendió de ayudante de mesero a cocinero de línea y mami trabajaba limpiando casas, con lo cual le pagaban bien. También ella cuidaba a los hijos de madres solteras. Carrie no había ni cumplido el año y ya el vientre hinchado de mami empezaba a asomarse. Ella estaba esperando que fuera un varón.

La radio estaba puesta con un volumen bajo en la estación de habla hispana. Mami tarareaba las canciones, aunque sabía que ella se sabía las letras. Ella presionaba sus labios mientras trabajaba concentrada arreglando el árbol. Nuestra caja llena de ornamentos estaba en el piso al alcance de mami. Caminaba alrededor examinando las ramas mientras sostenía cada ornamento y examinaba dónde los iba a poner antes de hacerlo. La Navidad era y sigue siendo su época favorita.

Yo estaba tendida en el sillón con una mano en la caja del oropel de plata. En Panamá se les conoce como *lágrimas*. ¿Por qué *lágrimas*? Siempre me lo pregunté, pues las lágrimas simbolizan tristeza y la Navidad era una época feliz.

"Te estás quedando dormida Olivia. Ve a dormir. Ya termino yo". Peleé con ella como por unos treinta minutos cuando finalmente me rendí.

"Hay algunas prendas de vestir en tu cama que tengo que planchar, así que acuéstate con papi. Te moveré a tu cama apenas termine".

Casi dormida, como un zombi, caminé hasta la enorme cama *queen* que tomaba casi tres cuartas partes del cuarto. Mi cama *twin* y la cuna ocupaban el resto del cuarto. Le di un beso a Carrie y sus cuatro extremidades estaban tendidas con su mamadera vacía y casi abierta en su mano derecha.

Su cara estaba de lado con su boca casi abierta y su pequeño estómago se expandía con cada respiración, lo que significaba que estaba durmiendo en paz. Me subí a la cama con papi roncando y me dormí casi inmediatamente. Lo que pasó a continuación me persiguió por las próximas dos décadas.

Estaba totalmente dormida cuando de repente sentí que su robusta mano con callos acariciaba la parte interna de mi muslo. Mi cabeza estaba del lado opuesto a él y mirando a mami que estaba en el otro cuarto. Él no pudo darse cuenta de que me había despertado (al menos eso pienso yo) y respiré profunda y calladamente mientras sus robustos dedos llenos de callos se introducían en mi vagina. Tocó mi vagina, la de una niña de ocho años, y continuó haciéndolo. Contuve mi respiración y sentí la presión en mi pecho. Mantuvo sus dedos dentro de mí mientras yo miraba a mami, a pocos pasos de mí en el otro cuarto, pero aun así sintiéndola tan distante. Ella aún estaba tarareando los sonidos de la radio sin prestar la más mínima atención a lo que me pasaba.

¿Debería gritar? ¿Debería moverme? ¿Debería correr? ¿Qué está haciendo? ¿Por qué lo hace?

Continuó introduciendo sus dedos en mi pequeño cuerpo bajo las sábanas. Sentía que esto no estaba bien. No me gustaba y quería que esto parara. Luego, tomó mi mano, puso mis pequeños dedos alrededor de su pene y colocó sus manos alrededor de las mías para moverlas de arriba abajo, incluso estando bajo las sábanas. Sentí como aquello se hinchaba en mi mano.

En mi cabeza grité y lloré para llamar la atención de mami.

Mami, por favor ayúdame, por favor mírame y ven al cuarto. Piensa en algo que necesites. Por favor ven y vigila a Carrie, ven y vigílame. ¡Por favor mírame! Estoy despierta. Mira que me siento incómoda. ¡Mírame! ¡Hay algo que está mal!

Ella nunca entró y yo pretendí estar dormida hasta que terminó. Solamente tenía ocho años en ese momento y no entendía lo que estaba pasando aquella noche. Lo único que supe era que no me gustaba y que estaba mal. Hubo un entendimiento no hablado de que no debía hablar de ello. Papi me lo decía en formas que yo entendía, sin él tener que haberlo mencionado. Me dijo que podíamos mantener secretos entre ambos y que confiaba en mí. Me compraba las baratijas que me encantaban y me decía que las podía esconder de mami debajo de la cama. Cuando parecía que me alejaba pensando en los malos recuerdos en su presencia, me daba palmaditas en la cabeza y decía una broma que me hacía reír. A veces me compraba peluches de animalitos y me recordaba lo buena niña que era cada vez que me animaba a no decir nada.

Ante todo, lo que más quería era pretender que esa noche nunca ocurrió y seguir con mi vida de la manera más normal posible, pues papi, su papá y mi padrastro era el sostén de nuestra creciente familia. Mami lo amaba y compartir este terrible secreto iba a perjudicar nuestras vidas. Por tanto, lo oculté (o al menos lo intenté).

Con los años, pensé que podría seguir adelante con mi vida sin que lo que él me hizo me afectara, pero ni se imaginan cuán equivocada estaba yo.

CAPÍTULO 6

La casa amarilla

Probablemente ustedes cuatro eran demasiado chicos como para recordar nuestra etapa en la casa de la abuela. Esa casa era de tres pisos y tenía una cerca de alambre que la rodeaba. El frente estaba claramente ajardinado con dos potes grandes a cada lado de la puerta, un tendedero de metal colocado por todo el jardín y allí era donde todos tendían sus ropas a secar. Aquella casa estaba en un área tranquila, en una calle bien establecida y cerca de varias intersecciones transitadas. Por fuera se veía tranquila, pero por dentro siempre tenía algo dramático e intenso que contar.

Apenas entrabas te encontrabas en el nivel medio, pues veías el área de la sala, que compartía pared con la cocina. Hacia la derecha de la cocina, te encontrabas con el cuarto donde mami, papi y yo dormíamos en las primeras semanas de haber llegado a Nueva York y, al lado de ese cuarto, estaba el cuarto de la abuela Verónica. Al fondo del pasillo a mano izquierda de la cocina, había otros dos cuartos y todos nosotros habíamos compartido uno de esos cuartos en algún momento de nuestra estancia.

Cuanto más te podías permitir pagar en la casa amarilla, más mejoraban tus condiciones de vivienda. En esa casa vivían tanto la abuela Verónica, como la tía María, la tía Bertha y su esposo Óscar con nuestros primos Lilly y Óscar Jr., y sus dos perros Bonnie y Clyde. El tío Adam y su esposa Isabel también vivían en aquella casa con su creciente familia. Ellos ya tenían una hija cuando mami y yo nos mudamos, pero cuando nos mudamos a otro lugar ya tenían tres. El tío Álvaro, su familia de cinco y el tío Felipe con su esposa y sus tres hijos también vivieron allí por un tiempo. La exesposa del tío Max y sus hijos también vivieron allí temporalmente. Papi tenía una familia numerosa y, cuanto más tiempo pasábamos en aquella casa, más gente entraba.

Mis idas al baño son quizás los recuerdos más incómodos que tengo de vivir en aquella casa, pues solo había dos baños: uno que era el de los inquilinos (que estaba en el ático) y el otro que estaba en el piso principal (y era el que usaba el resto). Por aquel entonces no lo entendía, pero a la abuela le encantaba ahorrar y claro, si tienes a mucha gente viviendo en tu casa, pues debes cortar donde se pueda. En algún momento vivieron en esa casa entre veinte y veinticinco personas. Las duchas estaban limitadas por tiempo, pues no podías acabar con el agua caliente.

En Panamá no teníamos agua caliente, así que yo no entendía cuál era el problema hasta que lo experimenté en el frío del invierno de Nueva York. No estaba permitido trancar la puerta del baño mientras te bañabas porque probablemente alguien tendría que usar el servicio mientras estabas tú allí. Las puertas del baño eran de vidrio corredizo y estaban atornilladas sobre la tina y el lado que daba hacia el baño se veía distorsionado, pero aun así se veía de sobra. Además, la abuela Verónica tenía una famosa regla: No podías bajar el servicio a menos que alguien hubiera hecho el número dos. Pero si igual teníamos que pagar por el agua consumida. Debíamos orinar en la orina de varias personas hasta que sintiésemos las ganas de hacer el número dos. Para mí en aquel momento, nada de esto parecía tener sentido, pero mami me decía que así era y por tanto así lo hice. *"Nothing is free, Mamita"* (nada es gratis, mamita)—solía decir la abuela con su marcado acento caribeño. Sonaba tan vieja y frágil … incluso en aquel entonces.

Aquella casa enorme y de color amarillo también tenía un sótano sin terminar. El sótano era el área donde guardábamos la comida enlatada y donde estaban la lavadora y la secadora. Odiaba bajar al sótano, pues era el área más misteriosa y oscura de toda la casa. A mami tampoco le gustaba ir sola, así que cuando bajaba a lavar la ropa siempre me pedía que la acompañara. El sótano era frío, rechinaba y estaba totalmente oscuro. La abuela pensaba que era ridículo que nosotras estuviéramos asustadas. A veces me pedía que le buscara una lata de algo que quería para cocinar y yo accedía, pero con temor, por lo que usualmente bajaba las escaleras mirando todo lo que había a mi alrededor por si algo me esperaba allá abajo. Luego, doblaba hacia la esquina en donde estaba la comida, agarraba la lata que ella me pedía y subía las escaleras lo más rápido que podía. Me sentía segura y aliviada cuando terminaba aquella labor, así que lo único que hacía después de eso era regresar a mi área segura, aunque a veces no había tiempo para apagar la luz. *"Eso lo hago después"* solía pensar, dado que lo único que quería era salir de allí, así que estrellaba la puerta lo más duro posible para atrapar mis miedos allá abajo y luego, ya casi sin aliento, le daba a la abuela la lata que me había pedido.

La abuela giraba su mano para abrir la lata con un dispositivo portátil (no teníamos esto en Panamá pues la abuelita Minerva abría las latas con un cuchillo afilado mientras golpeaba la tapa con otra lata). La abuela Verónica siempre me regañaba y con cada golpeteo del dispositivo me decía enojada: *"¡esta es la última vez que te digo que no corras por esas escaleras! ¡Ve y apaga esa luz antes de que me suba la factura de la electricidad!"* Hasta el día de hoy se me quedó grabado en mi cerebro que hay que apagar la luz cada vez que sales del cuarto para conservar energía. Gracias a la abuela Verónica.

Pero los viajes al sótano solo empeoraron después de que nuestro primo Jason y yo encontráramos un espejo allí. Habíamos ido valientemente a explorar aquel oscuro sótano cuando él empezó a contarme la leyenda de terror del espíritu de *María la Sangrienta*. Empecé a decir ese nombre prohibido unas tres veces frente al espejo grande y redondo que estaba detrás del bar del tío Álvaro y luego nuestra imaginación empezó a fluir mientras veíamos la cara ensangrentada de María reflejada en aquel espejo. Gritamos como McCauley Caulkin lo hizo en *Mi pobre angelito* y subimos a todo correr por las escaleras.

Poco tiempo después de aquel incidente, mami, papi y yo terminamos viviendo en aquel sótano tan frío y oscuro (en un cuarto que estaba justo pasando el espejo). Esto ocurrió justo antes de que nuestra creciente familia se ganara el premio de vivir en el estimado ático. La abuela Verónica nos había dicho que tenía un nuevo inquilino al que le estaba dando nuestro cuarto, por lo que nos pidió, mientras papi estaba en el trabajo, que nos mudáramos al sótano de inmediato. Mami corrió lo más rápido que pudo con su barriga de embarazada, pues solo estaba a unas semanas de dar a luz a Carrie. Traté de ayudar tanto como me fue posible, ya que solo tenía siete años. Nuestro nuevo cuarto solo tenía dos camas, una para mí y la otra para nuestros padres. Aquel sótano no estaba equipado para que alguien viviera allí, pues solo era para almacenar cosas, pero aun así ahora estábamos nosotros allí.

Vivir en ese sótano nos dio una gran lección de humildad. Nuestra pequeña familia quería mucho más que esta pequeña vivienda y ese frío y oscuro sótano sin terminar solo nos hizo ansiar más. Anhelábamos una vida mejor y nosotros necesitábamos y queríamos esa vida, más que nada en este mundo.

~◎~

El concepto del trabajo duro fue algo que mami y papi me enseñaron a temprana edad. Con su ejemplo aprendí muchísimo sobre ética laboral, pues me enseñaron que siempre debes ser puntual al trabajo, trabajar duro y hacer todo lo mejor posible en aquello que le pidan a uno. Incluso hacerlo perfecto, si se puede, porque el trabajo duro al final rinde frutos.

Papi trabajó como mesero en un restaurante italiano llamado *Pasta Boutique* mientras vivíamos en Nueva York. Yo no sabía lo que era un mesero en aquel tiempo, pero sí sabía que él regresaba a la casa con muchas propinas. Era habitual que mami y yo contásemos ese dinero y ella lo usaba para pagar todas las cuentas.

Una noche llegó muy emocionado y nos dijo a mami y a mí que lo habían ascendido a cocinero de línea. Papi había estado prestando atención a los cocineros y expresó cierto interés, así que ahora el dueño del restaurante lo entrenó para que aprendiera a cocinar comida italiana. Estaba tan feliz por él, ya que entendía que a un cocinero de línea le pagaban mejor que a un mesero.

De vez en cuando papi nos llevaba al restaurante *Pasta Boutique* a cenar. El dueño del restaurante nos daba una pizza familiar para compartir. Yo me rehusaba a comer pizza ya que me parecía extraña, pero papi me daba galletas frescas y un poco de helado que él mismo hacía en el restaurante y solía devorarme eso. Siempre le gustaba satisfacerme y complacerme con comida.

Mami se ganaba la vida limpiando casas y para tener más trabajo confiaba en las recomendaciones por palabra de boca en boca. A las mujeres gringas les gustaba cómo ella limpiaba sus casas, así que se lo comentaban a sus amigas. Casi siempre papi dejaba a mami en las casas que limpiaba, pero cuando él no podía, ella agarraba el bus o el tren para llegar y regresar. Usualmente ella viajaba a otras ciudades o lugares para limpiar casas y siempre coordinábamos nuestros horarios para que alguien siempre se quedara con ustedes y los cuidara.

≈☉≈

"¿Mami, te puedo acompañar al trabajo hoy?"—le pregunté una vez, "no quiero quedarme en casa con papi".

"¡Claro! Puedes ayudarme a terminar más rápido" y sonrío en medio de bromas.

Me gustaba caminar y ver esas casas por dentro. Por eso me encantaba ir con ella. Esas casas eran mucho más grandes que la casa amarilla (y yo que pensaba que la nuestra era grandísima). Tenían lavaplatos en la cocina, grandes y brillantes refrigeradoras con fotos de familias sonrientes pegadas con magnetos, pisos de madera y sábanas esponjosas en las camas. Caminaba por toda la casa y dejaba que mis pequeños dedos se zurraran suavemente por los muebles de todos los cuartos mientras mami limpiaba.

"¡Olivia! ¡Olivia Rose Batista ven acá!"—gritó un día mientras limpiaba la casa. Sabía que estaba en problemas porque había dicho mi nombre completo, así que bajé las escaleras de madera tan rápido como pude y me zurré por los pisos recién pulidos hacia la cocina donde ella se encontraba. Corrí tan rápido que casi me resbalo en el piso.

Casi sin aire, le expliqué que no iba a romper ni mover nada.

Mami me miró intrigante y luego me pidió que le leyera una nota que le habían dejado los dueños de la casa. Con cierto alivio, procedí a explicarle a mami que la mujer se iba de vacaciones por una semana, por lo que no iba a estar en casa. Luego, ella me pidió que le escribiera una nota de respuesta a la dueña para que supiera que había recibido el mensaje.

Además de limpiar casas, mami también trabajó como niñera para cuidar a los niños del vecindario. Esto era algo que mami no esperaba hacer, pero era dinero fácil. Todo empezó con una mujer salvadoreña que vivía al otro lado de la calle. Era una madre soltera que estaba trabajando y necesitaba de alguien que cuidara de su bebé y también vivía en una casa con varias familias, por lo que también rentaba un cuarto. Este supuesto "bebé" era el bebé más grande que había visto en mi vida. Era inclusive más grande que Carrie, que era una recién nacida, pequeña y delicada, y él tenía una cabeza grande y también lloraba mucho. Me di cuenta de que el ser niñera era otro negocio que se pasaba de boca en boca, pues mami empezó a cuidar a otro niño. Esta vez era un niño que era un año menor que yo. Se llamaba Sergio y era mi peor enemigo en aquel momento. Su mamá estaba embarazada y, como ya se habrán dado cuenta a este punto, mami cuidó también a su hermanita pequeña cuando ella nació.

Sergio tenía siete años y no estaba feliz con ser el hermano mayor. También le gustaba decir mentiras (lo cual no me gustaba). No me agradaba en lo absoluto, pero cuando su madre Érica me dijo que le iba a poner a su hermanita mi segundo nombre, Rose, el halago me hizo tolerar a Sergio un poco más, así que traté de dar lo mejor de mí (bueno claro, como si tuviera otra opción).

Fue también para esta época cuando me hice amiga de mis nuevos primos, los cuales eran familia de papi y también vivían en la misma casa amarilla que nosotros compartíamos. Los primos solo eran un par de años más viejos que yo, pero nos las arreglábamos para meternos en problemas.

A nuestro primo Jason y a mí nos gustaba ir al ático y subir hasta el techo. A mami no le importaba, hasta que, un día, a él se le ocurrió la brillante idea de traer a Carrie (que tenía 4 meses en aquel entonces) a subir con nosotros.

"Look, she can fly!" *("¡Mira, puede volar!")*—decía desde el techo a la vez que la balanceaba por el aire.

Mami lo vio y corrió hacia él mientras gritaba del pánico y la angustia que tenía: *"she no can! she no can!"* Mi mamá no hablaba muy bien inglés, pero trataba de decirle que no podía volar.

Una vez convencí a nuestro primo Óscar de que yo hablaba el lenguaje de los bebés y le dije que me podía comunicar con Carrie con facilidad. Como me dijo que se lo probara, le dije "¡vamos!" y corrimos hacia donde ella estaba. Carrie estaba sentada en su silla de carro balbuceando como siempre lo hacía y yo le contesté balbuceando también.

"Acaba de decir que está cansada y que quiere tomar una siesta" —le dije.

"Sí claro"—dijo. Seguí balbuceando con Carrie y luego dije: *"dice que te puede escuchar y que te estoy diciendo la verdad"*. Óscar estaba completamente asombrado y me dijo: *"¿¡En serio!? Pregúntale si sabe mi nombre"*.

Balbuceé y ella balbuceó. Luego le dije: *"Dice que es Óscar, duuhhh"*.

"¡Hala!"—reaccionó con cierto asombro. Luego se dio cuenta de mi pequeño truco, pero me divertí mientras duró.

Nuestra prima mayor Nora me enseñó a andar en bicicleta después de algunas caídas y rasguños por el pavimento. También me enseñó a darle de comer de manera discreta mis vegetales al perro. Lilly, otra de nuestras primas mayores, me enseñó lo que eran las bromas de *"your mama"* (tu mamá), que no debía tomar de manera tan literal, y también algunas veces me recogía de la escuela y caminaba conmigo de regreso a casa. Lilly y yo íbamos a la misma escuela, pero me pasaba por dos grados, pues cuando yo estaba en cuarto grado, ella ya estaba en el sexto. Solamente fuimos a la misma escuela por un año y fue antes de que ella se graduara. Era mi ejemplo a seguir y estaba tan orgullosa de tenerla como prima que quería que todo el mundo lo supiera.

Una vez, mientras estaba en clase, le dije a mi *teacher* que debía preguntarle a mi prima algo muy importante. Ella estaba en el salón ubicado al final del pasillo, así que me dejó ir. Cuando la *teacher* de Lilly abrió la puerta, dije: *"debo hablar con mi prima,"* como si todos supieran quién era esa prima. Lilly y yo no nos parecíamos en nada.

"Bueno ... ¿y quién es tu prima?"—preguntó mientras se encorvaba. Apunté a Lilly y ella me miró con sorpresa y vergüenza al mismo tiempo mientras se paraba rápidamente. Salió hacia el pasillo conmigo y su teacher cerró la puerta para darnos privacidad.

"¿Qué te pasa?"—me preguntó.

"¿Vas a llevarme a casa hoy?"—pregunté.

"¡Claro! ¿Por qué no lo haría?"—me preguntó con cierto enojo en su rostro.

"No sé"—dije con cierta ingenuidad.

"Vete de aquí"—dijo con una sonrisa en su cara y yo me alejé feliz.

Ella me amaba y siempre pretendía ser grosera y cruel como su mamá la tía Bertha, pero era muy dulce conmigo. Lilly y la tía Bertha siempre discutían en frente de todo el mundo, y cuando mami y yo observábamos esas discusiones, que casi siempre terminaban con una cachetada en la cara de Lilly y con palabras sucias, mami decía que *"la ropa sucia se lava en casa"*. Una vez le pregunté a mami qué significaban esas palabras y me explicó que era un refrán muy común de Panamá y que significaba que hay ciertas cosas que son privadas y que no se deben tratar fuera de casa. Nunca hablábamos de lo que pasaba en la casa con nadie que no viviese con nosotros.

Siempre me compadecía de Lilly. La tía Bertha era mala y yo nunca tuve ningún tipo de interacción positiva con ella. Me cortaba y siempre me miraba mal y la única vez que me pegó fue con justa causa (al menos así dijeron mami y papi). Con mucha emoción, quería enseñarle el diente que se me había aflojado, igual que hice con el resto, cuando de repente … ¡me pegó en la boca! Solo la baranda de la escalera me pudo agarrar de mi inminente caída al piso. Me quedé paralizada y sin palabras mientras agarraba mi boca ensangrentada y mi diente caído, y ella solo se reía. Ni me imaginaba cómo sería teniéndola como madre y tampoco entendía cómo mami y papi eran capaces de justificar algo así.

～૭～

Aquella casa de color amarillo estuvo más llena de lo normal durante el verano de 1992, pues todos nuestros primos estaban sin escuela, en casa y sin hacer nada. Nuestro hermano John solo tenía un mes de edad. Celeste y Amelia: ustedes dos no habían nacido todavía.

"Mami, ¿puedo tomar clases de natación con Nora?"—pregunté en una ocasión.

"¿Natación?"—preguntó.

"Sí, Nora dijo que están ofreciendo lecciones este verano en su escuela"—dije mientras le entregaba un tríptico con la información.

Le echó un vistazo y puso su dedo donde estaba el costo en la página.

"¿Esto es lo que cuesta?"—preguntó a lo que yo contesté: "sí".

"¡Ay, Dios mío, esto está carísimo Olivia! Esta escuela está muy lejos. Siempre la pasamos cuando vamos camino a la iglesia"—dijo.

"*Pero quiero aprender a nadar*"—le dije mientras ponía mi mejor cara de "*por favor mami*" esperanzada de que ella dijera que sí.

"Como quisiera que tu *padrino* estuviera aquí. Les enseñó a todos a nadar en Panamá. Todos tus tíos aprendieron a nadar en el Lago Gatún". Continuó su historia mientras comparaba EE.UU. con Panamá (cosa que siempre hacía). "Nos llevaba al lago, amarraba una soga a nuestra cintura y nos tiraba a esas aguas infectadas de reptiles. No teníamos más opción que aprender a nadar si queríamos sobrevivir y solo usábamos la cuerda como último recurso. Todo el que le pedía a tu tío que le enseñara es un nadador experto, excepto yo porque soy muy miedosa". Continuó hablando mientras hacía gesticulaciones exageradas con sus manos.

"*Estas lecciones son en una piscina ...*"—le interrumpí. Mami lo pensó y luego respondió: "*Puedes tomar las lecciones. Quiero que aprendas porque yo nunca lo hice*".

Aquel verano Nora y yo caminamos hacia la escuela tres veces por semana para las lecciones. Mami y papi habían pagado esas lecciones con el dinero que tan duramente habían conseguido, así que yo quería que estuvieran orgullosos. Hubo una ceremonia el último día de clases en donde invitaron a los padres a ver a sus hijos mostrando sus habilidades. Mami y papi fueron con Carrie y John. La clase de Nora participó primero y ella lo hizo muy bien. Nadó a través de la piscina, hizo sus acrobacias y la multitud aplaudió. Luego me tocó a mí. Mi clase, la de los principiantes, solo debía hacer una sola cosa. Debíamos saltar desde el trampolín y nadar a través de la piscina. Todos los de mi clase lo habían hecho sin ningún problema. Yo fui la última en salir de todas las clases, así que caminé hacia el trampolín y miré hacia abajo, lo que me parecía tan lejano como la vida misma, y mi *teacher* vio que dudaba, por lo que saltó a la piscina para animarme.

"¡Vamos puedes hacerlo!"—gritó y movía sus viejos brazos pálidos y peludos hacia mí.

El gentío empezó a animarme y me dije que era solo un pequeño nado a lo largo de la piscina. No es para tanto, puedo hacerlo, pensé. Me estanqué por unos microsegundos mientras jugaba con las tiras de mi vestido de baño y reposicionaba mi gorro de natación. Sonreí ante la muchedumbre y miré a nuestra familia. Mami se paró sola y orgullosa, mientras me daba porras, y papi se sentó cerca de ella con el resto del gentío. Carrie y John jugaban solos.

Salté sobre mis pies primero, algo que era totalmente en contra de lo que se me había enseñado. *¿Por qué salté así?* Pensé mientras caía. Me sumergí instantáneamente y me rodeaban las burbujas por mis movimientos tan "anti-nado". Abrí mis ojos solo para verme hundida. Entré en pánico y no podía contener más mi respiración y cojeaba bajo el agua. *¡Vamos Olivia!* Me decía a mí misma. *¿Cómo subiré por mí misma? ¿Había aprendido algo en ese curso?* Luego de lo que parecía ser una eternidad, el instructor me rescató y me cargó con una mano. Mi cuerpo cojeante y mi cabeza descansaban sobre su pecho mojado y peludo. Tosí y saqué agua de mis pulmones y mi boca. Ahora la muchedumbre hacía porras por mi rescate. Me sentí tan humillada y pensé que las lecciones no habían servido de nada. Sentí vergüenza y me sentí tan mal por hacer que mami y papi perdieran su dinero, pero después de un tiempo, se convirtió en una de las historias más graciosas que contamos.

Durante los cinco años que vivimos en esa casa amarilla nos movimos de diferentes áreas y cuartos. Mami y papi lo hacían lo mejor que podían financieramente hablando cuando nos mudamos al ático, pero tuvimos que regresar al piso de abajo cuando no fuimos capaces de pagar la renta. Digamos que el ático siempre era el premio.

Los veranos en el ático eran extremadamente incómodos (hacía tanto calor en el ático). El calor solo molestaba a mami y a papi cuando era hora de dormir, por lo que compramos un ventilador blanco de tres velocidades. Aun así, era incómodo y pegajoso. El ventilador solo tiraba aire caliente. Cuando había noches muy calurosas, esperábamos a papi en las escaleras frente a la casa porque afuera se estaba más fresco que en el ático y, cuando él llegaba, usualmente nos paseaba con las ventanas del carro abiertas solo para que sintiéramos la brisa un poco antes de dormir. También, a mami se le ocurrió la brillante idea de comprar un contenedor azul, que uno normalmente utilizaría para guardar todas las decoraciones, pero ella lo llenó de agua con la manguera del baño y nos dejaba turnarnos para sentarnos y refrescarnos. Yo pretendía que eso era una piscina.

En invierno ocurría todo lo contrario. En el ático hacía muchísimo frío. De nuevo la abuela recortaría los costos por donde pudiera. Era habitual que solo conectara el calentador cuando ella estaba en casa, pero ella nunca regresaba hasta después de las 6 de la tarde y se iba a las 6 de la mañana, con lo cual la casa estaba fría durante el día y el ático muchísimo más frío.

Un día, papi salió y compró un calentador portátil y cuando la abuela Verónica nos visitó se dio cuenta de que lo teníamos. Recuerdo que ella le dijo a mami y papi que debían pagar más renta porque la tarifa de la luz iba a subir con ese calentador. Ellos sabían que era algo que necesitábamos, así que hicieron de tripas corazón y le dieron mayor cantidad de aquel dinero que se habían ganado tan arduamente. Papi le devolvió la diferencia con intereses, pero la abuela tenía que enseñarnos una lección, así que nos mandó de vuelta a la habitación del medio.

La abuela Verónica siempre pensó que nos estaba dando una lección de vida, pero movernos por toda la casa se convirtió en nuestra nueva forma de vida. Aprendí a no apegarme a un cuarto, pues siempre había un inquilino nuevo al que ella parecía darle más importancia. Con frecuencia les daba la bienvenida a los hijos ilegítimos de nuestro tío y, por lo tanto, a todos los primos que vivían allí. Mami siempre me decía que ella no lo hacía por ser amable, pues a la abuela le encantaba el chisme. Siempre estaba metida en medio de todos los chismes y el drama de la vida de sus hijos. Muy pronto, eso atrapó a papi, pues las nuevas caras que llegaron justo después de nuestra mudanza al piso del medio de la casa fueron, sin duda, las más sorpresivas.

CAPÍTULO 7

Supuesta cirugía

Era un extraordinario y hermoso día de verano en aquella casa amarilla cuando, de repente, se oyó el resonar del timbre de la puerta. Recuerdo que era jueves, pues era el único día libre de papi. La tía Bertha inmediatamente se paró ya que parecía estar esperando compañía. El resto de nosotros no esperábamos a nadie. En la puerta estaba una mujer altísima con dos niños y la tía Bertha sonrió, saludó a aquella extraña mujer y la dejó entrar a la casa con su mochila. Era una mujer alta, de complexión mediana y piel de color nuez, y se quedó pensativa mientras su mirada recorría el cuarto donde mami y yo estábamos sentadas con Carrie y el recién nacido John en el sillón que estaba frente a ella.

Los dos niños estaban a sus costados con rostros sombríos, cansados y miradas de tristeza. La niña era más alta que el niño. Claramente la niña era mucho más vieja que yo con cabello corto y despeinado y el niño era delgado y joven. Tenía el cabello corto y rapado, y se colgaba de los pantalones de su mamá.

Había conocido a estos niños con anterioridad. Habíamos compartido una salida al carrusel cuando mami y yo vivíamos en Panamá y recuerdo que fuimos a una feria y allí conocimos al mago y a los dos niños. Mami los reconoció también e inmediatamente llamó a papi para que viniera a la sala.

La mujer empezó a gritarle a papi en cuanto entró en la sala. Yo no sabía quién era ella, pero mami y papi sí sabían, y según las expresiones en sus caras, quedaba claro que no la estaban esperando en nuestra casa ni a ella ni a sus hijos.

"¡Eres increíble!"—dijo con voz estremecida acusando a papi. La abuela Verónica se acercó a saludar a los niños, mientras dejaba que aquella interrupción en el cuarto continuara.

La mujer de la puerta era la esposa de papi. Él había huido para empezar una nueva vida con mami, su amada hija, Carrie y yo en los Estados Unidos. Según la encolerizada mujer, él abandonó a su familia por nosotros. Apuntó a mami y a mí e inmediatamente empezó a insultarnos y, él en vez de saludarla (pues no la vio en un principio), fue a saludar a los niños. Ninguno de los dos quería saludarle de vuelta y después les pidió que se quedaran conmigo. Papi mantuvo la calma a diferencia de aquella mujer.

La tía Bertha forzó una expresión de sorpresa y se retorció las manos en señal de disfrute por todos los acontecimientos dramáticos que hacían que el resto se sintiera incómodo. Mami estaba inquieta y callada, lo que me preocupaba. La tía Bertha había tirado una granada en aquel cuarto y ahora se retiraba (pero no se fue tan lejos como para poder disfrutar al ver cómo explotaba). El tío Felipe, el hermano mayor de papi, intervino y pidió el apoyo de la abuela Verónica. Luego, invitaron a la mujer cuyo nombre era Priscilla, a subir hacia el ático para conversar en privacidad con papi.

Papi la siguió y mami le dijo que él no iba a hablar con Priscilla sin ella. Los adultos subieron y dejaron solos a los niños y a mí en la sala principal de la casa. El cuarto se quedó en absoluto silencio a excepción de los gritos distantes que se oían desde el piso de arriba.

"Me llamo Olivia … esta es mi hermana Carrie y mi hermanito John"—dije con cierta timidez.

"Me llamo Alejandra y este es mi hermano Drew"—respondió la hermana.

Alejandra luego empezó a decirme, mientras se escuchaban los gritos de arriba, que ellos recién habían llegado de Panamá. Recién habían llegado hoy. Yo sabía lo que sentían en ese momento, pues me había mudado a EE. UU. dos años antes. Quería hacerlos sentir como en casa, por lo que seguimos conversando mientras oíamos las continuas discusiones de los mayores. No sabíamos lo que estaba pasando, solo sabíamos que no debíamos interrumpirles.

John ensució su pañal poco después mientras veíamos la televisión, así que tocó cambiarlo. Invité a Alejandra y a Drew a que me ayudaran y, para hacerlo un poco más divertido, inventé un juego.

Les dije que mi hermano necesitaba cirugía y que debíamos llevarlo al salón de operaciones, esto mientras los llevaba a un cuarto de la casa. Al principio estaban un poco confundidos pero igual me siguieron.

En aquel momento nos quedábamos en uno de los cuartos del medio de aquella casa amarilla. Caminamos por el pasillo hacia el cuarto que todos compartíamos. Le dije a Carrie que hiciera ruidos parecidos al "*bip*" como si John hubiera estado conectado a una máquina. Carrie así lo hizo y empezó a hacer aquellos sonidos. Ella siempre estaba alegre, me admiraba y hacía todo lo que le pedía sin preguntar. Era mi compañerita de juegos y estaba acostumbrada a mi forma de jugar.

Carrie imitó los sonidos de un monitor de ritmo cardíaco mientras se reía y me miraba. Le hacía una señal de aprobación con el pulgar. Luego apunté a Alejandra y a Drew, y les contraté como mis enfermeros. "*Soy la cirujana y los necesito ahora más que nunca*"—les dije con algo de drama.

Coloqué a John sobre la cama, le quité su ropita de la cintura para abajo y abrí su pañal para descubrir el desastre que había hecho. Él nos sonreía y pateaba con sus piernitas en señal de juego. Debía moverme superrápido antes de que me orinara como algunas veces le gustaba hacer.

Empecé a llamar a mis enfermeros. *"Tijeras... ¡necesito las tijeras!"* Alejandra me miró como si estuviera loca. Apunté a las toallitas húmedas: *"¡Tijeras!"*—dije. Ella me dio una toallita húmeda y luego grité: *"¡bolitas de algodón! ¡toallas! ¡alfileres!"* y seguí pidiendo objetos al azar, como imaginaba que se necesitarían en una sala de operaciones. Alejandra y Drew seguían dándome toallitas por cada artículo que yo pedía. Limpié a nuestro hermano como se me enseñó, froté crema en su parte íntima y cerré su pañal. Estaba limpio y se estaba recuperando de aquella exitosa cirugía. Todos nos reímos satisfechos.

Tras esa cirugía los cinco ya nos sentíamos más cercanos y unidos. Jugamos y hablamos por horas con los juguetes que compartíamos mientras nos cuidábamos unos a otros. Luego, después de varias horas, los adultos bajaron y Alejandra y Drew se fueron con su mamá y el tío Felipe. Alejandra, Drew y su madre se mudaron a un edificio que quedaba a veinte minutos de la casa amarilla. Vivieron con un amigo de la familia por un tiempo antes de conseguir su propio apartamento en el mismo edificio. Varias veces los recogíamos con el carro que la familia tenía en aquel momento y papi intentaba encontrar un estacionamiento en frente del edificio (o en la calle). Después llamaba a Priscilla para hacerle saber que ya había llegado y ella siempre le pedía que subiera solo. Mami odiaba eso y de verdad que la hacía enojar. Muchas veces trataba de hacerme subir con papi, pero él siempre le decía que Priscilla no me quería en el apartamento.

~⁹~

Luego de que Alejandra y Drew entraran en nuestras vidas también supe que papi tenía otros dos hijos con dos mujeres diferentes: Zoila, la mayor de todos sus hijos, y Dennis, cuya edad estaba entre Alejandra y Drew.

Zoila era la hija de papi y su novia Ramona, la primera novia en tiempos de la secundaria. Ramona y Zoila vivían en Colón (en Panamá). No han escuchado muchas historias sobre ella porque ella estuvo con nosotros solo cuando ustedes eran más chicos. Siempre era bienvenida en la casa amarilla y se quedó en el ático con nosotros por un par de años.

A Zoila, su mamá la envió a vivir con papi cuando se volvió muy problemática. Abandonó la escuela cuando estaba en el séptimo año escolar y siempre estaba metida en problemas. Robaba el dinero de mami, papi y la abuela Verónica. No era solo un par de dólares que robaba de sus billeteras (lo cual también hizo), sino que también les robaba los cheques, falsificaba firmas y sacaba dinero de sus cuentas de banco. Varias veces se escapó de la casa, practicaba vudú y elevó la tarifa del teléfono hasta casi varios miles de dólares sin ninguna intención de pagarla. Estos son tan solo algunos ejemplos en la lista de cosas que están en su perfil criminal.

Mami y papi pagaron dinero para matricular a Zoila en la escuela nocturna local para que terminara su educación secundaria, pero nunca se presentó a clase. Al final se metió en la prostitución para ganar dinero y hasta se practicó un aborto con una percha de alambre.

Zoila nunca maduró. Simplemente envejeció y vivió su vida de manera destructiva y desinteresada. Yo a menudo sacaba la lengua a espaldas de ella. Una vez ella me vio y me dijo que me iba a pegar tan duro que mi cara se iba a quedar así paralizada con la lengua afuera.

La toleré mientras vivió con nosotros. Ella se quedó embarazada al mismo tiempo que mami se quedó embarazada de Celeste. Ella y su bebé, que es un mes mayor que Celeste, se quedaron con nosotros por un tiempo. Mami y papi dormían en el cuarto, mientras que el resto dormíamos en el cuarto multiuso. Cuando su bebé lloraba en medio de la noche, ella me tiraba algo para que me despertara y atendiera a su bebé llorando. Esto era algo que no me importaba hacer así que con el tiempo ella no tenía la necesidad de despertarme. Le di de comer, le sacaba los gases, lo cambiaba y lo ponía a dormir. Yo solo veía como ella lo maltrataba, pues no le gustaba que el bebé la molestara. Ella siempre golpeaba la cabeza del bebé contra el colchón para calmarlo y, con el tiempo, él solito aprendió a golpearse a sí mismo para calmarse.

Nuestro hermano Dennis es un año mayor que Drew. Su madre Mikaela y papi salieron por un tiempo mientras él aún estaba casado con Priscilla. Mikaela era mucho mayor que papi y aparentemente no quería algo serio con él en ese momento. Ella estaba contenta con su único hijo Dennis tras varios años intentando quedarse embarazada. Papi y Mikaela terminaron su relación mientras papi continuaba con su vida de mujeriego, pero siguieron siendo amigos. Mikaela se casó con otra persona y su esposo adoptó a Dennis. Mikaela siempre estuvo agradecida con papi por el regalo de su hijo y Dennis siempre mantuvo comunicación con él. A mami no le importaba Mikaela, pues no era una amenaza para su relación como Priscilla.

Priscilla era la esposa legal de papi y mami era la querida. Priscilla quería hacer todo lo posible por salvar su matrimonio, por lo que se iba a quedar en nuestro círculo por el tiempo que fuera necesario. Su plan era recuperar a su esposo y volver a Panamá para vivir una vida feliz con su familia.

Mami había dejado su carrera, su familia y toda su vida por papi. Ella le había dado dos hijos y tenía el gran ideal de vivir su sueño americano.

Priscilla no estaba haciendo que su vida fuera más fácil. Ella se aprovechaba de cualquier oportunidad para hacer que su esposo volviera. Una vez llamó a papi desde un teléfono público que estaba afuera de Pasta Boutique, el restaurante donde él trabajaba. Se paró con Alejandra y Drew de la mano, en la esquina situada al lado opuesto del restaurante, frente a la transitada autopista de seis carriles y amenazó con hacerles cruzar la intersección si papi no salía a buscarlos. Él salió despavorido y corrió lleno de pánico para salvar a sus hijos.

También llamaba a la casa amarilla y pedía hablar con papi. Cuando él contestaba, ella lloraba y le pedía que se fuera inmediatamente. Le decía que había encerrado a Alejandra y a Drew en el baño y que se negaba rotundamente a darles de comer hasta que volvieran juntos.

Priscilla continuó con su gran plan y estaba funcionando. Hasta se atrevió a llamar y preguntar por mami. La tía Bertha le pasaba el teléfono a mami y miraba cómo mami se desmoronaba al escuchar la voz de Priscilla. Papi corría al rescate de Priscilla todo el tiempo. Mami creía que él había tomado su decisión y se cansó. Poco después llegó la primera vez que mami intentó dejar a papi.

CAPÍTULO 8

La furgoneta blanca

Nos ganamos nuestro regreso al ático algunas semanas después de saber que Alejandra y Drew eran nuestros hermanos, justo a tiempo para pleno verano. Las ventanas se mantuvieron abiertas mientras esperábamos desesperadamente por una brisa que nunca vino.

Era temprano por la mañana, el calor del mediodía todavía no había llegado, pero eventualmente llegaría a nosotros. Yo estaba despierta viendo los dibujos en la televisión y escuché a mami y a papi gritarse desde el cuarto que estaba solo a unos pasos. Los había escuchado discutir muchas veces. Compartíamos espacios reducidos así que nunca tenían privacidad y seguí viendo la televisión.

"Dile adiós a papi"—dijo mami mientras caminaba hasta donde estaba sentada. "No vas a volver a verlo así que ... ¡*dile adiós!*"—gritó.

Él succionó sus dientes, se contuvo y habló con desprecio.

"No te vas a ningún lado. ¿A dónde vas a ir? ¡No tienes a dónde ir!"—dijo con su voz cargada de condescendencia.

"¡No estaré aquí cuando regreses del trabajo! ¡Ya lo verás!" —respondió ella.

"¿Con qué dinero?"—dijo en tono amenazante.

"¡Dile adiós!"—gritó ella con más fuerza.

"Adiós papi"—dije con obediencia.

¡Dale un abrazo!"—dijo mami. Yo titubeé. *"¿No lo vas a extrañar? No lo vas a volver a ver".*

Di un paso y me acerqué a él para darle un abrazo, medio de lado, con mis ojos clavados en los dibujos Bugs Bunny y luego volví corriendo para seguir viendo la televisión. Hubo más gritos seguidos de un estruendoso golpe de la puerta y pisotones bajando la escalera.

Mami murmuró, atrapada en su respiración, antes de pedirme que la escuchara.

"Olivia, ayúdame a empacar. Debemos irnos"—dijo.

Me di cuenta de que hablaba en serio cuando agarró la cajeta de las bolsas negras de nuestra alacena y me dijo que empezara a meter mis cosas en las bolsas. Apagó el televisor y me gritaba a voz desesperada lo que tenía que hacer. Luego corrió hacia el cofre que tenía con efectivo que escondía de papi. Mami y yo ahorrábamos dinero o bien que se quedaba tirado en el sillón porque se había caído de los bolsillos de papi, o bien dinero olvidado en el carro, o de la propina que papi aún no había contado o incluso de algunas de las veces en las que mami cuidaba niños y limpiaba casas sin que papi lo supiera. Además, ella me decía que le pidiera dinero a papi para mi merienda, dinero que no necesitaba porque tenía la merienda gratis en la escuela. Mami ahorraba algo de dinero y, cuando ya había ahorrado bastante, se lo mandaba a nuestra familia en Panamá por *Western Union*. Ella sabía cuánto necesitaban ese dinero en Panamá, pero esta vez lo necesitábamos nosotras. Abrió el bolsillo de mi animalito de peluche, buscó adentro y sacó todos los billetes que tenía guardados allí.

"Empaca todo. ¡Solo voy a dejar su ropa y esta pila de cuentas!"

Mami caminó con tanta rapidez, primero con enfado y rabia, pero luego con determinación y organización. Hice lo que ella me pidió y la escuché hablar por teléfono desde el otro cuarto. No podía descifrar con quién estaba hablando. En un principio, hablaba bajo, pero luego empezó a subir su tono de voz. Estaba pidiendo dinero a alguien para ponerme en un colegio privado. No sabía que iba para un colegio privado. Estábamos en medio de las vacaciones de verano y continué empacando.

Me llamó desde el cuarto. Estaba molesta y creo que la persona no le iba a dar ese dinero.

"Ibán quiere hablar contigo"—dijo con cierta expresión de desprecio en su rostro. "No le digas nada"—susurró a mi oído mientras me hacía el gesto de que cerrara la boca.

¿Ibán? ¿Mi padre? ¿El nombre que no podía mencionar? Cada vez que le preguntaba a mami por él me decía que no lo trajera a colación. Siempre pensé en él, pero no me atrevía a decirlo. Ella me había dicho que papi era mi nuevo papá. Papi me cuidó y ayudó a nuestra familia. Ella me dijo que Ibán no quería saber nada de mí, así que no había hablado con él desde que nos mudamos a EE.UU. Tantas emociones se me pasaron por la cabeza en esos cortos cinco segundos antes de coger el teléfono: sorpresa, nervios, confusión, miedo …

La mandíbula de mami se puso dura, sus dientes se arrugaron y sus ojos se abrieron. Era esa cara que ella ponía cuando salíamos y yo hacía algo que la avergonzaba. Era su cara de amenaza. Era como si sus ojos me estuviesen gritando.

Acepté el teléfono con titubeo.

"Olivia, ¿cómo estás? Te habla Ibán, tu papá". Mami presionó su cara cerca de la mía mientras agarraba el teléfono en mi oído. Su voz era alegre y cálida. Recibí su saludo con una sonrisa que él no podía ver y un pequeño suspiro.

Continuó hablándome: "Tu mami me dice que vas bien en la escuela y que está muy orgullosa de ti. Yo también estoy orgulloso de ti".

Mami continuó presionando su oído en el teléfono para escuchar cada palabra que él me decía. Ella movía su cabeza en desaprobación y se burlaba de él en silencio moviendo su mano de tal manera que imitaba su forma de hablar.

Él hizo una pausa para esperar una respuesta que nunca le di. "Olivia, te extraño ..." Mami me quitó el teléfono antes de que escuchara el resto de la oración.

"Ella no quiere hablar contigo"—le dijo y me echó a un lado. ¿Por qué le mintió? Yo quería hablar con él. Lo extrañaba. Hablaron solo por un minuto en el que quedó bastante claro que no le iba a mandar dinero a mami para la escuela privada.

Mami y yo tratamos de empacar todo lo que ella quería llevarse. No teníamos muchas cosas, pero limpiamos el lugar. Tomamos comida, nuestra ropa, pañales, el corralito de juegos, el cochecito de bebé y nuestros juguetes favoritos. En este momento solo Carrie y John habían nacido.

"¿No te vas a llevar tus peluches?"—dijo mami. *"Solo porque estoy brava con papi no significa que no puedas llevarte los regalos que te dio".*

Sabía lo que significaban aquellos peluches. Eran premios por mantener mi boca cerrada por lo que pasó aquella noche. Me llevé algunos para no alarmar a mami. Este secreto me seguiría para siempre y por donde quiera que fuera.

Sin haberme dado cuenta, una furgoneta blanca se había estacionado afuera de la casa amarilla.

"Vámonos"—ordenó mami. Salimos a saludar al extraño que nos esperaba. Era un latino bajito y un poco más viejo que mami. Llevaba pantalones caquis que le quedaban holgados, una camisa blanca y cabello negro que apenas cubría su cuero cabelludo. Se presentó a mami y abrió el baúl para nosotras. Parecía agradable, pero aún era un extraño para mí. Mami se comportaba demasiado amigable con este extraño. Cargamos la furgoneta y aquel hombre nos llevó a la casa de la tía Samantha. La tía Samantha es la prima de mami y la única familia que teníamos cerca en aquel entonces.

La tía Samantha vivía en una casa en Queens que quedaba a treinta minutos en carro de la casa amarilla. La casa en la que ella vivía era de color azul y de una sola familia. Vivía en el sótano y unos inquilinos rusos vivían en el resto de la casa. El sótano tenía su propia entrada, totalmente separada del resto de la casa. Por la forma en que ella nos saludó, me temo que sus inquilinos no sabían que nos estábamos mudando. Rápidamente sacamos a Carrie y a John de la furgoneta junto con nuestras cosas y nos establecimos en aquel espacio de la familia de la tía.

Aquel sótano contaba con un cuarto que tenía su propio baño y un espacio totalmente abierto como para una sala y una cocina en la parte de atrás. La tía vivía en aquel sótano con su esposo y nuestro primo Thomas. Ya habíamos visitado aquella casa antes y varias veces íbamos los fines de semana. Mami y la tía Samantha estaban muy unidas y compartían la misma abuela, nuestra querida abuelita Minerva, además de anécdotas familiares y su amor por nuestro bello Panamá.

Nos acomodamos muy bien en aquel espacio. Aquellas vacaciones las pasé en Queens acompañando a mami a buscar más casas para limpiar. Siempre parábamos en la iglesia católica que estaba a unas cuadras de la casa de la tía para rezar. Recuerdo que íbamos todos los días mientras vivíamos en Queens. Mami se ponía de rodillas ahincada a mi lado y rezaba en silencio. Recuerdo que yo también me hincaba, pero no rezaba, pues no sabía qué decir.

Recién había cumplido los nueve años cuando el verano

de 1992 estaba por terminar. La fecha de mi cumpleaños en los Estados Unidos indicaba que ya estábamos por empezar clases y esta vez me iban a matricular en una nueva escuela en Queens. Debía empezar clases allí en tan solo dos semanas más. Recuerdo que mami se disculpaba conmigo por los cambios repentinos, pero yo no sentía nada. No me sentía apegada a la casa amarilla, ni a la gente que vivía allí, ni siquiera a la escuela a la que fui y a las personas que allí conocí. No sentía nada de nada por empezar en una nueva escuela. Me sentía completamente indiferente. Tenía a mami, a Carrie y a John, así que todo estaba bien. La tía Samantha y su familia eran buenas personas y ella no les pegaba a sus hijos, no gritaba, no golpeaba el techo cuando los vecinos de arriba hacían escándalo. Me sentí amada en aquel espacio, aunque sí es verdad que una vez amenacé a la tía con llamar al Servicio de Protección de Menores.

Mi diente se había aflojado, así que ella me dijo que podía quitarlo sin que me doliera. Amarró un extremo de una cuerda en mi diente y el otro en la puerta de su cuarto. La cerró con fuerza y luego empezó a correr sangre por toda mi boca. Amenacé con llamar al servicio de menores, pero antes de que eso pasara, mami y la tía me amenazaron diciéndome que me iban a dar una verdadera razón para llamar. Les tuve que explicar que había aprendido sobre el Servicio de Protección de Menores en la escuela y hasta hoy no se me olvida su existencia.

～ை～

Un día, mientras estábamos viendo la televisión en la sala, escuchamos un fuerte golpeteo en la ventana.

"*¡Toc! ¡Toc! ¡Toc!*"

Alguien golpeaba el vidrio de arriba. El lugar donde estaban las ventanas del sótano, por arriba de la escalera, no dejaban que se nos viera desde el exterior.

"¡Toc! ¡Toc! ¡Toc!" Continuaban golpeando el vidrio. Mami y la tía me dijeron que me callara.

"Sé que estás ahí Marcela". "Vamos. Vine a llevarte a casa". —dijo un varón con confianza.

La tía agarró a Carrie y a John en sus brazos y los llevó a su cuarto. Me susurró al oído que la siguiera y cerró la puerta.

Horas más tarde de aquel mismo día empacamos todas nuestras cosas y nos devolvimos a la casa amarilla. Papi hizo que mami enfureciera, pero al menos vino a buscarnos. Ibán aún no había venido a recogerme y llevarme de vuelta a Panamá.

Mami aún estaba furiosa con papi cuando regresamos al ático. Estaba brava porque la esposa de papi todavía estaba en nuestras vidas. Mami era infeliz y se puso más errática desde aquel momento en adelante, y encontró a una amiga en mí. Me dijo que Priscilla se ponía trajes de noche sexys cuando saludaba a papi los fines de semana mientras recogía a Alejandra y a Andrew, y que por esa razón ella siempre pedía que él fuera a recoger a los niños solo. Incluso amenazaba con separarlos de él si él no lo hacía. Cada vez que esperábamos en el carro, mami se ponía brava si se demoraba más de lo esperado. La escuchaba mientras se desahogaba, pero siempre terminábamos nuestra conversación pidiéndome que no actuara de manera diferente con papi. Ella estaba demasiado preocupada como para darse cuenta, pero en realidad yo ya me estaba distanciando de él todo lo posible. Cuando él estaba en casa, yo estaba inmersa en la televisión, jugaba con ustedes o encontraba alguna razón para no estar en el mismo espacio que él. Mami quería que yo estuviera del lado de papi. Quería que él siempre estuviera de buen humor en sus días libres cuando estaba en la casa amarilla. Quería que nos escogiera a nosotros y no a Priscilla. Pero, a veces, sus acciones me resultaban confusas.

Sus peleas continuaron. Ella y yo esperábamos a que papi regresara del trabajo ya que ella siempre estaba preocupada y enojada cada noche. Sabía que el restaurante cerraba a las once de la noche en la semana y a la una de la mañana los viernes y sábados. También sabía que a papi le tomaba veinte minutos llegar a casa, por lo que, si en media hora no llegaba, empezaba a llamar a todos los números de hospitales que estaban en el directorio para asegurarse de que él no había sufrido un accidente. Yo me recostaba en la cama, a su lado, mientras ella hacía las llamadas.

Cuando papi llegaba, ella le contaba lo que había hecho para que así se sintiera culpable por preocuparla y empezaban a discutir de nuevo. Papi siempre trataba de dar explicaciones: "Tuvimos clientes que entraron tarde"; "Chuck (su jefe) quería tomarse una cerveza conmigo"; "Tuvimos que hacer inventario hoy"; "La cocina era un desastre"; "Alguien llamó y me dejó solo con todo lo que había que hacer"; "Había tranque por un accidente de carro". Papi siempre tenía una razón y mami nunca se sentía satisfecha y siempre lo acusaba de estar con Priscilla o con otra mujer.

❦ 9 ❦

Un día, mientras jugaba en el cuarto multiuso que ya compartía con Carrie y John, me pidió que llamara a papi por ella. Ella de verdad necesitaba este favor, así que caminé hasta el cuarto donde ella estaba.

"Necesito que digas una pequeña mentirilla por mí. Necesito ver qué tanto me ama".

La escuché e hice lo que ella me había pedido. Me dijo que le dijera a papi que ella se había tomado demasiadas pastillas y que la encontré inconsciente. Me pasó el teléfono y hasta dijo que iba a marcar el número por mí. Todo lo que debía hacer era preguntar por papi y decirle lo que ella me había dicho. Si él preguntaba, solo debía repetir lo que ella dijo y no dar más detalles.

Hice lo que me había pedido. Papi sí me había hecho preguntas y sonaba asustadísimo. Repetí lo que tenía que decir y me dijo que estaría en casa pronto.

Poco tiempo después de haber colgado el teléfono, papi regresó asustadísimo. Lo escuchamos estacionar en la casa y correr por las escaleras hacia el ático. Mami me sacó rápidamente del cuarto para preparar la escena. Él abrió la puerta del ático y me encontró viendo a Carrie y a John dormir. Apunté a su cuarto sin decir una sola palabra. Aun con la puerta abierta, vi a papi estremecer y despertar a mami mientras ella pretendía regresar de su estado de inconsciencia. Luego la abrazó y cerró la puerta poco tiempo después. Mami y yo jamás volvimos a hablar de aquella noche.

Mami se había quedado embarazada de Celeste un par de meses después de que regresamos al ático. John aún era un bebé de pies pequeños; le encantaba morder a Carrie en el hombro o el brazo cuando ella no le estaba prestando atención. La pobre Carrie siempre estaba desprevenida y gemía. De igual modo que yo era la mejor amiga de mami, Carrie era mi mejor amiga pues hacíamos todo juntas. La forzaba a jugar con muñecas y le hablaba de lo que me pasaba en la escuela todos los días. Carrie era mi caja de resonancia, con quién compartía confidencias y me sonreía con absoluta inocencia.

"Olivia, necesito decirte algo. Papi y tus hermanos irán a Panamá sin nosotras"—dijo mami un día haciendo referencia a John y Carrie.

"¿Sin nosotras? ¿por qué?"—pregunté con tristeza.

"Papi debe arreglar algunos asuntos en Panamá. Debe hacer unos trámites para que él y Priscilla… bueno es para que él y yo nos podamos casar. Se llevará a Carrie y a John para que la familia los conozca".

"¡Yo también quiero ir, mami!"—dije. "Quiero ver a Mamacela y la abuelita Minerva, a Ester, a la tía Mía y al tío…" Luego me interrumpió: "Yo también quiero verlos, Olivia, pero debemos quedarnos juntas. Si nos vamos, no podremos regresar".

No entendí el porqué de no querer irse, pero sabía que habría alguna buena razón para ello.

"Además, Carrie y John necesitan ser bautizados"— añadió. "No lo hemos hecho aquí porque no conozco a nadie y ellos necesitan tener padrinos".

"Pensé que bautizaban a los niños cuando eran bebés. Carrie ya no es una bebé"—le dije.

"Bueno, la llorona no está aquí"—dijo mami.

"¿La llorona?"—pregunté. "¿Quién es?"

"¿No te conté la historia de la llorona? Hay una leyenda de una mujer llorando porque perdió a su bebé".

"¿Qué le pasó a su bebé?"—pregunté con cierta preocupación.

"El bebé se murió. Es una historia triste"—explicó. "La llorona quiere desesperadamente dar alivio a su corazón, por lo que deambula por la noche buscando a un bebé sin bautizar para secuestrarlo y así llenar su vacío".

Mis ojos se agrandaron llenos de asombro.

"Casi vino por ti una vez"—añadió. "Tenías seis días de nacida y estabas por bautizar, pero tan solo por una semana más. Escuché el chirrido de sus dedos por las barras de tu cuna. Corrí hasta tu cuarto para cogerte en brazos y te bautizamos a la mañana siguiente".

Mami tembló de miedo mientras completaba su historia. "Ave María Purísima". Luego se hizo la señal de la cruz y me pidió que me santiguara yo también.

CAPÍTULO 9

La casa de nuestros sueños

Una vez, cuando tenía más o menos nueve años, mami me llamó furiosa.

"*¡Olivia! ¿¡Te cortaste el cabello!?*"—me miró con cierta incredulidad en sus ojos y su quijada se apretó.

"*¡No mami!*"—respondí. Ella había regresado a casa después de un largo día de trabajo limpiando casas.

"*Bueno, si no lo hiciste entonces... ¿quién lo hizo?*"—preguntó.

Me encogí de hombros y luego ella me miró esperando una respuesta. Parte de mi larga y pesada cabellera fluía por mi espalda y el lado izquierdo colgaba de mis hombros.

"*Me desperté esta mañana y estaba así, mami*"—dije.

"*¿De veras esperas que me crea eso?*"—preguntó levantando sus cejas.

Estaba mintiendo de forma descarada. Había estado todo el día jugando con Carrie y John y, de repente, me aburrí, así que decidí cortar la mitad de mi cabello. No había nadie que me parara. La verdad sonaba muy estúpida como para admitirla y no me había dado cuenta de que la mentira sonaba mucho peor.

"¿Vas a comulgar el domingo con esa boca?"—continuó.

Me agarró el sentido de culpabilidad, así que me disculpé.

"Lo siento, mami. Yo lo hice"—dije mientras fruncía el ceño.

"Listo, buscaremos un momento para que te confieses antes del domingo"—dijo más calmada.

"Sí, mami"—dije tan avergonzada.

"Ve a buscar las tijeras. Ahora debemos emparejarlo".

Varios mechones de mi cabello liso cayeron en el linóleo a mi alrededor. Me quedé parada escuchando calladamente a mami hablar de su día. Aquí estaba, nuestra embarazada y trabajadora madre tratando de hacer todo lo posible por apoyar a nuestra familia y todo lo que yo tenía que hacer era cuidar de mi hermana y hermano y portarme bien. Me corté el cabello por el aburrimiento que tenía. La había incomodado y le había mentido. Prometí no volver a hacerlo jamás.

Vivir en la casa amarilla nunca fue para nuestros padres un plan a largo plazo. Tenían el sueño de salir de allí y tener una casa para nuestra creciente familia. Cada vez más personas entraban y salían de aquella casa y la abuela Verónica nos hacía sentir incómodos, especialmente a mami y a mí. Ya para ese entonces ella había dejado claro que yo no era de los Butler como ella y papi. Y yo no era su nieta. Alejandra y Drew eran de los Butlers.

Mami y papi empezaron a hablar de planes para mudarnos después de que él tuviera una pelea con uno de sus hermanos. El tío Felipe ahora se había puesto del lado de la abuela Verónica y acusó a papi de no cuidar a sus hijos Alejandra y Andrew. El tío Felipe golpeó a papi. Mami estaba embarazada de Celeste en este momento y se puso en medio para tratar de proteger a papi. Se calló de espaldas y terminó en las escaleras, pero por suerte no se lastimó. El tío Felipe amenazó con llamar a inmigración para forzar a papi a que decidiera con qué familia se iba a quedar. Aunque no todo lo que nuestro tío reclamaba tenía sentido para mí en aquel momento, sabía que no debía preguntar. Sabía que mami me lo contaría más tarde y que luego rezaríamos por ello.

Papi hizo que empacáramos esa noche y vivimos en nuestro carro durante esta tormenta con nuestro tío. Tengo recuerdos de comer hot dogs directamente del paquete y las sobras de la comida del restaurante donde papi trabajaba. Teníamos un refrigerador portátil *cooler* en el carro para mantener nuestra comida fría. Mami era una fanática de la limpieza, pues hasta teníamos una escoba y productos de limpieza para asegurarnos de que el carro siempre estuviera limpio. Recuerdo que limpiar el carro todos los días era mi obligación. Ellos también me dijeron que no debía contarle a nadie lo que pasaba en nuestra casa porque de nuevo *"la ropa sucia se lava en casa"*. Nos mudamos al ático dos semanas después. Sin embargo, después de todo, ni mami ni papi lo soportaron más y empezaron a idear un plan con nuestra estrategia de salida de aquella casa de una vez por todas.

≈ 9 ≈

Mami y yo éramos un equipo en cuanto a cuidar a los niños, a esconder el dinero de papi o cuando ella necesitaba una amiga para hablar. Mami, papi y yo *debíamos* ser un equipo, pues teníamos en común que queríamos salir de aquella temible casa.

Mami y papi trabajaron tan duro para ahorrar dinero y al final poder mudarnos. Mi trabajo era cuidarlos después de la escuela como siempre. Amelia había nacido en el verano de 1994 dando así un total de siete personas compartiendo el ático y, en el verano de 1995, nuestra familia por fin se mudó para nunca volver, no sin que antes mami les hiciera saber a los Butler que ella estaba allí para quedarse.

"Nos casamos mañana"—dijo mami con una sonrisa en su cara. Se veía feliz mientras buscaba ropa en su clóset. Sacó un pantalón de algodón blanco y una camisa blanca con un chaleco azul.

"¿Qué piensas, Olivia?"—me preguntó.

"Se ve bien, mami"—dije mientras asentía.

"Esto es buena señal. *Tu papá nos puede pedir* ... Ya sabes, para nuestros papeles. ¡Podemos ser ciudadanas estadounidenses!

Me miró como si esperase que una reacción de emoción pasara por mi cara.

"Debes estar presente. No irás a la escuela mañana"— añadió, esperando que eso despertara mi interés.

⌒⟨୨⟩⌒

Al día siguiente mami y papi manejaron con nosotros cinco al condado de Nassau para casarse en la corte con el jefe de papi como testigo. Los ocho esperamos en un pequeño cuarto hasta que llamaron a mami y a papi. Mami, papi y el señor Chuck entraron en un cuarto con dos puertas de madera grandes mientras nosotros esperábamos pacientemente afuera. Celeste y Amelia dormían en el cochecito y había una vasija llena de pirulí de colorines que el resto de nosotros comimos. Antes de que habíamos terminado de comernos los dulces, los tres adultos salieron del cuarto. Y luego, aquella tarde, mami oficialmente se convirtió en la nueva señora Butler y yo me convertí en la única persona de nuestra familia con el apellido Batista.

⌒⟨୨⟩⌒

Teníamos solamente un vehículo que papi usaba para ir a trabajar. Cuando él trabajaba y mami estaba libre, hacíamos los mandados y los llevábamos a todos ustedes a sus citas médicas usando el bus o el tren o incluso caminando. Mami siempre tenía miedo de que le robaran, por lo que se metía cierta cantidad de efectivo en su corpiño, sus bolsillos y en sus medias. Me pedía que hiciera lo mismo. Su lógica era que, si un ladrón nos pedía dinero, sacaríamos el efectivo de alguno de esos espacios y ellos asumirían que eso era todo lo que teníamos.

Mami me contaba historias de cómo en Panamá los ladrones te quitaban tus joyas y se iban corriendo. "Te robarán a punta de pistola"—solía decir. "Deja tus joyas en casa". El único joyero que tenía era un viejo collar bendecido que traje de Panamá. Sabía que era de oro porque mami dijo que, si mordías el metal con tus dientes y no se veían las marcas, entonces era oro de verdad. No quería que nadie me robara esta pieza de tanto valor para mí. *"Ok, mami"*, yo cumplí.

Mami, ustedes cuatro y yo siempre salíamos juntos. Mami y yo poníamos a Celeste y a Amelia en el cochecito grande porque eran las más pequeñas y Carrie y John caminaban. Nosotras nos turnábamos para empujar el cochecito y cargar a los otros dos. Hicimos de todo ya que los seis íbamos juntos a todas partes. Si alguno debía ir a una cita médica en la clínica, todos íbamos. ¡Y las visitas a la clínica eran lo peor!

Las idas a la clínica se hacían eternas. Éramos una familia de bajos ingresos y recibíamos *"WIC" (programa especial de nutrición para niños, infantes y mujeres, por sus siglas en inglés)*, estampillas de comida y ustedes cuatro recibían beneficios del Medicaid. La clínica siempre estaba llena de gente, hacía calor y el aire cargado, y cada visita era un asunto de todo el día. Mami me necesitaba para llenar los papeles e interpretarle todo lo que se le pedía, y todos formábamos una fila en el mostrador. Los pacientes siempre formaban múltiples filas antes de que el médico los atendiera. Luego, nos sentábamos en la sala de espera sin ningún tipo de espacio personal hasta que nos llamaran. Una vez nos llamaban, caminábamos por varios pasillos hasta uno de los pequeños consultorios que estaban detrás del edificio.

Una tarde en particular todos fuimos a checarnos en el doctor. Mami había conseguido cita para Carrie, John y para mí y ¡todas en un mismo día! Era el momento de ponerme mi vacuna de refuerzo, así que mami preguntó si yo podía servir de ejemplo para los dos más chicos. Nunca he sido fanática de las agujas y la idea de servir de ejemplo no iba a hacerme cambiar de parecer. En mi mente, las agujas eran malas y yo no quería que ustedes estuvieran expuestos a ellas. Mientras que la enfermera preparaba la aguja, respiré profundamente y olí un poco del alcohol que estaba en el hisopo que ella había abierto. Miré a mami, que estaba parada a mi derecha moviendo su cabeza para alentarme. Detrás de ella estaban nuestras hermanas más jóvenes; Celeste estaba dormida y Amelia estaba despierta mirándome con su cara grande y redonda, ojos de chocolate y mejillas rosáceas. De todos nosotros, ella era la que más se parecía a la abuelita Minerva con su cabello castaño y piel clara. El cochecito nos bloqueaba a todos en ese pequeño y cuadrado cuarto. Carrie y John caminaban en círculos mientras me miraban y sonreían. Vi una pequeña ventana de oportunidad en el milisegundo que me quedaba, antes de que la enfermera me pinchara y grité lo más alto que pude .... "*¡corran!*"

Cerré la silla, agarré el coche y corrí mientras Carrie y John corrían detrás de mí. Celeste se despertó y los cuatro se reían mientras mami y la enfermera alucinaban con la situación. Ustedes cuatro pensaban que era un juego. Navegamos por los pasillos llenos de gente y escapábamos de cada adulto que se nos cruzaba. Era todo un espectáculo el ver a una niña de once años empujando un cochecito para dos bebés y que la seguían dos niños pequeños, quienes chillaban por todo el camino. Nos perseguían a tan solo unos pasos una enojadísima enfermera, un guardia confundido y una madre furiosa que trataba de no reírse y orinarse mientras trataba de cazarnos.

"*¡Ven acá carajo! ¡Te voy a matar!*"—me amenazó mientras se reía y nos insultaba. Se reía, pero no porque pensara que era gracioso, sino que esa era la risa que todos escuchábamos cuando alguno de nosotros hacía algo que la avergonzaba, lo que significaba que nos iba a dar un regañón cuando llegáramos a casa. Era su risa de "*me voy a reír para así evitar matarlos*" y "*Ave María Purísima*"—suplicó pidiendo ayuda. Al final aquella enfermera me agarró y me puso la inyección.

Mami me agarró mientras el guardia estaba parado en la puerta. No tenía muchas opciones entonces. A John y Carrie también les pusieron una inyección, no sin antes pelear. A partir de entonces me metí en muchos problemas.

≈୨≈

Nos montábamos en el bus o caminábamos para hacer nuestros mandados y comprar ropa, zapatos o cualquier cosa que necesitábamos. Mami me enseñó a agacharme y pasar al lado del conductor mientras nos montábamos en el transporte público. Al subir al bus había una cinta adhesiva amarilla alrededor del torniquete plateado y, si tu tamaño sobrepasaba aquella cinta, debías pagar. Cuando crecí por encima de aquella línea, mami me enseñó a escabullirme rápidamente entre la gente para no tener que pagar.

Una vez, mientras comprábamos ropa, mami y yo nos distrajimos mientras escogíamos algo para las más pequeñas. Carrie se alejó de nosotras, aunque aún se podía ver. Miré y vi a un extraño hombre que estaba parado demasiado cerca de Carrie. Recuerdo que llevaba ropas sucias color chocolate y un gorro azul marino. Carrie tenía un vestido rosado y estaba mirando algo que llamó su atención. Mami vio que yo observaba y se viró para ver qué era lo que estaba viendo. El hombre se acercó a Carrie y puso sus manos en el traserito de ella por un segundo e inmediatamente se fue.

La llamamos para que se viniera a nuestro lado. Carrie ignoraba lo que había ocurrido y yo no estaba muy segura, pero sabía que no me agradaba. Cuando ya estaba a salvo con nosotras, mami y yo nos miramos. Teníamos los ojos entrecerrados y nuestros labios estaban cerrados y tensos. Mami murmuró "cochino" entre dientes y nos fuimos de la tienda.

≈⊙≈

Mami era una madre muy orgullosa. Aunque recibíamos ayuda médica y ayuda del gobierno, no era algo que ella quería y ciertamente no quería que nadie se enterara. Cuando era niña no entendía el porqué.

Durante uno de nuestros viajes al supermercado vi a una de mis teacher en el pasillo. Estaba tan sorprendida por verla, como si solo me la pudiese encontrar en la escuela, y la saludé con emoción.

"*¡Hola, señora Destin!*"—dije y la saludé con una gran sonrisa en mi cara.

"*¡Hola! ¿Qué haces aquí?*"—preguntó.

Empecé a pasar los cupones azules que mami me pidió que agarrara. "Estamos comprando leche, queso, jugo, cereales …"

Mami me quitó los cupones de la mano y mostró una sonrisa falsa de vergüenza hacia mi *teacher*. Se despidió y me agarró. No entendía lo que había hecho mal. Luego ella me explicó que no debía decirle a nadie sobre los cupones porque significaban que éramos pobres. Todavía no era capaz de entender la relación entre ambas cosas, pero le tomé la palabra.

Los cupones decían exactamente lo que debíamos comprar, cuánto comprar y cuándo comprarlo. Siempre regresábamos a casa con cajas de cereal Kix y cereal Cheerios, muchos galones de leche de los que no podíamos tomar antes de que se dañaran, bloques de queso y galones de jugo de manzana. Siempre teníamos tanto que mami lo compartía con los vecinos y miembros de la familia que vivían en la casa. Me encantaba que ella lo hiciera porque yo sola no podía tomar todo ese jugo de manzana y comerme todo ese cereal Kix. De vez en cuando, mami compraba Froot Loops, Cocoa Krispies o Cinnamon Toast Crunch como delicias especiales.

Nuestros padres tenían problemas financieros, pero querían que disfrutáramos nuestra niñez, así que aprovechaban cualquier oportunidad para darnos aquello que nos gustaba mucho. Salir a comer afuera siempre era muy caro. Aun así, nos llevaban a un restaurante llamado Roy Rogers en alguna ocasión, como para celebrar algún acontecimiento o cumpleaños. Cuando comprábamos en el supermercado latino local, mami a veces me compraba un casete de *Merenhits* de aquel año. Merenhits era una composición de merengues famosos del mismo año y siempre había vendedores afuera vendiendo casetes y playeras. Me encantaba bailar merengue mientras limpiaba la casa los sábados por la mañana. Usaba mi plumero azul favorito, mientras llevaba la ropa especial de limpieza que papi y mami me compraban en la tienda de ropa de segunda mano.

Decir que mami y papi trabajaban duro es un eufemismo. Siempre los admiré por trabajar tan duro. Estaba allí cuando llegamos al aeropuerto JFK de Nueva York con solo dos maletas en mano después de que ambos dejaran su país, sus carreras y todo lo que conocían para apostar por algo mejor. Así que, cuando ambos me dijeron que nos mudábamos a una casa nueva que estaban construyendo solo para nosotros y nadie más, sabía que su sueño se estaba haciendo realidad y yo estaba dispuesta a hacer lo que hiciera falta para que eso ocurriera.

⮾〰⮾

Teníamos una rutina. Comíamos la comida que mami nos preparaba, jugábamos, veíamos la televisión y lo hacíamos calladamente para que la abuela Verónica no viniera al piso de arriba. Ustedes cuatro lo eran todo para mí. Eran mis niños, mis hermanos y mis amigos. Les cambié sus pañales, les enseñé a usar la bacinilla, los bañé y los vestí, les di de comer y les enseñé a comer por ustedes mismos. Hasta los peinaba y aprendí a manejar los grandes rizos de Celeste. Les enseñé a atarse los zapatos, a leer y todo lo que se puedan imaginar mientras nuestros padres trabajaban y trabajaban bien duro. Ustedes me escuchaban cuando les hablaba de mi día y de los niños y los *teachers* en la escuela, y yo les enseñaba lo que había aprendido ese día. Durante el verano jugaba a la escuela con ustedes. Quería que supieran todo lo que yo ya había aprendido y quería que estuvieran adelantados a los demás niños de su clase. Los cinco estábamos muy unidos. Éramos todo lo que teníamos y hasta terminamos compartiendo el cuarto. Mami y papi movieron nuestra cama del cuarto multiuso del ático para que ellos tuvieran más privacidad, así que los cinco compartimos dos camas *twin*. Estábamos tan unidos que no conocía algo diferente.

A mí en lo personal no me importaban los nuevos cambios en el cuarto, porque usé nuestras camas como medio de transporte. Escalaba desde el sillón a las camas para llegar a través del cuarto y también les enseñé a ustedes a hacerlo. Claro que esto lo convertimos en un juego. Mientras más lejos estábamos del piso, menos ruido hacíamos para que la abuela y la tía Bertha no golpearan el techo.

⮾〰⮾

Construir una casa en los Estados Unidos era un proceso mucho más complicado que en Panamá. Tengo el recuerdo de acompañar al tío Manuel a comprar bloques en su camión cuando él estaba construyendo su casa en Panamá. Había un letrero color rosado neón colocado a orilla de la carretera que indicaba el precio del bloque. El tío se estacionó, compró los bloques y los metió en la camioneta. Esa tarde él y sus amigos se reunieron y construyeron la casa en el terreno de la familia y en donde vimos todo. El proceso era simple: la construcción tomaba meses, pero no había trámites de por medio, a menos que yo recuerde. Las cosas eran mucho más diferentes en EE.UU.

El día que nuestros padres terminaron con los trámites de la casa de nuestros sueños en Poconos fue toda una verdadera celebración, pues simbolizaba la libertad de no estar más con la abuela Verónica. Significaba que la amenaza de llamar a inmigración para que nos separaran a ustedes cuatro de mami y de mí iba a desaparecer. Significaba nuevos comienzos.

Mami y papi nos llevaron a la casa y todo lo que pude hacer yo fue correr. Corrí por toda la casa, de arriba a abajo por las escaleras, dentro de cada cuarto, en el comedor, en la gran cocina, dentro y fuera de cada cuarto, sintiéndome completamente libre, sin que me importara el ruido que estaba haciendo. Nuestra cocina hasta tenía una máquina que lavaba los platos como las casas que mami limpiaba.

Los cuatro me miraban y me seguían con sus pequeños pies. Agarramos nuestras manos y nos tropezamos, uno por encima del otro, nos reímos, nos paramos y corrimos por un buen rato. Mami y papi nos veían y se reían de nosotros. Estábamos tan felices de tener nuestro propio espacio.

Nos mudamos a Pennsylvania en febrero de 1995 al área llamada Poconos; sin embargo, solamente faltaban un par de meses para graduarme del sexto grado. Le dije a mi *teacher* las buenas noticias y ella les pidió a nuestros padres que no nos mudáramos hasta que me graduara. No entendimos cuál era el problema, pues nos habíamos mudado mucho tiempo antes. Mudarnos a mitad del año escolar no era problema ni para nuestros padres ni para mí, pero ellos escucharon y confiamos en mi *teacher*. Mami y papi decidieron dejarme terminar el año escolar en Nueva York, aunque ya estaban ansiosos por empezar una nueva vida en Pennsylvania.

Aún debían encontrar trabajo y matricularnos en la escuela. Ellos me explicaron esto y, aunque era un poco duro, le sacamos el mejor provecho. Mami, papi y ustedes cuatro se mudaron a Pennsylvania en febrero, mientras que yo continué viviendo en el ático en Nueva York hasta que me gradué. Mami cocinaba suficiente comida para mí para toda la semana y me decía que la congelara. Yo sabía cómo sacarla del congelador, destaparla durante la semana y calentarla en el microondas. Los fines de semana todos ustedes me recogían y yo pasaría esos dos días con ustedes en la casa nueva. Luego, regresaría a Nueva York los domingos al atardecer para estar lista para la escuela.

La abuela Verónica de vez en cuando subía durante la semana a mirar cómo estaba. Recuerdo una de esas veces en las que vino a visitarme al piso de arriba. Estaba viendo la televisión, había terminado de hacer mi tarea y me había comido la cena que mami me había preparado. Estaba disfrutando de algo de palomitas de maíz en aquellos grandes tarros que uno normalmente ve durante las fiestas. Vino y llamó a la puerta del ático. Corrí a responder y ella entró. Vio la lata de palomitas de maíz abierta en el sillón y me preguntó que si esa había sido mi cena. Claro que esto era cuando ella subía a verme. ¿Por qué no subía mientras hacía la tarea o había terminado una comida balanceada en nutrientes? Le dije que ya había comido. "Listo, mamita"—dijo con un tono de desaprobación y bajó de regreso por las escaleras. ¡Estaba contando los segundos para que llegara mi graduación! No podía esperar más para graduarme y poder vivir en la casa de nuestros sueños con el resto de ustedes como una familia, o al menos eso pensaba.

~ා~

En ese momento no me había dado cuenta de cuán difícil iba a ser vivir con papi y llevar el incómodo recuerdo de aquella noche en el ático. ¿Qué pasará cuando sea una mujer? ¿Se dará cuenta? ¿Lo hará de nuevo? De acuerdo con mami mi momento estaba por llegar. Ella lo insinuó con alegría y se reía de mi incomodidad por no saber que "eso" era más que evitar "la charla". Me daba miedo de que papi se diera cuenta de que me estaba convirtiendo en una mujer y deseaba que ese día nunca llegara. Quería decírselo a mami, pero no podía. No sabía cómo contárselo.

Por fin un par de meses después me uní a ustedes en la casa de nuestros sueños y, bueno, el día que más temía llegó más o menos un año después.

Americanización

Mi mundo se había puesto al revés cuando llegamos por vez primera a los Estados Unidos. Todo era nuevo para mí: el idioma, la comida, la gente, la arquitectura, todo era muy diferente a lo que conocía. Con tan solo siete años en aquel momento ya lo sentía.

Cuanto mayor me hice, me sentí más "americanizada". Ya para cuando estaba en preparatoria, pensé que sabía exactamente comportarme como los estadounidenses. Podía mantener una conversación con un compañero acerca de las películas más recientes, podía comunicarme de manera eficaz con mis *teachers* y pares, tenía buenas notas y siempre se me reconocía por mis créditos académicos. Había aprendido todo lo que se necesita para estar más americanizada, o al menos, eso pensaba en aquel entonces.

Siempre he llevado a mi bello y hermoso Panamá muy cerca y muy dentro de mi corazón, y todavía lo hago. Aún guardo mis recuerdos y anécdotas de cuando vivía en Colón y Sabanitas y recolecté todas las cartas que Mamacela y nuestras tías y tíos nos escribieron con el paso de los años. Hasta las mantuve en sus sobres blancos originales con líneas azules y rojas entrecortadas en las esquinas. Había algo especial en saber que guardaba las cartas y tocaba el papel que ellos habían tocado antes de mandármelas. Me sentía más próxima y cercana a ellos.

Tenía una grabación de nuestro primo Manny cantando su canción favorita, la cual yo escuchaba con frecuencia. Al final, él nos dijo a mami y a mí cuánto nos extrañaba. Yo extrañaba su dulce vocecita. Con los años, cada vez que tenía la oportunidad en la escuela hacía un proyecto sobre Panamá y su Canal o mis memorias sobre la invasión de 1989.

El 20 de diciembre de 1989 la armada de los EE.UU., las fuerzas aéreas, la marina de guerra y los marines invadieron el istmo de Panamá bajo la operación "Causa Justa" en aras de capturar a Manuel Noriega, el dictador militar de Panamá. Luego de la caza masiva, cientos de muertos y civiles heridos, destrucción de ciudades y eventual caos, Noriega al final se entregó a los militares el 3 de enero de 1990. A Noriega lo llevaron inmediatamente a los EE.UU. como prisionero de guerra y se le condenó con ocho cargos relacionados con el tráfico de drogas, crimen organizado y blanqueo de dinero.

Tengo vagos recuerdos de la invasión panameña. Tengo el recuerdo en esas dos semanas de estar en la casa en Sabanitas. Mamacela estaba preocupada porque había visto soldados gringos afuera de la casa y el tío Mateo no estaba. Él estaba en casa de un amigo jugando al básquetbol. Ella sabía que él iba a regresar a casa en cualquier momento y no quería que los soldados le dispararan. Mamacela se asustó y merodeaba la casa nerviosa. Yo no sabía quiénes eran aquellos uniformados con ropa de camuflaje, pero sí entendía que no eran buenos chicos porque llevaban armas.

Mami nos dijo a todos los niños que nos recostáramos en el suelo, pero yo era muy curiosa y subí mi cabeza para ver a través de la ventana. Recuerdo ver a muchos soldados con ropa de camuflaje apuntando sus alargadas armas negras hacia nosotros. Estaban desperdigados y se escondían detrás de los árboles que estaban al frente de nuestra propiedad. Mami ordenó a Esther y a mí que nos quedásemos calladas. Luego, la abuelita Minerva salió de la nada con su bastón en mano. Abrió la puerta de la entrada y empezó a gritarles a los soldados en inglés. Mamacela y mami la agarraron y le dijeron que ellos no estaban tratando de llevarse a las gallinas y le pidieron que se callara.

Otro recuerdo que guardo de aquel día de la invasión tuvo lugar en Colón. Yo estaba en un edificio de apartamentos en el segundo piso, donde mami estaba visitando a una amiga. De nuevo, la curiosidad me mató y miré por la ventana. La ciudad estaba en completo desorden; había fuego por todas partes y se oía el ruido de las sirenas y alarmas, y la gente corría por las calles. Se veían los vidrios de las ventanas tirados por el piso porque la gente vandalizaba los almacenes y robaba accesorios y electrónicos que no le pertenecían. Mami abrió la ventana y le gritó a alguien que había reconocido. Intercambiaron unas palabras y él continuó corriendo con un televisor en brazos. No sabía lo que estaba pasando en aquel momento, solo que un día los soldados se fueron.

❧ 9 ❧

Durante mi niñez, siempre sonreía cuando me acordaba de Panamá. Me acordaba de mi padre biológico, aunque su nombre estaba prohibido en nuestra casa. Nunca sabía cómo llamarlo las pocas veces que venía a colación en conversaciones a voz baja entre mami y yo. Lo habitual era que mami y yo murmuráramos su primer nombre para no ofender a papi. Él nunca se enteró de la *única* vez que hablé con Ibán desde que llegamos a los Estados Unidos. De hecho, hasta eso se sentía tan lejano, a pesar de solo haber pasado tres años.

Siempre añoraba a mi familia panameña y los hermosos recuerdos y anécdotas que tenía de ellos. A medida que abrazaba la cultura estadounidense, traté de no olvidar de dónde venía. Hablaba inglés en la escuela y español en casa. Yo tenía excelentes notas en la escuela y participaba en los concursos de deletreo de la comunidad hispana. Veía MTV y BET durante el día y las telenovelas con mami en Univisión por la noche. Era un balance con el que me sentía cómoda. Pensé que ya lo tenía claro, pero en realidad aún era diferente. No me sentía normal. No me sentía igual a mis pares.

A medida que ustedes se hicieron mayores, recuerdo que no quería que ninguno de ustedes lucharan con aquellas inseguridades que yo tenía en mi vivir diario. Nunca quise que los molestaran solo porque eran diferentes. Quería que se sintieran chéveres o *"cool"* porque eso era muy importante para mí en aquel momento. Quería que ustedes usaran ropa a la moda. Quería que John se cortara el cabello en doble tono, ya que así era la moda entre los chicos *cool*, así que en cuanto aprendí a manejar, lo llevaba a la barbería cada dos semanas para que se hiciera el corte de cabello de moda. A ustedes niñas, las peinaba con clips de mariposa y les ponía gel para dejar el cabello hacia un lado porque quería que así encajaran con el estilo que estaba de moda. Quería que escucharan la música popular que sonaba en la radio para que aprendieran las letras de las canciones y en su clase las vieran como *"cool"* o chéveres.

Yo no me sentía *chévere*. Como inmigrante siempre me sentí diferente y fuera de lugar. Siempre se burlaban de mí por no saber las cosas que el resto parecía saber. No conocía ni las canciones ni los artistas de los que mis compañeros hablaban porque por mucho tiempo siempre escuchaba un tipo de música diferente. Se burlaban de la ropa y los zapatos que usaba, pues siempre eran de segunda mano y no de marca de actualidad. No quería que ustedes padecieran lo mismo que yo. *Necesitaba* que aprendieran todo lo que yo sabía y *jamás* sintiesen miedo de hablar. Quería que tuvieran muchos amigos que los apoyaran si alguien les molestaba. Recuerdo que siempre les decía que hablaran y que no se contuvieran. Mientras los vestía en la mañana, les decía que fueran ustedes mismos y luego les decía qué tipo de música debía gustarles. Quería que a ustedes les gustaran las cosas que yo entendía que eran lo más "americano" y que se vistiesen según lo que estaba a la moda.

Ahora que miro en retrospectiva, me doy cuenta de lo hipócrita que fui al decirles que fueran ustedes mismos, cuando en realidad a mí me había costado tanto hacerlo. Espero que sepan que siempre quise lo mejor para ustedes y, en mi niñez y adolescencia, pensaba que lo que hacía por ustedes era lo correcto. No quería que se sintieran extranjeros en su mundo, como yo me había sentido tantas veces.

~・⑨・~

"¡Él no es mi papá!"—grité enfáticamente y de forma deliberada a nuestro hermano Drew.

"Le voy a decir"—dijo suavemente mientras su cara se llenaba de rabia e intención.

Fue en aquel verano que nos mudamos a la casa de nuestros sueños y por primera vez los nueve hijos de papi formaban parte de nuestras vidas. Quería leer la colección de libros del *Club de las Canguro* y que me dejaran sola, pero Drew quería jugar conmigo.

"¡Vamos! ¡Juguemos afuera!"—dijo.

"¡No quiero ir, quiero leer! ¡Déjame sola!"—grité brava a mi hermano.

"Si no lo haces, se le voy a decir a papi". Eso era todo lo que necesitaba escuchar. Estaba herida y a propósito le dije: *"Andrew no es mi verdadero papá. ¡Él no es mi papá!"*

Aquel mismo día por la noche, mami y papi me llamaron a su cuarto. Drew les había dicho lo que dije. Mami me dijo que había herido los sentimientos de papi y me explicó que él *era* mi papá porque él me aceptó y me crió. Me disculpé con él y con mami por haberles faltado al respeto.

≈৩≈

Ese año me matricularon en la *Northway Intermediate School*, que fue donde empecé el séptimo grado. A Carrie y John los matricularon en un COIF de preescolar llamado *Play House*. Carrie estaba en la clase de niños de cuatro años de la señora Fanny y John en la clase de niños de tres años de la señora Elle. Ahí fue donde conocieron a algunos de los amigos que aún tienen hoy en día. Celeste y Amelia se quedaban en casa con mami hasta que crecieron lo suficiente como para ir al COIF.

Nuestra familia estaba muy activa en la comunidad cuando nos mudamos al nuevo vecindario en las afueras. Enseguida nos involucramos con la Iglesia Católica más cercana e hicimos amigos, tanto latinos como no latinos, en la comunidad. Nos hicimos amigos de los vecinos y de nuestros compañeros de clase y teníamos la vida que nuestros padres querían para nosotros. "La ropa sucia se lava en casa", así que nadie tenía que saber lo duro que nos costó tener un estilo de vida que nos hacía felices.

Recuerdo específicamente cuando cumplí los trece años. Tuve una pijamada como celebración, lo cual era muy estadounidense. Las pijamadas fuera de la familia eran un concepto muy extravagante. Invité a dos de mis amigas más íntimas, Alejandra, y Drew y, por supuesto, a ustedes cuatro. Todos habían terminado de cantarme "Happy Birthday" cuando mami y papi me dieron una tarjeta de regalo que querían que abriera inmediatamente. Cuando abrí la carta, se deslizó una de sus tarjetas de crédito y se cayó al piso.

"¿Qué es esto?"—pregunté.

"Es para ti. Puedes irte de compras"—dijo mami mientras papi estaba parado a su lado asintiendo.

Con cierta sorpresa y alegría en mi voz pregunté: *"¿Cómo las chicas de la película Clueless?"*

"Sí, toma la tarjeta de crédito y puedes ir a comprar ropa"—afirmó papi.

Les di las gracias a ambos y los abracé. *"¡Gracias! ¡Gracias! ¡Gracias!"*—exclamé.

A la mañana siguiente, mami y papi dijeron que ir de compras de manera compulsiva era solo un *show* para mostrarles a mis amigos y me quitaron la tarjeta. Ahora me río de aquello.

Ayudé a mami y a papi a conseguir trabajos en Pennsylvania. Papi tuvo que mantener tres trabajos a la vez para pagar la hipoteca de la casa. Trabajaba por el día de lunes a viernes, en la tarde de lunes a viernes y un trabajo de todo el fin de semana. Era cocinero en esos tres lugares, un maestro de la cocina y todos estábamos orgullosos de él. Hasta le encantaba cocinar para nosotros en las raras veces que tenía un día libre. Su comida era deliciosa. Con frecuencia ambos nos instigaban para que escogiéramos al mejor cocinero de los dos. Era una broma que siempre teníamos en la casa.

Mami consiguió trabajo haciendo lo que ella sabía hacer: limpiando las oficinas de la compañía que construyó la casa de nuestros sueños. Era un trabajo a tiempo parcial. También limpió las casas de los vecinos y hasta limpiaba las casas antes de que la gente se mudara.

Este último no fue a través de la casa constructora, pero a través de una subcontratación. Aquel hombre pagaba cinco dólares la hora y mami me consiguió trabajo con él cuando tan solo tenía trece años. Lo llamábamos "El Gordo". No era un nombre de mote muy creativo, pero le quedaba bien. Además de ser pesado, no era muy amable que digamos.

Nuestro trabajo era limpiar después del desastre que dejaban los constructores. Éramos las responsables de recoger los restos que habían quedado en el piso. Debíamos limpiar la mugre de goma de las bañeras nuevas, lo cual era superdifícil. Debíamos limpiar el aserrín y pulir todas las molduras del piso y bordes de puertas de toda la casa. Aspirábamos toda la casa y las poníamos relucientes para los nuevos dueños.

Recuerdo que mami me decía que debíamos trabajar rápido porque, entre más rápido trabajábamos, más trabajo nos daba El Gordo. Mami y yo salíamos de aquellas relucientes casas con astillas en nuestras manos y un billete de veinte dólares cada una. Yo le daría la plata a mami, pues sabía que ella y papi la necesitaban para pagar la casa, la comida o la gasolina. No limpié casas con ella por mucho tiempo ya que mami necesitaba que estuviera en casa para cuidar de ustedes. Al final, limpiar casas no fue suficiente. Mami empezó a cuidar niños de nuevo. Empezó con solo un par de niños, pero luego se convirtió en una mina de oro como negocio. Vivíamos en el noroeste de Pennsylvania, donde muchos padres debían viajar a Nueva York y Nueva Jersey para el trabajo. Ir al trabajo eran dos horas de viaje para esos padres, que era lo suficientemente corto para una vida en las afueras, pero lo suficientemente largo para requerir servicios de niñera.

A los padres les encantaba mami. Empezó a tener su propio negocio de cuidado de niños desde la casa, para las horas después de la escuela. Empezó con un niño, pero había veces en que había más de veinte niños en la casa nueva. Mami y yo éramos un equipo y éramos muy buenas manejándolo. Ella se paraba a las cuatro de la mañana para recibir a los niños antes de que los padres se fueran a trabajar. Me paraba cuando ella lo hacía para ayudarla a hacer las loncheras y preparar la casa para la rutina diaria de tener a todos listos para la escuela. La rutina de la mañana consistía en cerciorarse de que todos estuvieran listos, vestidos, alimentados, con sus cosas de la escuela listas y llegaran a la estación de bus a salvo y a tiempo.

Mami limpiaba casas mientras todos nosotros estábamos en la escuela. Las escuelas primarias dejaban salir más tarde que las preparatorias y las escuelas secundarias. Para cuando estaba en la escuela secundaria, siempre era la primera en llegar a la casa por ser la mayor y mi horario funcionaba muy bien para nosotros. Si mami todavía no había regresado de limpiar casas, yo ya podía recibirlos a ustedes en casa. Hacía que ustedes comieran lo que ella había cocinado y hacía que todos terminaran sus tareas en el comedor, en la mesa de la cocina y en la mesa con sillas plásticas que mami había comprado. Saheli siempre estaba lista para ayudarme. Teníamos un sistema para gestionar las meriendas vespertinas y la tarea, y luego llegaba la hora de la cena. Teníamos diferentes estaciones para la tarea y dividíamos la oleada de niños por edades. Los papás empezaban a recoger a sus hijos entre las seis y las once de la noche. Trabajábamos duro para asegurarnos que todos los niños habían comido y hecho sus tareas antes de que sus padres llegaran. Luego yo hacía mis tareas y quehaceres y dejaba todo listo para repetir la misma rutina al día siguiente. Le sacamos el mejor provecho e inventábamos juegos para hacerlo más divertido. Mantuvimos esta rutina hasta que llegué a la secundaria. El número de niños que cuidábamos variaba según crecían, o según cambiaban las situaciones laborales de sus padres o se distanciaban por cualquier razón.

También tuvimos experiencias negativas durante esos años de niñeras. Algunos de los niños que cuidábamos no se portaban bien y les gustaba robar, morder o gritar, aunque en ocasiones solo eran cosas de niños. Algunos eran desafiantes y otros simplemente eran intensos y estaban molestos.

En algunas ocasiones, había padres que no querían pagar al final de la semana y terminaban debiéndole a mami mucho dinero. Siempre tenían historias tristes que daban lástima. Le daban falsas promesas a mami de que pagarían en la siguiente semana y mami era tan dulce que continuaba cuidando a esos niños sin paga.

Una vez había una madre que dejó a su hijo y no escuchamos más de ella por una semana. Llamamos a ambos padres muchas veces, pero ninguno contestaba. Mami me pedía que le dejásemos mensajes, que su hija necesitaba ropa y comida, pero no nos contestaban. Terminamos dándole de comer a la pequeña Aisha, le compramos ropa y hasta útiles escolares que necesitara aquella semana. Al final sus padres aparecieron, nos dijeron que tuvieron una pelea y se habían separado. Mami me dijo que ambos eran padres jóvenes e inmaduros, pero la gota que colmó el vaso fue que nunca nos pagaron o reembolsaron el dinero por los útiles escolares que le habíamos comprado a su hija.

Después de años de malas experiencias, Mami decidió terminar el trabajo de niñera y trabajar como limpiadora en la escuela secundaria local. Trabajaba de tres de la tarde a once de la noche y se iba para el trabajo cuando yo me iba de la escuela. Ella pasaba por el bus que me llevaba y tocaba la ventana con el paraguas que siempre llevaba por si acaso llovía. La veía entrar en el edificio con su camiseta, pantalones gastados y su coleta bajita. Nuestros padres trabajaban duro y siempre los admiré por ello.

Jovencita

Tenía 13 años cuando tuve mi primer periodo, o como mami dice, me "convertí en una señorita". Estaba en el octavo grado y a mi mejor amiga Saheli ya le había venido. Mami siempre describió este momento como un regalo sorpresa tan hermoso que llegaría para cambiar mi vida. Mi mejor amiga era, más o menos, un año más chica que yo y yo pensaba que estaba haciendo un buen trabajo en prolongar aquel horrible día. Todas las mujeres del mundo se podían quedar con tal regalo, pero yo para nada lo quería.

Era sábado en la mañana. Todos estábamos en casa, excepto papi porque estaba trabajando. Fui al baño grande de nuestra casa nueva y allí estaba, miré mis rosadas bragas e inmediatamente me enojé. Sabía exactamente lo que era, pues mami ya me había dicho qué debía esperar.

Llamé a mami mientras estaba sentada en el servicio cabizbaja y decepcionada conmigo misma, como si hubiera podido prevenir este momento. Ella se acercó a la puerta del baño.

"Me llegó"—dije.

"¿El qué?"—me preguntó.

"Me llegó el periodo"—resoplé y suspiré profundamente.

Tú pensarías que mami había ganado la lotería. Ella se puso tan feliz desde el otro lado de la puerta. La escuché llamar a papi al trabajo y burlarse de mi reacción mientras compartía la noticia con él y empezaba a llamar a la próxima persona de su lista. Entre sus conversaciones de orgullo, me mostró donde estaban las toallas sanitarias debajo del fregadero. Con cierto enojo, me agaché balanceando mis braguitas entre mis rodillas y busqué en la gran caja verde con azul. Ya sabía cómo ponérmelas. Había visto a mami ponérselas antes. Ella no tenía vergüenza y con frecuencia usaba el baño con la puerta abierta, claro que solo para orinar.

Para cuando salí del baño, mami me pasó el teléfono inalámbrico grande y blanco. La antena de plata casi me saca el ojo. Ella había llamado a su mamá, a Mamacela, en Panamá para alardear del hecho de que ya yo era una mujer. Mami se reía de mi agonía por la vergüenza que sentía y vitoreaba de emoción. Nuestra familia en Panamá se pasaba el teléfono a los diferentes miembros mientras todos me felicitaban. ¿Por qué tanto alboroto? Estaba muy unida a mi familia y los amaba a todos, pero todo esto era muy extraño para mí. Me sentí humillada y estaba furiosa con mami por hacerme pasar por ello. "Olvidé que ahora ya eres estadounidense"—bromeó. "En Panamá es normal que se hablen estas cosas sin sentirse avergonzados"—continuó.

Aquel octavo grado fue un año duro para mí, pues estaba descubriendo e intentando aceptar los cambios por los que pasaba mi cuerpo. Quería empezar a depilarme las piernas, pero temía pedirle permiso a mami.

"*Mami, ¿puedo hacerte una pregunta?*"

"*Dime hija*"—respondió. Pensé que mami me iba a decir que no por sus estrictas reglas y espíritu conservador. Ahora debo admitir que la forma en la que me le acerqué fue un poco dramática.

"*Háblame, hija*"—dijo.

"Se me olvidó qué te iba a preguntar. No importa".

"¿Alguna mentira?"—dijo con su expresión de broma, aquella que usaba para tratar de atraparme cuando le mentía y la cual hizo que me armara de valor para, por fin, hacer la pregunta. Y así fue como me depilé aquel día, como toda una *señorita*, y realmente empecé a sentirme como una jovencita.

Así comencé a llevar pantaloncitos cortos en la escuela para mostrar mis limpias y depiladas piernas, y quería empezar a seleccionar mi propia ropa, en vez de aceptar lo que mami escogiera por mí en el catálogo de JC Penney o en la tienda de segunda mano. También me empezaron a interesar las marcas, como cualquier otra niña de mi edad, y quería comprar las imitaciones, si podíamos. Sabía que tener las verdaderas no era una opción. Todos mis compañeros tenían cosas de marca y solo quería pretender que las usaba.

Recuerdo que ese año lo que más quería era un par de zapatillas FILA y fue una grata sorpresa cuando mami me compró unas. Eran blancas con un ribete de terciopelo y un logo verde. Dijo que me las merecía y que eran las *de verdad*. Ese fue el primer ítem de marca que jamás tuve y eran completamente nuevas, no de segunda mano. Las amé tanto que las escogí para dibujar un bosquejo como mi proyecto de arte. Siempre las recuerdo así.

Esas zapatillas y mi tenaza rizadora de cabello era lo más preciado que tenía en ese momento. Sin ese rizador no me podría hacer los dos únicos rizos que le daban forma a mi flequillo y ese era un estilo muy popular de mediados a finales de los años 90.

También empecé a interesarme por los chicos. El octavo grado fue el año de *Ramiro*. Ramiro era un puertorriqueño de piel canela y estatura baja, de cabello ondulado y negro azabache, la sonrisa más linda con sus grandes y parejos dientes blancos. Mi mejor amiga y yo amábamos a ese chico, pero él ni por enterado se dio. Fue uno de los pocos enamorados que nosotras compartimos, bueno junto con el resto de las niñas en nuestro grado. Ya había superado a mi primer enamorado *(casi)*, pero solo porque no lo veía tanto como en el séptimo grado. Ohhh … Carlos … pensé que me iba a casar con él algún día. Lo supe al segundo de habernos conocido en mi nueva escuela en Pennsylvania.

Quería que mi cuerpo creciera para enseñarlo y así tener la atención de Ramiro. Aunque, por otro lado, no hubiera sabido qué hacer con esa atención si la recibiese. Solo sabía que la quería. Aun así, la atención que tuve fue muy selectiva, pues quería que los *chicos* me vieran y que los *adultos* me ignoraran.

Tenía pensamientos encontrados aquel año. Quería aceptar mi nuevo cuerpo y tener interés en mi lado femenino, pero lo que había pasado aquella noche, hacía cinco años, me frenaba. Debía decirle a alguien porque la carga era muy pesada para sostenerla sola.

Hacia finales de año, por fin había recabado el coraje de compartir con mami aquellos recuerdos que me perseguían desde aquella Navidad en el ático. Era como una pesadilla que sabía que había pasado en realidad y parecía no desaparecer de mi cabeza. Todo lo que quería era olvidar que eso había pasado. Aun así, esos recuerdos se escabullían en mi mente repentinamente y sin algo que los activara. El vivir con *él* hacía que mis emociones explotaran y quizás mami me pudiese ayudar.

"¿Mami, puedo hablar contigo?"—miré al suelo llena de vergüenza. Estaba asustada y nerviosa.

Durante estos cinco años me convencí de que era mi culpa. Pensé que me metería en problemas o que decepcionaría a papi por no mantener el secreto, o hasta que iba a decepcionar a mami de algún modo.

Dirigirme a mami de esta manera no era mi forma de ser. Ella sabía que lo que iba a decir debía ser algo muy serio.

Me llevó a su cuarto con sus manos en mis hombros, cerró la puerta y nos sentamos en la cama. Se lo conté todo y le dije que aún pensaba en ese día de vez en cuando y que lo único que quería, más que nada en este mundo, era olvidar que había ocurrido, y que de hecho traté, pero no pude. Aquellos recuerdos me ponían furiosa porque no podía dejarlos de lado.

Mami lloró (de hecho, ambas lo hicimos) y se disculpó conmigo. Me dijo que aquello nunca debió haber pasado y que lo sentía mucho. En ese momento fue cuando supe que algo similar le había pasado a ella cuando era joven y que tuvo que seguir adelante y olvidarlo.

Mami habló con papi ese mismo día cuando él regresó del trabajo. Él admitió mis acusaciones y, según mami, lloró y se disculpó con ella. No quería hablar de ello, ni tan siquiera quería hablar con *él* de este asunto y solo quería olvidar lo que había pasado.

Mami explicó que las cosas eran un poco más complicadas de lo que aparecían. Ella quería que yo estuviera bien, pero papi debía continuar en nuestras vidas. Necesitábamos sus ingresos financieros para ayudar a mantener a nuestra familia. Todos ustedes ya habían nacido y no hubiéramos podido hacerlo sin él. Una mamá soltera que no era ciudadana de los EE.UU. con una hija y cuatro hijos adicionales no sonaba como una situación favorable y atractiva. Además, nuestra residencia ya estaba por llegar y necesitábamos a papi para poder quedarnos en el país y continuar nuestras vidas en los Estados Unidos.

Luego mami me explicó lo que ella misma había sacrificado. Estaba en un matrimonio infeliz y papi la engañaba con su compañera de trabajo. Era habitual que él llegara a casa mucho después de que su turno se terminara y era algo que ya había hecho por años. Esta no era la vida que ella quería, pero mientras nos teníamos a nosotros, podíamos superarlo todo juntos. Mami dejó salir todo su dolor, continuó desahogándose conmigo y compartió todas sus preocupaciones. Papi tomaba todos los días. Echaba Bacardí en una taza de café y lo llevaba al trabajo en las mañanas. Tomaba en los bares de los restaurantes en los que trabajaba, luego llegaba a casa y se servía un par de tragos más. Era un alcohólico funcional, nunca descuidado y siempre discreto.

La exesposa de papi, Priscilla, era toda una problemática. Mami aún se preocupaba por el hecho de que ella tratara de hacer que él regresara con ella, especialmente desde que mami había invertido mucho en él. La manutención de los niños y el apoyo emocional para los otros cuatro hijos de papi (de tres mujeres diferentes) estaban pasándole factura a ella. Todo era tan abrumador y tan difícil, y sin darme cuenta, era yo la que estaba consolando a mami. Mami y yo siempre estuvimos muy unidas, pero compartir este dolor nos unió mucho más. El saber que lo más aberrante que me había pasado en la vida era una experiencia que compartía con ella me dio cierta tranquilidad de una manera muy extraña. No estaba sola. Me aseguró que ella ya lo había superado y el haber compartido su dolor y sufrimiento por diferentes razones me hizo sentir cierta simpatía por ella. Sufríamos juntas de manera diferente ante el dolor causado por el mismo hombre, pero al menos nos teníamos la una a la otra.

Según mami, lo único positivo era que él siempre regresaba a casa y siempre le daba los cheques del restaurante a ella. Ella sí se preguntaba por las propinas y cómo se las gastaba, pero estaba satisfecha con los cheques.

Mami concluyó diciéndome que yo no podía decirle a nadie acerca de mis recuerdos. Si lo hacía, papi podía ir a la cárcel y no queríamos eso. Nuestra familia dependía de él. Lo entendí y no quería que él se metiera en un problema, estaba bien mientras que no habláramos de ello.

Me preguntó si yo me iba a sentir bien con él continuando en nuestras vidas. Recuerdo vivamente aquella pregunta y jamás me la volvió a hacer. Le mentí aquel día y luego me arrepentí de ello por mucho tiempo.

En aquel momento comprendí la complicada situación en la que estábamos. ¿Cuán egoísta hubiera sido decirle a mami que lo dejara? ¿Y era de verdad mi opción? ¿Me había dado ese poder de verdad o solo pretendía hacerlo? Pero de nuevo, si le hubiera dicho "no" aquel día... ¿qué nos habría pasado a nosotros? ¿Dónde estaríamos ahora? ¿Qué tipo de vida habríamos tenido?

En los años sucesivos, fantaseé tantas veces sobre lo diferentes que podrían haber sido nuestras vidas.

~⑨~

A medida que mi cuerpo cambiaba gradualmente con la pubertad, todo lo que quería hacer era esconderme. No quería que papi se diera cuenta de que era una mujercita. Usaba ropa grande a propósito cuando estaba a su alrededor y encorvaba mi cuerpo para ocultar mis pequeñas curvas y mi creciente pecho. Me sentaba y me paraba en posturas poco halagadoras. Evitaba el contacto visual con él por completo.

¿Qué me haría ahora que lo sabía?

Empecé a preocuparme de que papi quisiera lastimar a uno de ustedes. Me volví muy protectora, especialmente con ustedes chicas, y en ocasiones me encontré enojada con mami, ya que parecía no compartir esta carga conmigo. Aunque teníamos dos habitaciones para los cinco, les pedí que durmieran conmigo para poder vigilarlos. Permanecía despierta hasta que supiera que había vuelto a casa del trabajo, que había bebido su ron con Coca-Cola y que se había acostado en la cama con mami.

Mami y yo no queríamos volver a hablar de lo que me había pasado. Después de todo, no volvería a suceder y estaba decidida a olvidarlo. A medida que las personas se hacen mayores, olvidan las cosas. Estaba contando con eso.

CAPÍTULO 12

Nuestro secreto

Cuando nos mudamos a la casa de nuestros sueños en Pennsylvania, no teníamos topes en las puertas. Los pomos hicieron pequeños agujeros en algunas de las paredes de la casa por nuestra falta de cuidado y el baño que yo usaba era uno de los cuartos con un pequeño agujero. Era un agujero que atravesaba la hoja de yeso y que empezó con una pequeña abertura en la cerradura de la puerta, pero creció con el tiempo y se hizo más grande.

Un día, a la edad de dieciséis años, estaba en mi usual rutina de alistarme para ir a la escuela. Caminé al baño, prendí la regadera y la radio. La radio estaba puesta en mi estación favorita y en esa etapa de mi vida escuchaba hip-hop y rapeaba canción tras canción. El agua estaba caliente como me gustaba. Me desvestí, tiré mi pijama al piso y entré al baño.

Era el único momento del día en que estaba sola. Siempre era la primera en estar lista para la escuela y la única despierta. Cuando terminaba, los despertaba a ustedes en orden de edad para empezar a alistarlos para la escuela. Mami terminaría de arreglarlos para dejarlos listos. Cada mañana me tomaba todo el tiempo del mundo pues me gustaba verme hermosa para los chicos que ni siquiera sabían que existía. Siempre pensaba: *Quizás hoy es el gran* día en que se den cuenta de que existo.

Tras salir del baño, de manera juguetona bailaba al ritmo de la música mientras me secaba delante del espejo. Dedicaba mi tiempo a admirar mi nuevo cuerpo de jovencita desnuda en el humeante reflejo del espejo. Era mi momento para apreciar el cuerpo que trataba de ocultar por gran parte del día. En la privacidad del baño era cuando intentaba hacer expresiones faciales sexys que veía en las telenovelas y videos de MTV, aunque jamás lo intentaría hacer en público. ¿Cuán vergonzoso sería eso?

¿Cuál delineador de labios me pondré hoy?—me preguntaba mientras fruncía los labios.

Me estiraba para alcanzar mi sujetador y braguitas, que estaban doblados a la perfección encima del peludo cobertor del asiento del inodoro, y procedía a ponérmelos. Luego, regresaba al frente del espejo para desenredar con mucho cuidado los nudos de mi largo y achocolatado cabello.

Hubo una pausa en la señal de radio y, en esos milisegundos, escuché un ruido en el cuarto contiguo. Fue un suave golpeteo en la pared detrás de mí. Inmediatamente busqué mi toalla para cubrirme. ¿Quizás estaba despierto alguno de ustedes?

Escuché como uno de los pisos crujió afuera de la puerta del baño. Definitivamente, alguien estaba allí y abrí la puerta rápidamente esperando que alguno de ustedes me mirara. No era ninguno de ustedes.

Era *él*.

Estaba de pie con su bata de baño azul marino que exponía el grueso, rizado y revuelto cabello grisáceo de su pecho. Se paró al alcance de mi mano y nos miramos a los ojos. Se paró delante de mí, más alto, grande y fuerte que yo, y su mirada estaba llena de culpa. La mía, claro está, estaba perturbada y derrotada.

Cerré la puerta y la tranqué para crear así una barrera entre nosotros. Supe inmediatamente lo que estaba haciendo. Me estaba *mirando*. Estoy segura de que me había estado viendo cada mañana. Ese estúpido agujero en la pared (el resultado de abrir la puerta día tras día sin ningún cuidado), ahora expuesto, con el yeso roto, se había convertido en la ventana perfecta para su perversión. ¿Por qué nunca tuvimos topes en las puertas?

Mis manos temblaban de terror. Mi cuerpo, rígido por el pánico, se volvió frío. *¿Cuánto tiempo llevaba haciendo esto?*— pensé. *¿Por qué, por qué, por qué me está sucediendo esto a mí?*

Oí sus pasos desaparecer y, segundos después, había un sonido de ollas y sartenes en la cocina. Algo estaba cocinando él, no tan lejos de mí, al fondo del pasillo en la cocina.

Permanecí tensa con sudor fría. *¿Qué hago ahora? No puedo salir de aquí porque no lo quiero ver. No lo quiero ver. No lo quiero ver.* Mis manos estaban en posición de rezar y cerré mis ojos con toda mi fuerza y supliqué por respuestas. Empecé a llorar. *No hagas ruido, Olivia. Te puede escuchar. No puede escucharte llorar.*

"¡Maaaaaaaaaaaaaaaaaaaaammmmmmmiiiiiiiiiiii!" Mi voz tembló en un suave gemido, mi quijada estaba dura y vibraba. Mi aliento hirviente se filtró a través de las telarañas de saliva que se formaban entre mis labios. Quería que ella me escuchara, pero no podía *dejar* que él me escuchara. ¿Qué me haría? ¿Regresaría? ¿Forzaría la puerta para abrirla?

De nuevo susurré a gritos mi angustia: "¡Mami!" El sonido de las ollas y sartenes continuaba mientras me tumbaba en el suelo debajo de aquel agujero en la pared.

Quería que ella lo viera. Quería que le preguntara qué estaba haciendo allí y necesitaba que ella viniera a rescatarme, pero dormía. ¿Cómo iba a decírselo? ¿Cómo iba a *decirle* a ella que esto pasó después del otro incidente? Ella debía verlo por sí misma.

Sequé las lágrimas de mi cara y también mis manos con la toalla que aún me cubría. *Ella no va a venir. Estoy sola.* Me desesperé. Sacudí mi cabeza intentando consolarme y agarré papel higiénico para limpiar las lágrimas que aún quedaban en mi cara.

Si puedes salir de este baño, podrás ir a la escuela y no lo verás en todo el día. Ponte en pie, Olivia. Debes hacer algo.

Cubrí el agujero con papel higiénico desde dentro del baño. Respiré profundamente y me puse la ropa lo más rápido posible. Lo bueno es que todos los días la traía conmigo al baño. Lo último que quería era verlo a él. Debía salir de esa casa y no quería cruzármelo. Pensé que si podía recoger el resto de mi ropa y caminar hacia la puerta del frente no tendría que pasar por la cocina. Podría terminar de alistarme en la casa de Saheli. Mi mochila estaba en la sala, cerca de la salida, y mami podía despertar a los chicos y alistarlos. Ella se levantaría pronto. El plan ya estaba perfectamente delineado en mi cabeza.

Estaba vestida, así que era hora de salir corriendo. Agarré mi pijama y ropa interior, y los enrollé en mi brazo de algún modo para hacer que entraran en mi mochila. Abrí la puerta del baño con toda la valentía que podía tener y caminé rápido con suavidad hacia la puerta de la entrada. Agarré mi mochila, me la puse sobre mi hombro y traté de alcanzar el pomo de la puerta.

"Olivia,"—me llamó con su gruesa y severa voz. Me atrapó. Era todo. Me volteé cabizbaja y mis hombros se enconcharon como él sabía que me paraba.

"Ten"—dijo mientras agarraba el plato. En él había una tortilla de huevo, una *omelette de disculpa.*

Agarré el plato, me volteé y salí de la casa a toda prisa.

Mi pesada maleta se movía de un lado a otro y golpeaba mi espalda con cada paso que daba. Crucé la vía principal que conectaba nuestras casas y doblé hacia el final del callejón sin salida donde estaba el privado refugio de dos pisos de color marrón de mi amiga.

Lo había logrado. Golpeé la puerta. Mientras esperaba a Saheli, mis pensamientos empezaron a surgir. *¿Por qué agarré el plato? ¿Por qué no se lo tiré a la cara? ¿Por qué no le grité? ¿Por qué no grité por mami? ¿Incluso montar una escena y despertar a todos? Se lo debería contar a mi consejero escolar cuando llegue a la escuela o debería decírselo a la madre de Saheli al momento en que ella abra la puerta. La policía llegará y se lo llevará para siempre lejos de mí, de mami, ¡de nuestras vidas!*

La señora Baral me saludó en la puerta. Estaba sorprendida, pero con agrado. "Llegas temprano, Olivia, entra". Aún estaba desaliñada.

"¿Puedo tirar esto por favor?"—pregunté mientras agarraba el asqueroso y simbólico plato. "Claro, ¿está todo bien?"—me preguntó mientras me lo quitaba de las manos.

"Sí"—sonreí con cierta timidez e incomodidad. Subí por las escaleras y seguí el sonido de la música hasta el baño que compartían mi mejor amiga y su hermana. La puerta estaba abierta; ellas estaban terminando de arreglarse. Saniya estaba cantando y bailando las canciones de los Backstreet Boys con un cepillo en su mano como micrófono. La burla de Saheli por sus movimientos de baile lo único que hacían era que Saniya bailara más. Balanceaba sus caderas al ritmo de la batería y continuó como si fuera la sexta miembra del grupo.

"Oye Olivia, ¿estás bien?"—Saheli se dio cuenta de mi conmoción. Me conocía tan bien que solo tenía que estudiarme por un segundo para darse cuenta, aunque yo intentara ocultarlo. Ya estaba a salvo y ahora solo tenía que continuar con mi día.

"Sí, sí, sí. Solo necesito alistarme"—dije en tono apurado para descarar su preocupación.

Usé el espejo de Saheli y terminé tan rápido como pude antes de que la señora Baral nos llamara para desayunar. Siempre desayunaba en su casa los días de semana, así que ellos preparaban la mesa para tres. No me preguntó por qué no me había comido el desayuno que tenía aquella mañana. Se lo agradecí.

Hice un buen trabajo durante el desayuno al pretender que todo estaba bien. Estaba orgullosa de mí, dispuesta a seguir adelante y olvidar. Me uní a las conversaciones y me reí con las tonterías que decían. Lo estaba haciendo *bien*.

De camino a la parada del autobús, Saniya caminaba delante de nosotras con sus amigos y Saheli y yo nos quedábamos atrás como siempre. No teníamos apuro en llegar al bus. Ella sabía que algo no estaba bien y de nuevo me preguntó: "Ya, venga, ¿a ti qué te pasa?"

¿Qué pasaría si se lo dijera y sus padres se hubieran enterado? ¿Metería a papi en problemas? ¿Estaría yo en problemas? Mami me mataría. Hacía tan solo unos minutos quería que todo el mundo lo supiera solo para que él desapareciera. Ahora tras darle vueltas y pensarlo bien, sabía que no podía decirle a nadie para no meterlo en problemas. Nuestra familia lo necesitaba.

Paramos de caminar y la miré directo a sus ojos: "¿Prometes no decírselo a nadie? De verdad, Seli. Debe ser un secreto".

Sus ojos se desorbitaron y me miraron fijamente: "Claro, no te preocupes". Le creí. Era mi mejor amiga, mi única verdadera amiga y la única persona en quien podía confiar.

Le dije todo lo que había pasado y ella escuchó cada palabra. No creo que ella hubiera sabido qué decir, pero, de algún modo, no decir nada era lo correcto y exactamente lo que necesitaba de ella. Tan solo habían pasado un par de segundos cuando ella rompió el silencio con algo que siempre me hacía reír.

"Mira a Saniya y a sus estúpidos amigos". Ella se burlaba de su forma de caminar por delante de nosotras. Saheli y Saniya se amaban, pero se burlaban una de la otra constantemente. Saniya iba en dos grados más adelantada que nosotras. Era muy popular, hacía deportes y tenía una vida social. Seli y yo nos teníamos una a la otra y nos gustaba molestarla y meternos con ella, ya que ella nos hacía lo mismo.

Mi día transcurrió de manera normal en la escuela y Seli vino a casa después de la escuela para ayudarme con ustedes como siempre.

Le conté a mami sobre el incidente cuando regresó después del trabajo y ella hizo que papi parchara todos los huecos aquella noche cuando regresó del trabajo. Parchar los agujeros era algo que supuestamente me iba a dar paz porque no iba a pasar de nuevo. Pero no fue así, eso no pasó y tenía muchísimo miedo. No podía confiar en él. ¿Me había estado mirando todos los días desde la mudanza tres años atrás?

Me volví más paranoica. Podría usar un espejo para espiarme desde abajo de la puerta. Si lo inclinaba desde afuera claro que podía verme. Yo lo intenté y sí era posible. Así que cubría la parte de abajo de la puerta cada vez que me bañaba. Cada vez que usaba el baño también lo hacía y vigilaba el baño cuando alguno de ustedes estaba allí. Hasta les enseñé a ustedes el truco de la toalla y les dije que era para que no entrara el frío en el baño.

Después de aquel día, me bañaba rápido. Cuanto más me quedaba en el baño, más tiempo le daba a él para verme. Aun con la pared y la cortina de baño como escudo entre el él y yo, yo comprobaba detrás de la cortina de plástico. *¿Y si hubiera entrado sin yo haberme dado cuenta? ¿Se me olvidó trancar la puerta?* Claro que no me pasaba, pero igual lo comprobaba.

Inspeccionaba de manera compulsiva el lugar por donde estaba el agujero. Trataba de mirar por las noches y buscaba cualquier espacio por donde pasaba la luz desde el cuarto adyacente. Me paré sobre el yeso cuadrado para ver si había signos de puntos blandos o signos de que no aguantaría. Estaba obsesionada y pensaba que él encontraría la forma de mirarme. Esta paranoia continuó mientras vivía bajo el mismo techo con él. Continuó hasta después de habernos mudado de la casa de nuestros sueños a la casa en la calle Newberry en Carolina del Norte. Estaba horrorizada por el hecho de que él pudiera hacerme daño hasta que por fin me mudé con Raymond aquel fin de semana del feriado por el Día del Trabajo.

Después de aquel incidente, la casi pequeña interacción física que pude haber tenido con él se convirtió en inexistente. Nos saludábamos con un simple saludo verbal, pero solo cuando había visitas. No queríamos crear sospechas y no podíamos sacar nuestra ropa sucia. No debíamos meterles a ustedes cuatro en este asunto. Eran muy jóvenes para haberse dado cuenta.

No había absolutamente ningún tipo de tocamiento o abrazo, aun cuando era apropiado en eventos sociales. No me daba la "paz" en misa aquellas veces que nos acompañaba en Navidad y Pascua a través de los años. Siempre tratábamos de actuar como si no nos hubiera dado tiempo de saludarnos para que la gente alrededor de nosotros no se diera cuenta. Durante las ceremonias académicas y hasta en mi graduación de secundaria, lo esquivé mientras abrazaba al resto de la familia. Cuando pasábamos los platos por la mesa durante las cenas navideñas, mami era nuestro amortiguador. Tenía miedo de que su dedo rozara y tocara el mío por error. Su mera presencia me daba tanta incomodidad y agonía que me enojé con mami. ¿Por qué no lo dejaba? ¿No podía ver cuán incómoda me sentía?

Él me daba asco de todas las formas posibles. Era espantoso y lo que hizo me perseguía cada día. No lo miraba y lo evitaba cada vez que podía. Por años me puse la ropa tan grandísima cuando estaba cerca de él para esconder mi cuerpo. ¿Y mami? Mami sabía cómo me sentía, pero fingía que la vida era color de rosa. Visto desde fuera, éramos una familia muy unida.

Sentía pavor cada día solo de pensar qué más sería capaz de hacerme. ¿Había algo que no estaba pensando? Había bajado mi guardia en el baño y por eso pasó lo que pasó. Siempre tenía miedo de que él se metiera en nuestras camas. Compartí con mami el miedo que sentía por si les pudiese hacer daño de una u otra forma. Luego, ella me dijo que iba a hacer que él viera a un terapista y que pensaba que yo también debía hacerlo.

Aunque mami tenía buenas intenciones en lo que concernía a ver al terapista, no era algo muy bien planeado ya que papi debía llevarme. Esa manejada fue increíblemente incómoda, por no decir menos.

Ella encontró a un terapista lo suficientemente lejos de la ciudad como para que no nos encontráramos con alguien que pudiéramos conocer. Los tres íbamos en pulcro silencio durante los cuarenta y cinco minutos que duraba el viaje.

Todos sabíamos lo que iba a pasar. Debíamos hablar en voz alta. Sabía que debía hablarle a un extraño sobre esto (no por decisión mía) y eso me dio aún más ansiedad.

Nos estacionamos cerca de su consulta, que parecía una gran casa grisácea y blanca excepto que tenía una señal blanca, gris y roja grande en frente que anunciaba al mundo a lo que iba yo. Los tres entramos. Los pisos eran crujientes y de madera, las paredes eran blancas y había cuadros enmarcados que adornaban las paredes. Quería desvanecerme y desaparecer en el pasillo.

No había nadie en el vestíbulo para recibirnos. Escuchamos una voz desde el fondo en el cuarto trasero y luego una mujer pelirroja salió de la oficina y nos invitó a pasar. Mami me pidió que me sentara en el vestíbulo mientras ella y papi hablaban con aquella dama. Estuve sentada por casi una hora pensando que había algo malo en mí antes de que mami y papi regresaran, luego papi salió por la puerta de en frente y mami me invitó a pasar con ella y la terapista.

Me senté con mami y la terapista, y hablé sabiendo que el hombre del que hablábamos estaba solo a unos pasos afuera.

Aquella mujer pelirroja era muy educada y me hacía muchas preguntas. Yo respondía solo lo que me preguntaba. No le decía nada más ni nada menos. ¿Y si papi estaba afuera de la ventana escuchando cada una de sus palabras? Al final de la sesión de casi una hora fue cuando aquella mujer habló. Odié lo que me dijo a continuación:

"Debes confrontarlo"—dijo con simpleza.

¿QUÉ? ¡Está loca!—me dije a mí misma. ¿No me había escuchado que dije que lo único que quería era olvidar todo esto? *¿No puede hipnotizarme?* —pensé, *¿por qué no mueve su reloj de bolsillo y hace que esto desaparezca? He visto la hipnosis en la televisión. ¡Haga eso!*

"Debes confrontarlo para obtener las respuestas que quieres"—dijo. "Sé que es duro"—añadió mientras tocaba mi rodilla y se inclinaba hacia adelante para tratar de conectar conmigo.

¿Pero qué sabía ella? ¿Qué respuestas me podía dar? No tenía preguntas para él.

Me apagué incluso más. Estaba tan decepcionada. Una parte de mí quería hacer que esta mujer convenciera a mami de sacar a papi de nuestras vidas, pero no lo hizo. Ahora dos personas más sabían de esto, además de nosotros tres, y yo igual iba a regresar a casa con él.

¿Cómo podía ella darse cuenta de esto en tan solo una hora? ¡Llevaba acumulados estos sentimientos por años! Esto fue una pérdida de tiempo, pensé en el duradero camino de regreso a casa. No volví a ver a la terapeuta después de aquella vez, aunque habíamos hecho otra cita cuando salimos.

"Solo debes decirle esto a la terapista y a mí,"—dijo mami. "No se lo puedes contar a nadie más, ¿entendido? Este es nuestro secreto. La ropa sucia se lava en casa. ¿Saheli no lo sabe verdad?"—preguntó con cierta inquietud.

"¡No!"—respondí y mentí con cierto enojo. *Todo lo que a ella le importa es quien lo sabe,* pensé. Saheli no había vuelto a hablar de ello. ¿Me habría escuchado cuando se lo conté a Saheli? ¿Me creía?

Mi frustración, enojo e inseguridades aumentaron con los años. Y a medida que el tiempo pasaba, empecé a dirigir mi enojo hacia mami. Sentía que ella había escogido estar con él por encima de nuestra seguridad, de mí, de nosotros, a pesar de lo asqueroso y pervertido que era él. Sus razones para quedarse con él ya no tenían sentido para mí. Empecé a pensar que era mejor vivir en otro lugar y mejor tener problemas financieros a tener que vivir con él. Incluso ahora, que él estaba en nuestras vidas, ya nos estaba costando y era una lucha continua. Nuestra lucha iba más allá de lo financiero.

CAPÍTULO 13

Hoyo negro

Estaba empezando la secundaria cuando pasó por primera vez por mi mente la idea de suicidarme. No veía otra salida a mi pesadilla con papi.

Me sentía totalmente sola con esa carga a mis hombros de lo que me había pasado. Sentía que estaba enterrada en un hoyo negro yo sola con mis pensamientos. Había caído en ese vacío y gritaba con toda mi alma, pero cuando miraba para arriba, nadie me podía escuchar. Quería ayuda, pero ¿cómo la podía buscar si no podía hablar de *ello*? Estaba sola.

~ ◎ ~

Una noche estaba en la cocina cortando salchichas de *hot dogs* en pedazos pequeños. En aquel entonces las cocinaba con salsa de tomate y las llamaba "*frog legs*" (piernas de sapo) porque les hacía reír a ustedes. Sabían que en realidad eran *hot dogs*, pero nos gustaba pretender. Me paré y miré atentamente por un instante aquella navaja de plata en mi mano derecha. Dejé de pensar en ello casi de manera inmediata y continué cortando las salchichas.

Luego aquella noche, cuando todo el mundo dormía, caminé hacia la cocina y saqué el cuchillo del escurridor.

Con el cuchillo en mi mano, me pregunté: ¿Dónde debería acuchillarme? ¿en mi estómago? Me desangraría y sentiría gran alivio mientras la herida me vaciaría. ¿Debería cortar mis muñecas? Metí la cuchilla hacia adentro con fuerte apretón del mango negro, mis ojos se posicionaron en las puntas y luego empecé a pensar en ustedes y mis pensamientos oscuros se desvanecieron.

Ustedes cuatro me daban mucha alegría. Venían a buscarme cuando se hacían daño solo para que les diese agua con azúcar, que era lo que les daba para que el dolor desapareciera. Hacíamos nuestras tareas todos los días. Les encantaban los ritmos graciosos que me inventaba para ayudarles a recordar las palabras de los ejercicios de ortografía más difíciles. Ver cómo ustedes repetían mis pasos al sonido de aquellas canciones me hacía reír y me daban tanto alivio cuando no me sentía bien. Trataron de limpiar los vómitos del piso de la última vez que tuve un problema de estómago y manché todo lo que estaba en el camino hacia el baño. Me daban mi medicina cuando me sentía demasiado débil como para hacerlo yo sola. Se convirtieron en esos amigos con los que salía después de la escuela. Eran mi mundo y no quería que me encontraran así: sin sentido por la vida y rodeada de una piscina de sangre.

Luego pensé en mami. Ella me necesitaba. Trabajaba muy duro. Había limpiado tantas casas, edificios y ahora era la limpiadora de mi escuela. Limpiaba tanto que los químicos habían dañado sus manos. Lloraba por las noches por lo malolientes que estaban cuando regresaba a casa por la noche en su ropa manchada, que nadie había reclamado de la bolsa de "objetos perdidos" de la escuela. Trabajaba tan duro y me necesitaba. Debía estar allí para los cinco de ustedes. Ustedes eran la razón que me permitía seguir adelante.

Solté el cuchillo y lo dejé en su sitio en el cajón. En silencio me regresé al cuarto donde los cuatro estaban durmiendo y me volví a la cama.

Aunque aquella noche decidí dejar el cuchillo en el cajón, esos pensamientos no me abandonaron. Con frecuencia fantaseaba con terminar con esta miseria durante todos esos años que viví con él. Mami también se sentía miserable. No me podía imaginar que este fuera el sueño que ella quería. Cuando llamaba a Panamá, lo único que hacía era compartir las buenas noticias y logros. Les hablaba sobre mis buenas notas y los instrumentos que estaba aprendiendo a tocar. Les habló de ustedes cuatro y cuán inteligentes, dulces y graciosos que eran. También describía a papi como un hombre admirable, que trabajaba duro para proveer a la familia. Nunca les dijo que igual dormía unas cuatro horas, que nos cuidaba a nosotros y que hacía de niñera para otros niños, además de sus trabajos de limpieza. Papi seguía engañándola. Solo contribuía financieramente, pero no era suficiente. Mami y yo los podíamos criar sin él, pensé. Seríamos más felices.

∼☯∼

Un par de meses después, mi sueño de vivir sin papi casi se hizo realidad.

"Olivia, ¡ya no quiero estar más con él!"—dijo mami repetidamente mientras lloraba sobre mis hombros por todo un día. Estaba incontrolable. Sentí humedad en mi camiseta debajo de sus ahogados gemidos. Su dolor era mi dolor. La consolé.

"¡Mira lo que me encontré en el armario!" Se limpió mientras me tiraba un puñado de fotos polaroid. Una mujer blanca semidesnuda posaba orgullosamente para el fotógrafo. Evidentemente estaba orgullosa de sus curvas y pecho. Gritaba confianza, lo cual era algo que yo nunca tendría. Algo que mami sí tenía, pero que había perdido en el transcurso de los años.

Aquella extraña mujer estaba delgada con un largo y rizado cabello castaño que sobrepasaba su trasero. Estaba vestida con una falda apretada de color verde aterciopelado y una blusa negra que exponía su escote. Llevaba mucho maquillaje, no como mami que ahora ya ni usaba.

"Hace varias noches que no viene a casa"—continuó. "Dice que trabaja hasta tarde y dice que es más cercano el trayecto hacia la casa de su madre ya que trabaja en Nueva Jersey, así que se queda allá. ¡Esas deben ser excusas! ¡Está con otras mujeres!"

Mami decidió confrontarlo aquella noche. Este sería el día en que mami dejaría a papi por su bien y para siempre. Empezaríamos una nueva vida sin él. Empezamos a planificar la escena de la separación. Mientras mami buscaba maletas para empacar las cosas de ustedes, yo ponía fotos en su cama para que papi las viera. Mami ensayaba en voz alta lo que le iba a decir a papi. Ella haría que nosotros cinco esperáramos afuera en un taxi que nos llevaría lejos. Ella colaboraba mientras le daba ánimos, pero en muy poco tiempo nuestra burbuja estalló.

Miré a mami y vi que bajaba las revoluciones. Se estaba dando cuenta de que no teníamos a dónde ir. ¿A quién podría tocar a la puerta como madre soltera con sus cinco hijos? ¿Cómo sería nuestra vida sin el apoyo financiero de papi? Lo desconocido la asustó mucho más que la rabia que la motivaba. Recogí las fotos de vuelta como me pidió y me aferré a ellas reconociendo que sacarlas significaría abandonar el sueño de vivir sin él. No tenía opción. Guardé las fotos en la caja de zapatos que estaba escondida en el armario donde mami las había encontrado.

Me sentí vencida. Mami volvió a poner los pocos ítems que había empacado en su sitio. "Se está haciendo tarde"—dijo mientras me ordenaba que me fuese a dormir. Caminé en silencio a mi cuarto para no despertarlos a ustedes.

CAPÍTULO 14

Amorío
adolescente

Mami tenía reglas muy estrictas sobre tener citas y por "reglas estrictas" me refiero a que tener citas no estaba permitido. Esto cambió conmigo.

De nada. Algo pasó entre el verano de primaria y mis años de premedia. Caminaba por los pasillos de mi nueva escuela y parecía que todos estaban en una relación. Todos mis compañeros estaban en parejas. Se agarraban de las manos y "se besaban" en los pasillos, a pesar de las amenazas de recibir un memorándum por muestras de afecto en público. Para cuando cumplí trece años, la única relación en la que casi me veo envuelta era la de la tía María y su novio de toda la vida Nathan. Ella me pedía con frecuencia que escribiese cartas con lo que ella me dictaba para dárselas a Nathan.

La tía María vivía en la casa amarilla y tenía la misma edad que mami, pero tenía una discapacidad intelectual. Tanto ella como Nathan trabajaban para la misma compañía de limpieza. La tía se trasladaba en el bus público hasta las oficinas principales de la compañía, desde donde trasladaban a los trabajadores en furgonetas hacia las diferentes casas y edificios de oficinas que limpiaban. Nathan también tenía una discapacidad intelectual y se veían en el trabajo algunas veces, pero pasaban más tiempo juntos en sus días libres cuando a él le permitían venir a nuestra casa.

Mientras estaban separados, la tía me pedía que le escribiese cartas con notas sexuales que ella le pasaba a él en el trabajo. La tía podía copiar una frase en papel de manera reiterada, si alguien se la escribía al menos una vez, pero no sabía escribir las ideas que estaban en su mente.

≈◎≈

Tenía los mismos pensamientos y sentimientos de cualquier persona a finales de los veinte y a comienzos de los treinta, los compartía conmigo y me pedía que los pusiera en el papel por ella. Describía con todo detalle lo que le quería hacer a él en su cuerpo, dónde quería tocarle y cómo quería usar su boca en él. Me pedía que escribiera las cartas en español y él solamente hablaba inglés. La mayor parte del tiempo no tenía ni idea de lo que estaba escribiendo y creo que, de verdad, él tampoco.

≈◎≈

En primaria muchas de las niñas se reían tontamente y compartían entre susurros aquellos secretos sobre quién les gustaba de nuestra clase. Yo concordaba con ellas en quién pensaban que era el guapo del momento con una risa igual de tonta. Los niños y las niñas se "casaban" durante los recreos mientras que otras niñas expresaban en sus risas tontas su deseo de casarse con el hombre de sus sueños. En aquel entonces yo solo jugaba para estar en la onda. A decir verdad, no estaba interesada en ninguno de los niños a mis diez años y tampoco estaba interesada en la idea de casarme.

El único niño de primaria que aún recuerdo era Calvin. Calvin era un niño malo. Hacía bromas durante las clases, lo que lo clasificaba en mi lista de chicos malos. Era bajito, de piel canela y su cabello de color negro azabache y ondulado. Sus características faciales eran fuertes. Parecía que sus ojos tenían delineador y sus pestañas rizaban por millas. "Eh"—pensé mientras me doblaba de hombros. Era guapo, lo admito, pero eso no significaba nada para mí. Cuando pensaba en él, solo pensaba en una de sus bromas que había dicho en clase y que me hacía reír.

Mientras oía a mis compañeras hablar de sus enamorados pensé que igual me pasaba algo raro por no tener uno, así que me forcé a mí misma a que me gustara un chico llamado Neil. Neil vivía a la vuelta de la esquina, así que hallé conveniente que me "gustara". Su hermana y yo caminábamos a la escuela cada mañana. Neil siempre salía después de nosotras porque nunca estaba listo a tiempo. No sé si lo hacía a propósito porque no quería caminar con su hermana pequeña y conmigo o si le daba igual y nunca estaba listo a tiempo. Lo cierto es que era torpe. Siempre guardo el recuerdo de su mamá gritándole para que saliera de la casa y él tropezándose con la tira de su mochila al hombro. Hasta se movía con torpeza y parecía que la parte superior de su cuerpo siempre iba más rápido que sus piernas, como si siempre estuviera apurado.

Cada mañana caminaba hacia su casa y esperaba en la puerta por su hermana Mónica. Siempre ojeaba para echar un vistazo a Neil y a ver si podía sentir algo por él. Neil era guapo, según algunas chicas de mi clase, y era mestizo de acuerdo a lo que él había explicado. Nunca vi a su padre, pero sí conocí a su madre y hermana y ambas tenían una tez más oscura. Era pálido y llevaba su cabello como cualquier chico de nuestra edad. Tenía un corte de punta como el que tenía el actor de *"Kid 'n Play"* de las películas *"House Party"*. Mi amorío por Neil no duró, pues nunca fue real.

~⁊~

No fue sino hasta el séptimo grado que supe lo que se sentía de verdad al tener un enamorado real. Ese fue el día en que conocí a Carlos. Recién nos habíamos mudado a Pennsylvania y estábamos en la clase de la señora Lindburg cuando nos presentaron. Era la persona más soñadora que había conocido. Era de Nueva York como yo. Se había mudado de Washington Heights (Manhattan), era dominicano y también hablaba español. Era el chico más alto del séptimo grado y delgado como una tabla de planchar con piel de color canela como la mía. Sus ojos eran oscuros y misteriosos y sus gruesos labios de una tonalidad rosácea pálida. Tenía una pequeña marca de nacimiento en su cachete derecho que se doblaba mientras él sonreía y se presentaba ante mí. Todo a nuestro alrededor dejó de importar y ahora solamente quedábamos él y yo. Me imaginé el mundo tieso y todo a nuestro alrededor se volvió borroso y abstracto, excepto nosotros dos, como si de una obra de arte se tratase. Me imaginé el viento soplando en mi mejilla, moviendo mi cabello y haciéndome ver con una hermosa modelo y a él tan perfecto como ya era. Moví mi cabeza de lado a lado para volver a la realidad. Llevaba puesto un mono, mi cabello amarrado con una trenza como una niña pequeña, me asemejaba a una inmigrante recién llegada. Estaba atónita.

Al final me apresuré para encontrar palabras. "Un placer conocerte"—dije. No quería presentarme ante nadie más. Así era como una se sentía de verdad ante un enamorado *real*. Carlos y yo sonreíamos uno al otro y nos saludábamos en los pasillos cuando nos veíamos y yo estudié la parte de atrás de su cabello, cortado a la perfección, en la única clase que compartíamos.

Mi fascinación por Carlos volvió durante el noveno grado y duró hasta el final de la secundaria. Era conveniente que me gustara porque mami empezó a cuidar a su hermanita y nuestras mamás se hicieron amigas. Empecé a verlo más seguido en la escuela y mis sentimientos hacia él empezaron a florecer. Los dos años siguientes fueron simplemente inofensivos y hermosos.

Tenía una relación muy inocente con él, aunque nunca la etiquetamos como tal. Me acompañaba a la puerta de las clases, me agarraba de la mano por los pasillos, me besaba en la mejilla, me encontraba en mi casillero entre clases y nos escribíamos cartas en el pasillo (claro, ríanse, pero antes de los mensajes de texto, escribíamos cartas). Cuanto más lo conocía, más me enamoraba de él. Era un artista y tenía un lado oscuro misterioso. Me hacía dibujos que me encantaban. Claro que eran fotos de dragones y criaturas violentas, pero me las daba y por eso me gustaban tanto.

Teníamos tanto en común. Ambos éramos hispanos y éramos los hermanos mayores. Después de la escuela solíamos hablar por teléfono mientras hacíamos los quehaceres de cocinar para nuestras familias. Compartíamos secretos y hasta los dolores que habíamos resistido. Él tenía sus secretos y yo los míos. No le dije acerca de papi, pero sí sabía que yo siempre me preguntaba por mi padre biológico y mi sueño de volver a verlo algún día. Sabía que quería salir de aquella casa y sobre mis pensamientos suicidas, pero no sabía el porqué. Era el único amigo que tenía además de Saheli.

Carlos era la distracción de aquel secreto que guardaba conmigo. De repente, las canciones de amor eran sobre él, me hacía sentir hermosa, muy confiada y siempre acompañada.

Todo fue muy inocente y hermoso hasta que un día se terminó en el undécimo grado. Él había llegado al límite en nuestra relación y quería algo más que yo no estaba dispuesta a darle. Aunque jamás había sentido por alguien algo parecido, no estaba lista para "probar" de la forma que él quería. Para nada él me presionó, pero no estaba lista para experimentar esto con él, pues aún asociaba mi cuerpo y mi intimidad con sentimientos negativos y con alguien más. Carlos representaba mi lugar feliz e inocente, en donde todo era perfecto. El alcance de nuestro amor se sentía puro, feliz y cada pedacito era más agradable. Aún era una niña. Veía a los chicos atractivos, pero mi físico era un lugar oscuro que quería suprimir. Mis dos mundos no se podían entremezclar porque no estaba lista.

No hubo un preaviso a que me rompiera el corazón. Un día terminó la relación de repente. No vino a buscarme a mi casillero. No vino a buscarme al término de mi hora de inglés para llevarme a biología, lo cual era algo que había hecho durante el año. Solo la terminó.

Una mañana durante la clase de geometría me paré para ir al baño. Los pasillos estaban vacíos pues todo el mundo estaba en clase, excepto las dos personas que estaban al final del pasillo. Allí lo vi con Virginia.

Virginia era la chica nueva que acababa de llegar a nuestra escuela y era muy hermosa. Era puertorriqueña y tenía el cabello de color negro azabache y grueso que fluía en cascada por toda su espalda. Usaba jeans apretados y blusas que dejaban ver sus curvas. Yo no podía llevar esa ropa. Yo estaba delgada, pero no tenía el cuerpo con forma de Coca-Cola como ella. Los seis pies y tres pulgadas de estatura de Carlos estaban encorvados hacia ella mientras él le susurraba algo al oído y sus manos descansaban sobre la cintura de la chica, igual que hacía conmigo. Ella se reía de lo que él le decía con su espalda relajada sobre los casilleros rojos. Me pregunté si ella sentía lo que yo sentía cuando descansaba en sus brazos. ¿Se derretía como yo cuando él me tocaba?

Saqué todas mis fuerzas y empecé a caminar pasando por delante de ellos, como si no fuese conmigo. Pero dentro de mí sentí como si me hubieran acuchillado el corazón. Justo en la entrada del baño, mis lágrimas empezaron a inundar mis ojos. Sollocé en soledad y silencio. Esperaba que ya se hubieran ido para cuando quisiera salir del baño. Mi nariz estaba rojiza de tanto llorar y mis ojos aún lagrimeaban y estaban muy hinchados. Él se daría cuenta de que yo había estado llorando. No podía dejar que él me viera así. No podía dejar que *ella* me viera así.

Después de aquel día, se volvió parte de mi rutina diaria cantar la nueva canción *A puro dolor* de Son by Four en español e inglés. Sentí que había perdido tanto con el término de nuestra amistad y claro que ustedes cuatro estaban preocupados. Los descuidé para atender a mi corazón roto.

Había confiado en Carlos con todo mi corazón. Era la primera relación que había tenido que era totalmente pura. Él no lo sabía, pero nuestra relación era muy significativa para mí. A esa edad, era el único chico que se había ganado mi confianza y que no me había traicionado. Mi padre biológico me había rechazado, nunca vino a por mí y siempre me pregunté por qué nunca trató de ponerse en contacto conmigo. Papi ya había perdido mi confianza hacía mucho. Al perder a Carlos había perdido toda mi fe en los hombres. Los hombres de mi vida me habían fallado.

Virginia y Carlos no duraron mucho. Él salió con otras chicas tanto aquel año como el siguiente y hasta salió con una que se iba en el mismo bus que yo tomaba. *¿Por qué no profundizas más en las heridas?* Por fin conocí a otro muchacho que llenó el vacío de mi corazón roto. Aun así, Carlos guardaba un lugar especial en mi corazón, pero ojalá no fuera así.

En realidad, no tuve la oportunidad de salir con otros chicos o tener las agallas de hacerlo y menos después de que Carlos me había roto el corazón. Salir con chicos no estaba permitido en nuestra casa. Mami sabía que yo obedecía a su regla porque siempre estaba en casa cuando no estaba en la escuela. Para mi suerte, cuando empecé el undécimo grado, nuestra familia pudo permitirse comprar una computadora.

Era la primera computadora que tuvimos y aprendí a usarla enseguida. Hasta teníamos internet, como el resto de las familias que empezaban a tenerlo. Navegaba por internet todo el tiempo y creé mi propio nombre de usuario cuando el chat de *AOL Instant Messenger* era lo último y solía entrar a los chats para conocer a gente. Era mi oportunidad de socializar mientras me escondía detrás de la pantalla y los cuidaba a ustedes.

Un día entré a uno de los chats y empecé a escribirle a un chico dominicano de 17 años que era de Washington Heights. Nos intercambiábamos fotos seguras e inocentes y empezamos a escribirnos de manera regular. Por suerte para mí, no era un estafador o una persona peligrosa y después Nick se convirtió en mi novio por los próximos siete meses, tras una primera cita muy reacia. Era el inicio de la era de tener citas por internet y, aunque ambos teníamos 17 años, sabíamos el peligro que suponía.

La primera vez que nos conocimos en persona fue en Port Authority (Manhattan). Yo frecuentaba la ciudad y conocía muy bien Port Authority desde mis años de secundaria. Alejandra y Drew Jr. vivían en Brooklyn en el mismo apartamento al que se mudaron cuando llegaron a EE.UU. con su mamá. Me gustaba pasar tiempo con ellos y disfrutar de la ciudad, así que al menos una o dos veces al mes cogía el bus *Martz* desde nuestra ciudad a Port Authority, lo cual solo era un viaje de dos horas.

Para esta cita en particular, le había pedido a Drew, Alejandra y al gran musculoso novio de Alejandra, Walter, que me acompañaran solo para sentirme segura. Nick debió haber tenido la misma idea porque apareció con su primo Ángel.

Nick se veía tan guapo como en la foto. Se acercó a mí para abrazarme, tan alto y delgado, con cuerpo de jugador de béisbol y pecho duro por debajo de una camisa blanca de cuello redondo. Usaba un gorra de los Yankees, un poco girada al costado, que hacía sombra sobre sus hermosos ojos y nariz puntiaguda. Metí mi cabeza debajo de su barbilla con total confianza. Miré hacia arriba y vi su cara limpia y hermosa a medida que me alejaba de aquel abrazo. Cuando miró para abajo y me sonrió, la sonrisa de sus dientes era recta y marcaba un rectángulo perfecto. Hubo atracción instantánea.

Nosotros seis nos llevábamos muy bien y durante los siguientes meses salimos a la ciudad cada quince días. Nos encontrábamos en la ciudad, jugábamos billar, caminábamos alrededor del parque, jugábamos videojuegos en una sala de juegos y todo lo que se nos ocurría a esa edad que fuera seguro y de buen comportamiento. Los padres de Nick conocieron a mis padres y hablaban con cierta frecuencia.

Unos dos meses de relación a larga distancia, por fin le dije a Nick mi verdadero nombre. Con cierto escepticismo por los *chats*, me puse Yesenia como nombre. Nuestro hermano, hermana y sus amigos me siguieron la broma. Nick y Ángel no podían creerse que había mantenido esa mentira por tanto tiempo y nos reímos por ello. Ni siquiera se habían molestado por ello e incluso se habían divertido con haber mantenido el secreto por tanto tiempo.

Le rompí el corazón a Nick la primavera de ese año. Ambos nos decíamos "te amo" por meses como cualquier adolescente que piensa que está enamorado. Sin embargo, un día me di cuenta de que la palabra "amor" era mucho más profunda y significaba algo más que yo simplemente no sentía. Le dije que no lo amaba y eso partió su corazón. Lo cierto era que no había podido sacar a Carlos de mi cabeza. Lo amaba y todo lo demás me daba igual. Si algo era el *amor* era lo que sentía por Carlos.

Nick, Ángel, nuestros hermanos y yo seguimos siendo amigos, pero solo después de una pequeña pelea adolescente por ambas partes. Los seis tuvimos una dulce amistad que ninguno quería romper y con el tiempo logramos llevarnos bien. Nick fue el primer chico al que besé y mi primer novio real. Era exactamente lo que necesitaba para poder enfrentarme al dolor de la ruptura con Carlos.

～⑨～

Me gradué de la secundaria y estaba lista para irme "al sur" a la universidad en Carolina del Norte. Mis sentimientos por Carlos seguían siendo los mismos. Era verano y no podía soportar la idea de no decirle adiós al chico que aún tenía mi corazón. Dos semanas antes de mudarnos, lo llamé de repente para decirle adiós. Fui muy audaz y preparé la escena con dramatismo. Sabía muy bien cómo obtener lo que quería. Quería verlo y tenía que mover bien mis fichas.

Carlos me pidió que me pasara por su casa para un último abrazo. Ambos nos dimos cuenta de que no nos volveríamos a ver jamás. Él estaba planeando mudarse a Nueva York para ir a la universidad y yo estaba por mudarme a Carolina del Norte.

Dentro de mí supe que esta no iba a ser una despedida inocente. Esta era una decisión muy bien pensada y tomada. Ahora me sentía lista para tener esta experiencia con él y esta decisión dependía totalmente de mí. Estaba en completo control. Nadie me podía quitar esto. Así que, le mentí a mami aquella tarde de verano. Le pedí a una amiga que me llevara a la casa de Carlos y le dije a mami que iba al cine. Llegué a su casa sabiendo que aquel día iba a perder mi virginidad con él y así fue.

CAPÍTULO 15

¿No hay
Coca-Cola?

Ustedes cuatro estaban en primaria cuando nos mudamos de la casa de nuestros sueños en Pennsylvania a Carolina del Norte. Mami y papi les habían dicho que nos mudábamos porque yo iba a asistir a la universidad allá. Eso era cierto, pero no toda la verdad. Verán, yo no quería mudarme al sur. Quería ir a la universidad en Nueva York o Nueva Jersey donde varios de mis compañeros de clase iban a ir. "Encajar" era lo único que me importaba y no conocía a nadie que se iba a mudar tan lejos como nosotros.

La verdad fue que mami y papi tuvieron que declararse en bancarrota cuando ya no podían pagar más la hipoteca de la casa de nuestros sueños. Ya no podían con más deudas y, a pesar de todos los trabajos que tenían, simplemente no podían permitirse los pagos a la vez que mantenernos a nosotros. Mami me dijo que nos mudábamos a Carolina del Norte porque las casas eran más baratas allá que en el norte y porque su amiga la numeróloga le dijo que era allí donde nuestra familia necesitaba estar.

Mami estaba muy metida en la numerología en aquel entonces y seguía los consejos que la numerología le decía que debía creerse. Me había dicho el nombre de la universidad a la que debía solicitar y la razón principal era que el hijo de la hermana de su amiga estaba yendo a esa universidad, que era una buena escuela. Aunque estaba muy molesta y fui grosera por ello, como toda niña obediente debe hacer, pues solicité, mientras que rezaba en secreto para no me admitiesen.

Cuando pensaba en cómo sería la vida en el sur, todo lo que podía imaginar eran plantas rodadoras en el desierto y a algún granjero en el fondo con un popote en la boca. Esa no era la vida que yo quería. Cuando mi carta de aceptación llegó en el correo, la tiré en la mesa y sabía que ya no tenía opción. Ya no importó ninguna de las otras cartas de aceptación de las otras escuelas que yo prefería. Nos íbamos a mudar a Carolina del Norte sí o sí.

Dos semanas antes del primer día de universidad, nuestra familia había alquilado el camión de mudanzas más grande que estaba disponible e hicimos el recorrido por toda la autopista 81 hacia el sur. Papi manejó el gran camión con Alejandra, Drew y yo como pasajeros. Él manejó y yo peleé por el asiento de la ventana; no por la vista, sino porque era la más alejada de papi en aquel reducido espacio. El camión de mudanzas empujaba la camioneta roja que papi tenía en aquella época y que también llevaba nuestras cosas.

Hacia el final de nuestros días en la casa de nuestros sueños, el hermano de mami, el tío Marcos, su esposa y su bebé se habían mudado con nosotros desde Panamá. Ellos también querían empezar una nueva vida y decidieron seguirnos hasta Carolina del Norte. El tío Marcos manejó nuestro carro, el Ford Explorer de color blanco con el resto de nuestra familia en él y los ítems personales que ya no cabían en el camión.

Nuestra familia de doce se embarcó en este viaje solo porque me admitieron en una universidad a la que para nada quería asistir. Todos viviríamos juntos excepto Drew. Él solo nos estaba ayudando a mudarnos y se iba a quedar durante el verano, a pesar de que Alejandra había decidido empezar una nueva vida con nosotros en el sur. Nos fuimos a ciegas, pero una vez más teníamos esperanzas por el futuro. Teníamos una casa de cuatro habitaciones que nos estaba esperando. Teníamos a nuestra familia y un techo encima de nosotros y, como siempre, eso era todo lo que importaba.

Así que, durante aquel julio de 2001, los doce hicimos un viaje de veintitrés horas juntos. Manejamos despacio, con cautela y paramos varias veces en el camino para comer e ir al baño. Mami, siempre preparada, había hecho emparedados y meriendas que duraron durante todo el camino. Dormíamos mientras viajábamos a nuestra nueva casa en la calle Newberry.

Nuestra nueva casa era pintoresca. Era una casa pequeña de dos niveles que habíamos rentado. La entrada a la casa estaba en el nivel medio y, cuando entrabas por la puerta principal, te encontrabas con la sala de estar. La entrada trasera te dejaba en la cocina y el área del comedor. Había seis escalones para subir al piso de arriba que era donde estaban los tres cuartos y el baño. El sótano estaba arreglado para ser un área bonus que tenía otro cuarto y un baño. Es probable que ustedes tengan más recuerdos de esta casa ya que vivieron allí por seis años.

Nuestra familia de once (temporalmente doce con Drew) vivía en esa casa de cuatro habitaciones. Sobrevivíamos con un dinero que había heredado de la tía Adriana, que se murió cuando yo tenía ocho años. La tía Adriana me había dejado unos diez mil dólares, un dinero que tuvo un gran impacto en nuestras vidas.

La tía Adriana era la hermanastra de la abuelita Minerva y vivió en Nueva York durante la mayor parte de su vida adulta. Vivió el sueño americano y le sacó buen partido a sus inversiones. No tenía familiares en los EE.UU., excepto mami y yo, y aunque no la conocíamos bien, ella decidió incluirnos a mami y a mí en su testamento, junto con los amigos que hizo a través de los años. Se murió mientras aún vivíamos en Nueva York. No había perdido a nadie en mi vida antes y su funeral fue el primer funeral al que recuerdo haber ido. Recuerdo estar, yo sola, dando vueltas con mi vestido blanco en una esquina de esa sala funeraria con tan poca luz. Me sentía bonita porque mami me había rizado el cabello como le había pedido. Odiaba mi cabello lacio sin ondas. Mami me llamó para decirme que este era un momento de estar tristes. Me llamó y me presentó a la tía Adriana. Me dijo quién era, que había estado enferma y que había fallecido.

Por casi diez años, mami me pedía, de vez en cuando, que llamase a su abogado para preguntarle por el dinero que ella me había dejado antes de cumplir los dieciocho años. Cada vez que teníamos problemas financieros, o si mami quería dejar a papi, me pedía que llamase por una nueva razón. Según ella, el abogado era un mentiroso y se estaba aprovechando de aguantar mi dinero hasta que cumpliese los dieciocho.

Cuando cumplí los dieciocho, empecé mi carrera universitaria. Alejandra se ofreció a llevarme a la universidad en mi primer día. Ella no había esclarecido sus ideas sobre qué iba a hacer con su vida después de la secundaria y tenía tiempo libre.

Durante ese viaje de treinta minutos sin aire acondicionado en la camioneta roja de papi, decidimos tomarnos algo, pues teníamos sed y no estábamos acostumbradas al calor de Carolina del Norte.

"Paremos a tomarnos una Coca-Cola"—dijo. Yo accedí y luego continuamos nuestro viaje por la gran ciudad hasta un área rural donde quedaba mi nueva escuela. Vimos lo que parecía una gasolinera vieja y decidimos parar allí.

Dentro de la pequeña gasolinera, obviamente vieja, había un señor viejo sin dientes que torcía sus labios detrás del mostrador mientras se tocaba la barba. Éramos las típicas jóvenes escandalosas, que andábamos en nuestro mundo, y caminamos hasta la refrigeradora para tomar nuestras Coca-Colas e irnos.

"Esta es la gasolinera más pequeña que he visto en mi vida"—dijo Alejandra.

"No veo ninguna Coca-Cola en esta refrigeradora"—asentí.

Ve y pregúntale al cajero si tiene alguna. Por alguna parte tienen que estar"—continuó diciendo Alejandra mientras miraba de nuevo en la refrigeradora.

Caminé hasta donde estaba el hombre y le pregunté con cortesía: "Discúlpeme, ¿tiene Coca-Cola?"

El hombre se me quedó mirando con sus ojos grisáceos de extrema seriedad y me respondió con un acento que solo había escuchado en la televisión: "No tengo Coca-Cola, pero tengo otros refrescos locales de *Cheerwine*". Su fuerte acento del sur nos sorprendió. Nos reímos muy alto a carcajadas antes de darnos cuenta de que estábamos siendo groseras.

Esclarecí mi garganta en un intento de preguntar con seriedad: "mmm, ¿qué es ese refresco de *Cheerwine*?"—pregunté.

"Es una bebida. ¿Quieren que les traiga dos?" Alejandra y yo nos miramos y nos encogimos de hombros. ¿Qué caramba?—pensé. Debíamos acostumbrarnos a nuestra nueva vida en el sur. Salimos de allí riéndonos de aquella experiencia mientras tomábamos aquel extraño refresco que habíamos comprado.

"¿Pero quién no vende Coca-Cola?"—pregunté. "¿A dónde nos hemos mudado?"

Caminé por el campus por primera vez en mi primer día de clases. Alejandra me acompañó mientras yo esperaba en las filas, miraba mi horario y conocía a algunos profesores. Cuando regresé a casa por la tarde, mami y yo llamamos al abogado para darle la nueva dirección a la que debía enviar el dinero. Necesitábamos ese dinero para pagar seis meses por adelantado por la renta y comprar comida para la familia hasta que nos acomodáramos. Estiramos esos casi trece mil dólares (después de intereses y gastos) todo lo que pudimos por seis meses, lo cual dio tiempo suficiente para que todos los adultos de la casa consiguieran trabajos y tuviéramos ingresos estables.

Mientras nos acostumbrábamos a nuestra vida en el sur apliqué a trabajos para mami, papi y el tío Marcos. Para entonces ya todos podían hablar inglés básico, pero no podían escribirlo, y ninguno de ellos sabía usar una computadora. Creé currículos, encontré trabajos para los que ellos cualificaban, llené solicitudes por ellos y los preparé para sus entrevistas de trabajo. Papi encontró trabajo como cocinero en un hotel de lujo de la localidad y el tío Marcos trabajó como mesero en el mismo hotel.

Convencí a mami de que no tenía que trabajar más como limpiadora. Ella podía aplicar a un trabajo administrativo y yo le ayudaría con la barrera del idioma. Le busqué trabajo como secretaria en una escuela local y … ¡la aceptaron! Esto era algo grande, pues ella podría usar ropa de trabajo profesional y trabajar durante el día. ¡Esto era un privilegio enorme! Al poco tiempo de la mudanza, la tía Sofía se enteró de que estaba embarazada de su segundo hijo con el tío Marcos, así que se preparó para empezar a cuidar niños una vez que aprendimos a navegar la nueva ciudad.

Como miembro de aquella casa, yo también tenía la responsabilidad de contribuir financieramente, así que tenía que buscar la manera de hacerlo. Como estudiante universitaria tenía que desplazarme a la universidad y lo primero que tenía que hacer era buscar la manera de movilizarme. Cuando solicité acceso a la universidad, ninguno de nosotros entendía el sistema universitario, pues apenas estábamos aprendiendo su funcionamiento y yo era la primera de la familia en estudiar una carrera aquí en los Estados Unidos. Todos mis amigos de la escuela que habían solicitado a la universidad vivían en el campus y lo único que yo entendía era que viajar costaba mucho menos que vivir en el campus.

La idea de vivir en el campus de la universidad era extraña para nuestra familia. En Panamá todos tienden a viajar y vivir en el campus no es una opción allá. Mami me contaba historias de cuando ella debía madrugar para viajar en el bus que la llevaría a la única universidad que había en la ciudad en aquel entonces. Ella se iba de la casa cuando aún era de noche y regresaba al anochecer. Un viaje de treinta minutos desde mi casa a la universidad no era nada comparado con el trayecto tan largo que ella tuvo que hacer durante sus estudios.

No nos habíamos dado cuenta hasta que llegamos y vimos que el transporte público en Carolina del Norte no era para nada como el sistema al que estábamos acostumbrados en el norte. La línea de buses terminaba a veinticinco minutos del campus y los únicos trenes que había cerca eran los de mercancía.

No podía comprar un carro de inmediato porque no tenía dinero para ello ni licencia de conducir. Mami nunca manejó a pesar de que en el pasado intentó aprender. Así que papi y el tío Marcos se turnaron para llevarme a la universidad. A veces me llevaban antes de las 6 de la mañana y me recogían muy tarde, muchas veces después de medianoche. No podía obtener un trabajo hasta arreglar mi situación con el transporte.

Pasaba el tiempo en el centro de estudiantes o en la casa club haciendo mi tarea, leyendo o escribiendo en silencio mientras esperaba a papi o al tío para que me recogieran. Me pasaba horas y horas soñando con mudarme lejos de Carolina del Norte y se volvió mi prioridad. Se volvió mi prioridad hasta tal punto que solicité a una universidad en Nueva York para el semestre de primavera sin que mami lo supiera y me aceptaron. Alejandra me prestó dinero para los gastos de solicitud, dinero que había ahorrado de un trabajo que obtuvo y ambas hicimos planes de irnos de esa loca y tranquila ciudad en la que vivíamos para empezar una nueva vida independiente.

En la escuela no hice ningún intento por empezar una conversación amistosa con nadie. No tenía sentido para mí, pues pensaba que no iba a estar allí por mucho tiempo. Era reservada y comía sola mientras leía en el centro de estudiantes. No tenía plan de comida, por lo que no comía en la cafetería como hacía la mayoría de los estudiantes. Mi tiempo entre clases lo ocupaba con hacer la tarea y escribir poesía, un nuevo pasatiempo que descubrí. Me acordaba mucho de Carlos después de que nos mudamos.

Una *teacher* de inglés de la secundaria nos había asignado la tarea de escribir un poema sobre alguien especial. Escribí un poema sobre Seli para esa tarea y me gustó mucho escribirlo. Cuando nos mudamos a Carolina del Norte ese verano, agarré un bolígrafo y escribí mi segundo poema, pero esta vez sobre Carlos. Lo extrañaba y quería desahogarme.

Amo esa sonrisa tuya que en ocasiones brilla,
la manera perfecta en que tu gorra gira,
tus ojitos redondos y brillantes me hipnotizan,
y ese sexy lunar en tu mejilla me cautiva.
Amo como mueves tu cabeza al ritmo de la música,
me inclino en tu pecho para escuchar tu corazón latir,
amo tus manos por mi espalda en un abrazo de delicia,
sin duda cada noche más quisiera sentir.
Extraño la forma en que me besas
y que mi labio inferior estremezcas.
Que al hablar contigo mi mente aclares,
y como terapista a ratos me ampares,
lo cómoda y sincera que me siento contigo,
y cómo así tú eres conmigo.

Empecé a escribir poesía cuando sentía dolor emocional. Escribí sobre cuánto extrañaba a Carlos, mi confusión sobre el amor y tener el corazón roto. Escribí sobre mis inseguridades y el hombre que me quitó la inocencia, cuando tenía ocho años, y la confusión y repugnancia que sentía cada día que vivía con él. Escribí sobre los pensamientos que tenía sobre hacerme daño a mí misma y por qué no lo hacía, pues simplemente porque mami estaba demasiado desesperada y ustedes cuatro me necesitaban. Escribí sobre cuánto extrañaba a mi familia en Panamá y cuánto deseaba vivir de nuevo allá una vida más simple. Escribí acerca de la curiosidad y la furia que sentía hacia mi padre biológico. Escribí, escribí y escribí. Escribía sobre lo que no podía expresar en voz alta. Con frecuencia en clase escribía poesía en vez de apuntes. La poesía me ayudaba a expresar los pensamientos negativos que tenía en mi cabeza y, en cierto modo, compartirlos, aunque nadie los leyera o escuchara. Mami siempre me recordaba que no debía hablar sobre *él*, así que escribía.

Extrañaba a Carlos, a Seli, la casa anterior, especialmente su diseño. Odiaba la casa de la calle Newberry. Solo había dos baños. El que estaba abajo lo usaban el tío Marcos y su familia, por lo que estaba demasiado lejos de mi cuarto. Así que usábamos el que estaba arriba, al otro lado del cuarto donde dormíamos Alejandra y yo, y que estaba al lado del cuarto de mami y papi. El baño tenía dos puertas, la que estaba en el pasillo y la que estaba del lado del dormitorio principal. Dos entradas y una ventana que me daban demasiada ansiedad. Esas eran todas formas posibles en las que él podría llegar hasta mí. Tomaba duchas rápidas mientras vigilaba detrás de la cortina y ponía toallas que cubrían los pequeños espacios debajo de las puertas. Vestirme todos los días era toda una odisea. O bien me llevaba mi ropa al baño y me vestía rápido o bien me ponía la bata y corría al cuarto. Quería irme de esa casa ya y estar lejos de papi. Vivir con él ya me estaba volviendo loca.

≈◎≈

Un día, mientras estaba comiendo en el centro de estudiantes yo sola, se acercó a saludarme un joven caballero, un chico alto y con acento del sur.

"Buenas, ¡hola señorita!".

Yo estaba tan ensimismada en mi escritura que ni me había dado cuenta de que me habían saludado. Su gran sonrisa era amistosa y reluciente.

"Hola"—dije con timidez y sonreí de vuelta. Cerré mi cuaderno inmediatamente. Nadie había leído mis poemas y me sentiría tan avergonzada si alguien lo hiciese.

"Espéro no interrumpir nada".

"Oh no, está bien. Estaba haciendo mi tarea". Una mentirijilla que no haría daño a nadie.

"¡Bueno, está bien …"—dijo pausadamente mientras yo le sonreía en son de confirmación.

"Te he visto comer sola por algunas semanas. No sé por qué una chica tan hermosa y joven como tú está comiendo sola. ¿Puedo sentárme contigo?"—me dijo con acento marcado sonando como si fuera más viejo que yo.

"¡Claro!" Hice espacio para él en la mesa, aunque no tenía comida. Se sentó conmigo y empezó a hacerme preguntas como si quisiera conocerme. Era la primera persona que conocía en Carolina del Norte a quien parecía importarle mi vida. Contesté sus preguntas de manera honesta y me sentí muy bien al hacer un nuevo amigo. Me dijo que el campus le encantaba y lo hermoso que era. Estaba de acuerdo. Sin importar lo mucho que quería irme de allí, lo cierto era que la universidad era hermosa. Él era genuino, encantador y había algo en él reconfortante.

Su nombre era Austin y jugaba al básquetbol. Todo el mundo lo conocía y lo quería y, cuando digo todo el mundo, en realidad era todo el mundo. Conocía a todos los estudiantes de ese campus. Conocía al profesorado y a todo el personal. No podía caminar ni un solo minuto sin que alguien le saludara, o le diera una palmada en la espalda, o le tendiera la mano o hiciera sonreír a un desconocido. Cada vez que tenía la oportunidad, me presentaba a alguien que conocía. Su actitud positiva y comportamiento eran contagiosos. Desde aquel día siempre me saludaba y nos hicimos grandes amigos. Sin haberse dado cuenta hizo que yo le diera una segunda oportunidad a Carolina del Norte y a esta pequeña universidad privada.

≈◎≈

A pocas semanas después de empezar mi vida universitaria, llamé a Carlos con mucha emoción. "¡Carlos! ¿Adivina?"—casi grito en el teléfono.

"¿Qué?"—me preguntó.

"¡Me voy para Nueva York en septiembre!" Estaba tan emocionada por decírselo que no podía esperar a comprar mi boleto de bus.

"¿Ah sí? ¿Qué te trae por acá?"—dijo sin importarle nada, pero seguí con mi emoción.

"¿Te acuerdas de que te dije que había solicitado a la universidad de CUNY? ¡Me aceptaron! Recibí la carta en el correo hoy mismo. ¡Eres la primera persona que lo sabe!" Ni le di un segundo a que respirara y continué con la conversación casi sin aliento. "Bueno, la verdad es que no tengo a muchas personas a quien contárselo además de Alejandra, pero … ¡me aceptaron! ¡Ahhhhhh!"—grité en silencio con la emoción que sentía mientras trataba de mantener mi voz en bajo. No podía dejar que mi familia me escuchara.

"Ah, okay"—dijo con indiferencia.

Su reacción me decepcionó tanto. Estaba tan enamorada de este chico que me daba tanta alegría. Cuando me sentía indefensa y derrotada por mi situación pensaba en él e inmediatamente me sentía feliz. Mis pensamientos se centraban en él y lo cierto es que cada semana esperaba con ansias nuestras charlas. Lo único que quería era reunirme con él y sentirlo de nuevo. Con tan solo un abrazo o un beso sería suficiente para calmar mi deseo y ganas de él.

"¿Cuándo piensas venir?"—preguntó como si se sintiera obligado a continuar con nuestra conversación.

Me di cuenta enseguida de que mis sentimientos hacia él no eran mutuos. Me di cuenta por su tono de voz. Decidí restar importancia a mi visita, pues era mi única opción para proteger mis sentimientos.

"Bueno, quiero ir con Alejandra. Queremos echar un vistazo a algunos lugares para ver dónde vamos a vivir. Es posible que visitemos a nuestra prima Nora … ¿quién sabe?"—dije en un tono más distendido.

Luego continué: "Solo quiero que sepas por si me queda tiempo y quizás podríamos vernos"—suspiré.

"Bueno, ¿haríamos lo mismo que hicimos la última vez que nos vimos?"—me preguntó expresando por fin cierto entusiasmo.

"¿Qué quieres decir con eso? ¿Tener relaciones sexuales?"—pregunté incrédula.

"Pues sí, claro"—dijo. Volví a suspirar y continuó decepcionándome.

"No creo que quiera hacer eso de nuevo. No sé cómo me voy a sentir la próxima vez que te vea"—dije.

"Bueno, Olivia … si no lo vamos a volver a hacer no creo que debamos volver a vernos"—dijo.

Hubo una pausa larga después que él dijo eso. Me había quedado sin palabras. Nada más decirme esto sentí un río de lágrimas constantes bajando por mis mejillas. No quería que supiera que estaba llorando, pero era casi imposible.

"Bueno, ¿nunca más?"—dije tratando de mantener mi voz estable.

"Sí"—respondió con la firmeza de palabras brutales.

"Listo. Adiós"—susurré.

"Adiós"—concluyó.

Jamás volvimos a hablar y yo traté de lidiar con el hecho de que nunca lo volvería a ver. No estaba interesado en mí, solo estaba interesado en mi *cuerpo*. Sentí un rechazo absoluto y me quedé devastada.

Alejandra y yo terminamos haciendo nuestro viaje a Nueva York ese año, pero nos dimos cuenta de que eso era solo un sueño. No podíamos permitírnoslo. No estábamos listas aquel año, pero pensamos que lo mejor era aplazarlo y no rendirnos por completo.

~◎~

Unas semanas después de estar en la universidad conocí a un hombre durante una reunión en la escuela que también conducía todos los días y se ofreció a llevarme. Hank era un hombre blanco, mucho más viejo, bajito, delgado y con cabello fino y un gran lunar en su cuero cabelludo. Era muy amable y se ofreció a llevarme sin cobrarme, aunque yo le ofrecía dinero para la gasolina, pero me hacía sentir incómoda. Siempre me halagaba por mi forma de vestir. No creo que él tuviera la intención de hacerme sentir incómoda o con miedo, pero dadas mis experiencias previas todos los hombres viejos eran abusadores en mi mente. Su voluntad por llevarme durante el primer año de universidad me permitió conseguir mi primer trabajo totalmente legal cerca de casa, ahorrar dinero y comprarme un carro.

Obtuve mi licencia de conducir el primer día de mi segundo año y manejé mi Nissan Sentra 1995 durante el resto de mi vida universitaria. Nunca volví a hablar con Hank y odié terminar nuestra amistad de repente, pero al ser un hombre viejo me afectaba mucho más de lo que yo podía manejar emocionalmente. En una ocasión Austin me preguntó si Hank y yo estábamos saliendo y, solo de pensarlo, me causaba náuseas. Me preguntaba quién más creería lo mismo.

La universidad fue un periodo en el que debía concentrarme. Mi misión principal era graduarme en cuatro años. Cuanto más me demorase, más caro sería y no podía darme ese lujo. Conseguí trabajo en una marisquería durante el segundo semestre de mi primer año y también conseguí otros trabajos para ayudar a pagar mi matrícula. Como adulta, que aún vivía en casa, debía ayudar a pagar las facturas. Mantener varios trabajos a la vez era lo que mi familia mejor conocía. Le daba cheques a papi y a mami para ayudar a pagar la renta, gasolina para sus carros, compras, electricidad y gas, etc. Si alguno de ustedes necesitaba algo para la escuela yo lo compraba. Si yo necesitaba algo también para la escuela me lo compraba. Llevaba a mami al trabajo antes de mi viaje de una hora para llegar a la clase de las ocho de la mañana. Mami trabajaba en la ciudad, mucho más lejos que mi universidad. Después por la tarde, terminaba las clases, recogía a mami, la llevaba a casa, me iba al trabajo y después me iba a casa para hacer la tarea. Yo dormía muy poco, lo suficiente para poder continuar. Si alguno de ustedes tenía citas médicas, citas al odontólogo, actividades extracurriculares o cualquier otra cosa lo ajustaba a mi horario. Papi tenía varios trabajos en diferentes restaurantes que debía mantener. El trabajo era su prioridad y, como principal sostén de la familia, sus ingresos y su tiempo eran lo más importante.

En la universidad con frecuencia visitaba el gran edificio de todo lujo destinado a la ayuda financiera, que daba a la hermosa fuente de agua de nuestro campus. No me di cuenta de lo hermoso que se veía en aquel tiempo porque, para mí, el edificio se veía intimidante. Caminaba hacia allá todos los meses con mi libro de cheques en mano para pagar los estudios.

Un día, mientras escribía un cheque, empecé a conversar con una estudiante que trabajaba en el edificio. Ella recibió mi cheque y escribió mi recibo mientras que el personal de la universidad estaba en descanso a la hora del almuerzo.

Nunca se me olvidará la pregunta que me hizo con tanta indiferencia: "¿Por qué no vas y le pides a tu papá que te pague la universidad?" La miré tan perpleja. No tenía ni idea acerca de mi vida ni mi situación. Ni siquiera sabía si tenía papá. *¡Pero qué ignorante!*—pensé.

Oculté mis pensamientos detrás de mi sonrisa y solo le dije: "no puede".

Cuando salí del edificio, llamé inmediatamente a mi madre para contarle lo que me había pasado. Pensamos que era bastante gracioso que alguien dijera algo así.

"Jaja …"—me reí, "Como si papi se pudiese permitir pagar mi matrícula …"

Ninguno de mis compañeros sabía de nuestra situación en la casa. No sabían que en una casa de cuatro cuartos vivían doce personas. No sabían todo lo que debíamos hacer para mantener a nuestra familia. Ni siquiera sabían que a veces ustedes cuatro me esperaban en el área de espera de estudiantes, mientras yo estaba en clase porque había conseguido citas con el dentista para ustedes para el primer descanso que tenía en el día. Desconocían que la razón por la que me quedaba dormida en clase era porque dormía casi cuatro horas cada noche, con suerte. Me dormía al volante cuando iba camino a la escuela casi todas las mañanas.

Mi vida social universitaria era casi inexistente, aunque me las arreglé lo suficiente como para sentir que al menos la estaba viviendo un poco. Hice algunos amigos en esta época, pero no parecían entender mi vida, nuestra vida. Me invitaban a fiestas, eventos y se desilusionaban cuando no podía ir. Cada minuto de mi vida estaba totalmente planeado. Debo admitir que sentía cierta envidia por sus vidas; iban a la escuela, hacían deportes, iban a fiestas, tenían amigos y tiempo libre. Yo no tenía nada de eso.

Otros estudiantes parecían conocer más sobre la vida universitaria de lo que yo sabía. No sabía la diferencia entre un préstamo subsidiado y un préstamo no subsidiado, a pesar de que el personal de la oficina de ayuda financiera intentó explicármelo. Ni siquiera pude comprender bien cómo se conseguían los trabajos dentro del campus. Me daba la sensación de que, cada vez que preguntaba, ya no había plazas disponibles. Me habría sido de gran conveniencia un trabajo dentro del campus.

¿Y cómo parecían saber los estudiantes lo que era una fraternidad o sororidad? Necesitaba que alguien me lo explicara. ¿Cómo podía la gente tener tiempo para todas esas actividades extracurriculares? ¿Quién pagaba su matrícula? Yo tenía becas y aun así *debía* pagar mi matrícula. ¿Y por qué se dedicaba la gente a decorar la universidad con papel higiénico durante la celebración de Bienvenida del *Homecoming*? ¡Menuda manera de gastar papel higiénico! Algunas de las acciones de los estudiantes simplemente me desconcertaban. ¿Pero cómo era posible que los otros estudiantes supieran cosas que yo no sabía? En esto éramos un equipo. Yo era inteligente y mis notas lo probaban. Además, llegados a este punto en mi vida, había pasado más tiempo en los Estados Unidos que en Panamá. ¿Por qué esa información no me llegó de manera natural al igual que les había llegado a ellos?

CAPÍTULO 16

¿Tu carro
o el mío?

Estaba en mi segundo año de universidad y Austin me invitó a una fiesta de su fraternidad. Él era uno de mis amigos más íntimos y siempre trataba de que participara en actividades de la escuela. Esta en concreto era en el gimnasio. Fue la coincidencia de que yo tenía el día libre del trabajo y decidí ir. Pensé que era un evento popular y me puse mis pantalones capri blancos, una camiseta sin mangas *Baby Phat* blanca con naranja y mis Skechers blancas. Ricé mi cabello y me lo recogí con una coleta, como la de J.Lo, y aquel día manejé al campus por segunda vez.

Caminé hacia el gimnasio y me encontré a un buen mozo sentado en una alargada mesa que estaba subida del piso. Cautivada por sus ojos color avellana que me dieron la bienvenida, percibí su delgadez y elegancia en su vestir pues tenía puesta una camisa azul con letras griegas y *jeans* holgados. Tenía el cabello corto y negro, peinado hacia adelante y su piel se parecía a la mía, pero con algunas pecas que se dejaban ver entre su nariz y sus mejillas. Me miró enseguida de arriba a abajo a medida que caminaba hacia él y yo seguía observando detenidamente su físico. Luego él se rió y me miró en señal de reconocimiento de la atracción mutua.

"Hola"—dije con cierta confianza.

"Hola, ¿cómo estás?"

"Bien"—contesté con una sonrisa recíproca. Él giró su mirada hacia la pequeña caja de metal que estaba en la mesa. Me di cuenta enseguida de que estaba cobrando la entrada.

"¿Cuál es el costo para entrar?—pregunté. Se giró de nuevo para mirarme y volvió a sonreír: "No te preocupes".

Buscó el marcador en la mesa y extendió su mano, por lo que entendí que debía extender la mía y la puse encima de la suya. Luego él la marcó y así me dio permiso para entrar a la fiesta. Un sentimiento cálido floreció en mí mientras mi mano descansaba sobre la suya.

"Listo"—dijo con su hermosa sonrisa dirigida hacia mí.

"Gracias"—respondí y empecé a caminar hacia el estruendoso bullicio de música que provenía de la esquina.

"¡Oye! Me llamo Raymond. ¿Cómo te llamas?"—dijo.

"Olivia".

"Un placer conocerte, Olivia. ¡Qué disfrutes!"

Raymond era *guapo*, lo suficientemente guapo como para que yo lo buscara al día siguiente en el anuario para saber su nombre completo: Raymond Elliot Carter. Tenía curiosidad y sentía que debía tener su nombre completo, aunque nunca hice nada con esa información. A decir verdad, lo *recordé* por alguna razón. Se me escapó de mi lengua. Sabía el nombre de este chico y que este chico tan guapo era un estudiante de último año, pero me di cuenta de que igual no lo volvería a ver y así fue mientras estuve en la universidad.

~9~

Salí con dos chicos en la universidad y cada una de esas relaciones duró unos dos años. Michael, en un principio, resultó una relación de rebote después de Carlos. Era de Nueva York y me recordaba a mis raíces. No se parecía en nada a Carlos. Michael era negro y jugaba en posición de corredor para el equipo de fútbol americano de la universidad. De inmediato me sentí atraída, al igual que otras mujeres, por la confianza que mostraba en sí mismo. Salimos de vez en cuando de manera poco saludable y la mayor parte del tiempo disfrutando de nuestra compañía y la amistad.

Empecé mi relación con Reginald justo después de haber terminado con Michael. Conocí a Reggie en la marisquería y, como trabajábamos juntos, pasaba casi todas las tardes con él. Reggie era de tez más oscura y estaba muy musculoso. Jugaba al básquetbol y arreglaba carros en su tiempo libre. A mami no le gustaba que saliera con chicos, pero entendía que estaba bien durante la época universitaria. No le gustaba ninguno de mis novios, pero Reggie era el que menos le agradaba porque sentía que no tenía ambiciones. A decir verdad, yo también me di cuenta. Pero igual fue el novio más dulce que tuve y no me importaba que no quisiera ir a la universidad.

∼9∼

Tras cuatro arduos años por fin llegó el día de mi graduación. Mami y papi me hicieron una fiesta que yo organicé (creo que organizar fiestas siempre ha sido lo mío). Encontré y reservé el lugar, envié invitaciones, ayudé a elegir el menú, decoré la sala con la ayuda de ustedes cuatro y luego mami y papi cocinaron y pagaron la mayoría de las cuentas. Recuerdo haberme sentido muy extraña aquella mañana. Toda mi familia llegaría al campus mucho después. Yo tenía que llegar antes y manejé sola, en absoluto silencio, durante los treinta minutos que duraba el viaje. Quería reflexionar sobre mi experiencia en la universidad.

~⑨~

Los cuatro años de mi carrera fueron los años más duros de mi vida. Siempre pasaba algo nuevo en nuestra familia. Mami tuvo problemas médicos graves: dos accidentes cerebrovasculares e incontables ataques epilépticos. Amelia tuvo una cirugía y vivió con epilepsia. Trabajé en varios lugares mientras era una estudiante a tiempo completo para poder graduarme en cuatro años. Alejandra se alistó al ejército. El tío Marcos se mudó de nuestra casa con su familia y papi se sumergió en su trabajo y el Bacardí.

Todo recayó en mami y en mí. Mami no podía conducir por su epilepsia, así que yo llevaba a la familia a todos lados. Trabajaba y usaba toda su energía para dar lo mejor de sí misma. Por la noche la ayudaba a traducir formularios en su rol administrativo para que ella pudiera llevarlos de vuelta al día siguiente.

Dos semanas antes de mi graduación renuncié a todos mis trabajos. Durante el transcurso de mi carrera trabajé como jefe de turno en la marisquería, subdirectora en una tienda de videos, asistente de maestra, tutora, niñera, cuidadora de mascotas y lavaba la ropa para una guardería local. Es probable que se me hayan olvidado algunos de los trabajos variopintos que tuve, pero créanme que de verdad estaba ocupada. En algún momento durante aquellos años decidí ahorrar dinero para poder descansar algunos meses y así poder disfrutar del verano antes de entrar al "mundo real". Tenía el plan de trabajar muy duro para poder disfrutar de mi tiempo libre, a partir de mayo de mi último año de carrera. Por aquel entonces también terminé mi relación con Reggie.

Cuando manejé hacia el campus aquel día caluroso de mayo me sentí extraña. Me sentí libre. No me habían aceptado en un programa muy competitivo de maestría en psicología al que había solicitado. No tenía trabajo esperándome en mi área de estudios, no tenía ningún trabajo, pero no me preocupé. Me sentía libre por primera vez después de mucho tiempo.

Llegué al campus y estacioné el carro en el estacionamiento de gravilla por última vez. Caminé sola hacia el área designada y me puse en la cola para esperar las instrucciones. Miré a otros estudiantes emocionados con sus togas y birretes decorados conversando con sus amigos. Hablaban de planes de viaje, de mudanzas, programas de maestría y trabajos. Un chevy rojo adornado con un lazo grande de color amarillo esperaba en el estacionamiento a un afortunado y privilegiado estudiante, como regalo sorpresa de graduación por parte de sus orgullosos padres. Estaba yo sola, con mi toga negra esperando pacientemente a que llamaran mi nombre y luego me pudiese ir lejos de allí.

Cruzar caminando el escenario no se sintió como que estaba empezando una nueva vida como adulta. No estaba feliz ni emocionada ni asustada como los demás estudiantes a mi alrededor. Para mí, representaba el fin de una mala era. Estaba furiosa. Me sentí retenida y cansada. Me arrepentí de no haber tomado ventaja de una experiencia universitaria completa, como la que los demás describían y que ya extrañaban.

Pero quizás ahora sería libre. Había hecho lo que tenía que hacer. Había logrado que mami se sintiera orgullosa al tener un título universitario. Siempre me dijo que ella habría estudiado psicología si hubiera tenido la oportunidad. Ahora, en este mismo instante, era licenciada en psicología y quería que mami viviera esa experiencia a través de mí. Mi momento había llegado. Me llamaron y caminé por esa tarima para obtener aquel papel costoso que simbolizaba un logro, éxito y progreso. Para mí, simbolizaba posibles ingresos más elevados para nuestra familia. Ahora podría obtener un trabajo con buena paga, mudarme y vivir sola, pero ganando lo suficiente como para seguir contribuyendo a la familia. Pero, al menos hoy y el resto de las siguientes semanas, disfrutaría mi libertad. Sin trabajo ni compromisos, solo yo, mami y ustedes cuatro.

Aquel verano después de la universidad me lo pasé muy bien. En dos viajes muy divertidos visité a mis mejores amigos: Saheli y Austin. Cuando regresé, ustedes cuatro y yo la pasamos muy bien e hicimos actividades divertidas mientras mami trabajaba durante el día. Compré pases de verano para que todos nosotros pudiéramos ir al parque de atracciones local cada vez que quisiéramos. Pasamos los días en la piscina e íbamos a diferentes restaurantes juntos. Incluso ir a por helado era toda una aventura y un capricho. Sabía que toda esta libertad no duraría para siempre, así que trabajé en mi currículum e intenté ser proactiva buscando trabajo en mi área de estudios. Mandé mi currículum a una veintena de compañías.

Ese mismo verano el huracán Katrina golpeó el golfo de México muy duro. Era devastador ver a la gente sufrir por ese desastre desde la comodidad de un hogar. Me sentí culpable mientras observaba los gritos de ayuda en la televisión, así que seguí a mi corazón. Agarré el teléfono y me inscribí como voluntaria para ir a Luisiana a ayudar. Días después, y en contra de los deseos de mami, me fui por tres semanas. Por suerte, guardaba la buena amistad de Michael y Reggie. Aunque no se conocían, apreciaron nuestra relación y el trabajo al cual me inscribí. Les dejé las llaves de mi carro, el horario de ustedes y una lista de quehaceres ya asignados. Mientras estaba lejos, asumieron la responsabilidad de llevar y traer, cada día, a mami del trabajo a la casa, hacían las compras y mandados que ustedes necesitaban.

Cuando regresé de esas tres semanas, me llamaron para trabajar en una agencia sin fines de lucro que trabajaba con personas con necesidades especiales y... ¡acepté! Era un puesto de una plaza clínica en donde podía usar mi nuevo título. Estaba emocionada y le di la bienvenida a esta oportunidad.

Todo parecía ponerse en su lugar. Ahora todo lo que tenía que hacer era decirle a mami que quería mudarme y tener mi propio apartamento. Sin embargo, cuando se lo dije, me dijo que no podía dejarla. Aún era infeliz y quería empezar una nueva vida sin *él*. Ya no lo necesitábamos más. Éramos residentes de los Estados Unidos. Ustedes ya entendían que mami y papi no eran felices y que mami y yo teníamos buenos trabajos. Habíamos esperado tanto este momento y ahora todas las estrellas se habían alineado, así que empezamos a crear un plan para mudarnos sin que papi lo supiera.

~⚬~

Había trabajado para una agencia sin fines de lucro por unos tres meses con una buena paga, pero todavía no sería suficiente para mantener a nuestra familia de seis si mami por fin estaba determinada a dejar a papi. En contra de todo lo que estaba en mi poder, pedí mi antiguo trabajo de camarera de vuelta. Odiaba con toda mi alma que tuviera que tener dos trabajos a tiempo completo de nuevo, pero lo hice por ustedes cuatro. Aunque odiaba trabajar ochenta horas semanales, era el lugar exacto donde tenía que estar porque allí fue donde me reencontré con Raymond Elliot Carter.

Estaba de vuelta en la marisquería trabajando para obtener el dinero de un apartamento al que nunca nos mudamos ese 16 de abril cuando Raymond entró en el restaurante. Estaba igual de guapo como aquel día que lo conocí en el gimnasio. Tomé su orden. Fue muy cortés y me regaló una bonita y rápida sonrisa antes de irse. Me preguntaba si se acordaría de haberme conocido años atrás. Mientras lucía su amplia sonrisa hacia un lado, se dirigió a mí con un suave guiño y sus ojos de color chocolate emanaban gentileza y dulzura.

Le devolví la sonrisa.

Después de aquel día, Raymond se pasaba por el restaurante con frecuencia. Las chicas con las que trabajaba se dieron cuenta de nuestros coqueteos y siempre me llamaban para que yo tomara su orden cada vez que lo veían caminar o escuchaban su voz por la megafonía del auto rápido. Siempre pretendían estar ocupadas mientras se quedaban en segundo plano para mirar como Raymond y yo disfrutábamos de una breve conversación entre amigos. No me importaba y apreciaba esos intentos tan extraños de darnos privacidad y la atención de las chicas molestándome justo cuando él se alejaba.

Tras varias semanas de coqueteos inocentes, me encontró en MySpace y se puso en contacto conmigo al llegar a mi página a través de un amigo en común, o así me dijo. Él trabajaba a tiempo completo como agente de reservas durante el día y en las tardes tenía un trabajo a tiempo parcial, lo mismo que yo. Su trabajo a tiempo parcial era en el mismo centro comercial donde estaba el restaurante y por eso él siempre se pasaba a cenar. Nos mandábamos mensajes y luego me invitó a salir para ponernos al día.

Se suponía que iba a ser un encuentro informal, con algo de picar, en nuestra noche libre, pero nuestro encuentro informal terminó en un plan de cena cuando una reunión que yo tenía se demoró más de la cuenta. Acordamos encontrarnos en su casa ya que él vivía en dirección a donde habíamos quedado. Solo accedí a conocerle allí porque sabía que no era un asesino en serie. De hecho, Austin lo conocía y respondía por él.

Estacioné el carro cerca y le envié un mensaje de texto de que ya estaba abajo. Se acercó por la esquina en *jeans* ajustados de color grisáceo lavado y una blusa negra con cuello de estilo tortuga. También llevaba una cadena de oro con la letra "R" que le colgaba. A medida que se me acercaba, empecé a recordar que su estilo era muy diferente al de mis novios anteriores, pero que quizás eso era algo bueno. Me saludó con un gran abrazo, pues esta era la primera vez que nos veíamos sin un mostrador o una mesa en medio de nosotros. Su abrazo se sintió correcto y muy alentador.

"¿Quieres ir en tu carro o el mío?"—preguntó. Miró primero a su Chevy Blazer 1993 y luego a mi Nissan Altima 2000. Entre las dos opciones, mi carro de seis años era el más apto. Recién había cambiado mi Nissan Sentra por este nuevo dos semanas antes de nuestra cita. Casi lo vi avergonzado por su viejo vehículo.

"Usemos el tuyo"—dije. No me importaba el tipo de carro que él manejaba, así que nos montamos en su carro y nos fuimos a un restaurante cercano que él había escogido.

Cuando estábamos estacionando su carro enfrente al restaurante, su carro se apagó por completo. Se quedó parado con un ángulo de unos cuarenta y cinco grados a mitad del estacionamiento mientras daba marcha atrás. Después de varios intentos fallidos por encenderlo, suspiró con vergüenza y me preguntó si no me importaba sentarme en el asiento del conductor e intentar dirigir el volante mientras él lo empujaba. No me importó. Entramos al restaurante y luego llamó a una grúa para que remolcara el vehículo. Me aseguró que continuaríamos con nuestra cita una vez lograra asegurarse de que yo pudiera regresar a mi carro y mantuvo su palabra. Continuamos con nuestra conversación para empezar a conocernos y, sin darnos cuenta, los meseros estaban esperando a que nos fuéramos. A nuestro alrededor las sillas estaban encima de las mesas y ya estaban limpias, excepto la nuestra. Ninguno de los dos se había dado cuenta de lo que estaba pasando en nuestro entorno ya que estábamos metidos de lleno en nuestra conversación.

Raymond me hipnotizaba. Era genuino y un verdadero caballero. Inspiraba confianza. Trabajaba dos trabajos al igual que yo para poder llegar a fin de mes. Era muy independiente y no vivía con sus padres, como muchos de mis conocidos. No me juzgó cuando le dije que aún vivía en casa con mi familia. Al contrario, reconoció y respetó mi arduo trabajo. Estaba metido de lleno en nuestra conversación y atento a cada palabra que salía de mi boca. Me sentí lo suficientemente cómoda como para ser yo misma. Esto no era algo fácil para mí, pues lo habitual era que me tomara más tiempo.

Después de esa noche, no había horas suficientes en el día para que nos cansásemos el uno del otro. Hablábamos durante el día, intercambiábamos múltiples correos electrónicos, nos llamábamos y nos enviábamos mensajes de texto después del trabajo. Al atardecer, lo habitual era que me visitara en el trabajo o cenara conmigo en el restaurante durante mi descanso. Yo salía por treinta minutos solo para sentarme con él y esto era algo muy grande porque significaba tiempo sin paga. Cuando no podía tomar un descanso él se sentaba y comía solo, solamente para estar cerca de mí. Algunas veces lo llamaba para decirle que me iba a tomar un descanso y me decía que ya estaba de camino en el semáforo para girar y estacionar el carro en el restaurante.

Después del trabajo, yo solía visitarlo en su condominio. Éramos inseparables y no sé cómo no nos cansamos el uno del otro. De nuestro tiempo libre, pasábamos muy pocos minutos separados. Lo más gracioso era que, aunque ambos tratábamos nuestra relación de una manera seria, yo no tenía ninguna intención de llamarla así. Él me preguntó en reiteradas ocasiones que fuera su novia, pero le dije que no. Le expliqué que estaba tan ocupada, que debía mantener a mi familia y que dependían de mí. No tenía tiempo para estar amarrada a un novio y que sería muy injusto para él. Sin él saberlo, mantuve una relación exclusiva con él desde el día de nuestra primera cita. Había llamado por teléfono a las personas con las que había estado saliendo para decirles que ahora quería iniciar una nueva relación con una persona que formaba parte de mi vida. No tenía ni idea de que yo nos veía de una manera seria, aunque no quería ponerle esa etiqueta a la relación.

Una noche, después de salir del trabajo, me rendí. Ese día en particular fue una coincidencia que ambos salimos del trabajo a la misma hora. Lo esperé en el estacionamiento del centro comercial y le pregunté si podía compartir una malteada conmigo. Nos tomamos una malteada de galletas con crema y le pregunté si quería ser mi novio. Él me dijo que "sí" y me presentó a su mamá el fin de semana siguiente.

A Raymond lo crió una madre soltera. Ella era la persona más importante que él jamás me podía presentar. Había organizado todo para que nos reuniéramos en un restaurante local para un desayuno aquel sábado por la mañana, pues era uno de sus desayunos informales favoritos. Me puse un *jean* bonito y una camisa de cuello azul con negro. Tenía el cabello suelto y con muchos nervios manejé hasta el restaurante en donde ellos me estaban esperando. Me presenté y nos llevamos genial. Ahora nos reímos de aquel día ya que ordené una comida que vino en tres platos. Mis platos ocuparon todo el espacio de la mesa y ni me cohibí. Me encantaba comer y era algo que no escondía. Quería ser yo misma y también sentirme cómoda con ella.

Había llegado la hora de presentar a Raymond a la gran y loca familia de la que tanto le había hablado. Sabía que no podía presentárselo a todos ustedes de una vez. Él creció como hijo único en una casa impecable donde solo estaban él y su madre. Nuestra familia era caótica y no era en absoluto algo a lo que él estaba acostumbrado.

Decidí entonces presentarle a nuestra familia por partes y empecé primero con las chicas. ¿Recuerdan aquel día niñas? Tú, Carrie, tenías más o menos unos trece años; Celeste tenía once y Amelia, tú tenías diez. Las llevé al parque y le pedí a Raymond que nos encontrara allá. Era un hermoso día de primavera, lo cual era perfecto. Jugamos Frisbee. A él le encantó verlas y a ustedes les pareció encantador. Él pudo conocerlas bien porque se comportaron como son ustedes mismas. Tú, Carrie, fuiste sarcástica y escéptica. Celeste estuvo llena de energía y bombardeó a Raymond con preguntas y tú, Amelia, fuiste igual de intuitiva y reservada como siempre. Lo llevé de regreso al parque en un día diferente, pero esta vez para conocer a nuestro hermano John. En esta ocasión llevamos una pelota de fútbol americano y jugamos un juego tonto en donde el que atrapa la pelota debía decir una parte de una historia inventada, solo para pasarlo bien. Nos reímos por lo tonta y graciosa que resultó nuestra historia. John estaba bastante cómodo con Raymond. Tenía doce en aquel entonces y parecía disfrutar con tener a otro chico cerca, ya que siempre se encontraba rodeado de chicas.

Los siguientes en la cola fueron mami y papi. Dado que Raymond y mami trabajaban tan solo a un par de minutos el uno del otro, pensé que un almuerzo era lo ideal. Planeé tomar un almuerzo largo ese día y me pasé por el trabajo de Raymond para recogerlo y luego pasé a por el de mami para recogerla. Llegamos y entramos para sorprenderla. A mami le encantó Raymond desde el principio y a él estaba muy guapo ese día. Ese día llevaba unos caquis, un polo metido por dentro del pantalón de color rosado pálido y unos zapatos de vestir que combinaban. Estaba tan guapo como siempre y dio una excelente primera impresión. Mami se paseó por toda su oficina mostrándolo a él con orgullo y así demostrar que su niña tenía un nuevo novio. No había hecho eso con ninguno de los chicos que le había presentado antes. Raymond era independiente, educado y un joven profesional. Sabía que le iba a encantar y que yo lo había hecho bien. Raymond se la ganó a ella y a sus compañeros de trabajo con aquella sonrisa que había cautivado mi corazón en aquel gimnasio años atrás.

Pillé a papi desprevenido y por sorpresa cuando le presenté a Raymond. Llevé a Raymond a la casa y él caminó hasta donde estaba papi, le dio la mano de manera firme y se presentó de manera respetuosa. Papi estrechó también su mano y continuó trabajando en su carro aparcado en la entrada del garaje. A papi le encantaba intimidar a otros chicos que había traído a la casa. No hizo lo mismo con Raymond, pues él demandaba respeto con su mera presencia. Él era el alfa.

Nos enamoramos enseguida, con intensidad y nos amábamos.

CAPÍTULO 17

¿No significa "no"?

Mami escogió quedarse con papi una y otra vez. Esa relación jamás la entendí. Ella no era feliz y siempre lo decía. Por fortuna, para el resto del mundo, nuestra disfuncional familia pasaba inadvertida. Por razones que espero que ustedes ya hayan entendido, tenía que salirme de esa casa en el momento en que lo hice. El 16 de abril de 2006 iba ser la última vez que iba a ayudar a mami a escapar, o así lo creía en aquel entonces. Exactamente 139 días después había escogido mi felicidad y me mudé con Raymond. Esta fue la primera relación que tenía que era totalmente madura y estaba balanceada. Él me daba felicidad y yo confiaba plenamente en él.

Raymond trabajaba en la industria musical y del entretenimiento cuando empezamos a salir e, incluso antes, desde que nos conocimos aquella noche en la fiesta del gimnasio.

Desde que se graduó, la temporada de eventos significaba trabajo de doble turno, seis días a la semana durante siete meses del año. Como agente de reservas, los meses que estaba más ocupado eran desde comienzos de la primavera hasta casi mediados del otoño por los eventos al aire libre que se organizaban. Planeaba eventos durante el día y asistía a ellos por la noche. Me decía que mi compañía hacía que su trabajo fuera más llevadero. Como amaba a Raymond, le acompañaba a los eventos para tratar de pasar el mayor tiempo posible con él.

Una vez estábamos de camino a una serie de conciertos de verano en un área muy elegante de la ciudad que estaba más o menos a cuarenta y cinco minutos lejos de nosotros. Cinco minutos después de haber empezado a manejar decidí que era el momento de compartir el recuerdo más doloroso de mi vida con él.

"¿Puedo preguntarte algo?"—dije con cierto nerviosismo.

"Claro cariño"—contestó con sus ojos puestos en la carretera.

"Pero debes prometerme no decir absolutamente nada. ¿Me prometes que te lo guardarás?"

Con cierta preocupación en sus ojos y, aún mirando a la carretera, respondió: "¿Okay?"

"Mi papá ..."—empecé, "me hizo mucho daño. Fue hace mucho tiempo ..." Y luego procedí a contarle las grandes preocupaciones de mi vida.

Solté mi dolor al contarle aquellos íntimos detalles. Mami era la única persona que sabía todo lo que le dije a Raymond aquel día. Ningún novio anterior con el que había estado lo sabía. Ni siquiera Saheli lo sabía todo. Confiaba en Raymond y por primera vez en mi vida sentí que a alguien le importaba lo suficiente como para protegerme, a mí y a mis secretos.

Para mí, que supiera mi secreto significaba que se lo guardara en secreto y que no actuara sobre ello. Significaba comprender la complejidad de nuestra situación y no tratar de resolver la mayor preocupación de mi familia. Significaba dejar de lado el juzgar y entender que papi estaría en mi vida, a pesar del oscuro pasado que compartíamos. Esos fueron los acuerdos a los que Raymond y yo llegamos.

En aquel entonces ni me había dado cuenta de que eso era mucho pedir. Pero, ¿cómo sabía yo que eso era mucho pedir? Esa era mi norma.

Había compartido mi mayor carga y sufrimiento y sentí gran alivio al compartirlo con alguien que amaba y en quien confiaba. Raymond ahora cargaba ese peso conmigo y accedió a mis términos. Aun así, algo cambió después de haberle contado esa historia. No sucedió de forma inmediata, pero algo ocurrió después de algún tiempo. Raymond siempre estaba conmigo cada vez que papi estaba cerca de mí. Estaba siempre presente cuando pasábamos los domingos con la familia. Llevaba sobre sus hombros el peso de mi secreto e hizo lo que le había pedido aquel día, pero también se convirtió en mi protector, y lo hizo a su manera. Papi, al igual que el resto de la familia, sabía que Raymond me apoyaba y que no se iba a ir. Con él a mi lado me sentí poderosa, fuerte, a salvo y protegida.

Al fin me sentía bien con mi vida. Tenía todo lo que quería. Me había graduado de la universidad y solo tenía un trabajo que tenía que ver con mi carrera. Cuando aquel 16 de abril llegó y mami decidió quedarse con papi, ya no tuve que trabajar más en la marisquería. Después de mudarme con Raymond, prometí a mami y mantuve mi palabra de seguir con mis responsabilidades a pesar de no vivir en la casa con ustedes.

~ා~

Ahora vivía con mi novio, el cual me amaba, y entendía las responsabilidades que tenía fuera de nuestra relación. Mami debía estar a las 7:00 de la mañana en su trabajo y yo a las 8:00 en el mío. Madrugaba para recoger a mami a las 6:30 y manejaba a la ciudad para dejarla a tiempo.

Luego regresaba a la casa, me duchaba y me alistaba para el trabajo, que estaba de diez a quince minutos de distancia en carro. Mami terminaba a las cuatro de la tarde, al igual que yo, pero no le importaba esperarme. Cada día de la semana salía de mi trabajo a las 4 de la tarde para manejar al centro de la ciudad de Charlotte a recogerla. No quería que ella me esperara por mucho tiempo, pues pensaba que sus compañeros desaprobaban que yo la recogiera tarde, como si no tuviera más que hacer. Me imaginaba que ellos pensaban: "aquí está esta pobre mujer que trabaja duro para dar de comer a sus hijos, que no puede manejar por sus ataques epilépticos, y para rematar, su perezosa hija siempre llega tarde a recogerla". Es probable que no pensaran eso, pero aun así igual me sentía culpable por recogerla tarde.

A continuación, dejaba a mami en casa y manejaba hacia la mía, que compartía con Raymond, para tener la cena lista a las 6:30 de la tarde, que era cuando él entraba por la puerta. Mi agenda estaba marcada de citas por todos lados. Estaba dispuesta a acomodarlo todo. Estaba dispuesta a no perderme ningún concierto, reuniones de padres, excursiones de la escuela, ceremonias de premios, recibimiento de padres de familia, citas médicas, o cualquier cosa que tuviesen ustedes cuatro o mami. Tendría la cena lista para mi novio (que tanto me apoyaba) todos los días. Le haría su lonchera también y, con pocas excepciones, estaría en casa sentada en el sofá, a su lado, para las 8 del atardecer.

Raymond supo desde el principio que ustedes y mami eran mi prioridad, así que los hizo ser su prioridad también. Por eso me acompañaba a los eventos escolares, graduaciones y cualquier otra cosa en la que él sentía que yo apreciaba su apoyo. Hasta se ofreció a llevar a mami al trabajo en aquellas mañanas que sabía que no eran fáciles para mí. Si tenía demasiado trabajo o estaba liada con el voluntariado de la iglesia, se ofrecía a llevar a mami a la compra o a cualquiera de ustedes a por cualquier artículo escolar de último minuto. Yo llevaba a John a que se cortara el cabello en el barbero cada dos semanas y él se ofreció a cortárselo para que ganara tiempo y ahorrara dinero. Hasta se ofreció a cortarle el cabello a papi y, aunque sentía disgusto por lo que papi me había hecho, no dejó que los demás se dieran cuenta. Pretendía que todo era normal al igual que yo y solo lo hizo *por* mí.

Los domingos en casa de mami y papi se convirtieron en algo importante. Para ese entonces ya ustedes se habían mudado a la nueva casa de sus sueños en la calle Fancy (esa casa que mami había escogido dejando atrás el apartamento de dos cuartos que le había ofrecido). Raymond y yo los visitábamos cada domingo y él le cortaba el cabello a papi y a John. Yo les plancharía el cabello a ustedes y el de mami. Sentía celos de sus rulos, así que mami me rizaba el mío también.

Él entendía mis responsabilidades financieras y sabía que la Navidad era para ustedes cuatro. Sabía también que yo compraba sus útiles escolares y que los cumpleaños y otras fiestas eran prioridad en mi familia. Raymond fue la primera persona con la que salí que tomó interés en nuestra familia. Éramos un gran equipo pues él se preocupó por ustedes de corazón y me quería mucho. Mis responsabilidades se convirtieron en *nuestras* responsabilidades y ya no me sentía sola en absoluto.

"¿Por qué tu papá no ayuda más?"—preguntaba. No parecía entender la dinámica de nuestra familia.

"Está trabajando"—respondía.

"Pero si tú también trabajas. ¿Qué pasaría si no los pudieras llevar a algún lugar?"—se preguntó en voz alta.

"Bueno … mi familia no iría a ninguna parte"—respondí, como si fuera tan obvio.

"Estoy seguro de que buscarían otra manera de hacerlo" —dijo. Y así fue como plantó una semilla en mi cerebro que me decía que lo que yo estaba haciendo era opcional y no obligatorio. ¿Qué tal *si* me levantara solo para arreglarme e ir al trabajo sin llevar a mami al suyo? ¿Qué tal si regresara a casa, directa del trabajo, cocinara la cena y pasara tiempo con mi novio antes de las ocho o nueve de la noche? ¿Qué tal si no comprobara el horario que ustedes y mami tenían antes de confirmar mis horas de voluntariado? ¿Qué pasaría si participase en un evento social o concierto al que Raymond tuviese que asistir por razones de trabajo sin consultarlo con ustedes? ¿Era eso posible? Así que lo intenté.

Jamás le había dicho "no" a mami hasta el día que lo hice. Todo empezó con pequeños favores. "Olivia, ¿me puedes llevar al supermercado?—me preguntó.

"¿Está papi en casa?"—le pregunté.

"Sí, pero duerme en este momento".

"Lo siento"—le dije. "Igual puedes esperar a que se despierte para que te lleve. Hoy no puedo".

En otra ocasión, me pidió que la llevara al médico. Cuando le dije que no, me respondió con un "ya sabes que es difícil porque él trabaja. Tú entiendes mejor al médico que nosotros. Haces las preguntas acertadas y no quiero que tu padre esté conmigo. Te quiero a ti".

"Yo también trabajo, mami"—le dije. "No puedo y lo siento".

De ahí en adelante, le decía que no, a menos que fuera que los involucraba a ustedes y si papi estaba disponible, especialmente si sentía que era algo en lo que un esposo debía estar presente, como sus citas médicas, que eran bastante frecuentes.

En cambio, si era algo que los involucraba a ustedes mi respuesta siempre era "sí". Si había alguna cita, actividad extracurricular, voluntariado en una excursión de escuela, excursión de camping, evento de bienvenida de padres de familia, reuniones de los padres con docentes o si a alguno de ustedes lo enviaban a casa por enfermedad, siempre decía que sí.

En aquel entonces, papi y mami veían a Raymond, de vez en cuando, como una mala influencia en mi vida, pero eso solo fue porque aprendí a decirles que "no" a ellos por primera vez en mi vida. Raymond tenía buen corazón y siempre quería lo mejor para mí y fui capaz de reconocerlo. Él me había dado algo que por tanto tiempo había querido sentir: confianza. Ese poder me lo habían arrebatado a temprana edad, así que su apoyo y amor me devolvieron esa confianza, poco a poco.

Me ayudó a comprender que mami había escogido a papi. Lo había escogido a él, pero aun así me quería. Con el tiempo, decir "no" se me hizo más fácil. Aún estaba enojada con ella y quería que ustedes me pidieran favores directamente, si me necesitaban. Carrie y John estaban en secundaria, y Celeste y Amelia en educación media. Ya estaban lo suficientemente grandes como para saber y decirme qué necesitaban. Si mami me llamaba para pedirme algo de alguno de ustedes, era algo que en ocasiones me molestaba que ese pedido viniera de ella. Estaba molesta porque parecía que ella estaba entre nosotros. No le diría que no a ninguno de ustedes, pues eran mi vida. De hecho, mi salvación fue porque quería protegerlos, mantenerlos a salvo y ser buen ejemplo para ustedes. Les debo mi vida. ¿Pero a mami? No le debía nada, pues ya se lo había dado todo.

Lo más loco de esta situación fue que mi decir "no" unió más a mami y a papi. Resolvieron sus problemas y papi empezó a cooperar, después de algunas discusiones y regañinas por estar en contra de ello y mostrar su resistencia, y hasta empezó a recoger a mami del trabajo en los días que yo no estaba disponible. Poco a poco empecé a sentirme liberada.

~๑~

Como Raymond trabajaba en la industria del entretenimiento, con frecuencia recibía invitaciones a eventos sociales y oportunidades para establecer contactos profesionales. Por primera vez en mi vida me sentí más cómoda aceptando estas invitaciones de Raymond, sin sentir la obligación de que dejaba de lado a mi familia. Les dije que me llamaran si de verdad necesitaban algo o si necesitaban que los llevase a algún lugar y papi no podía hacerlo. Me sentí culpable al principio, pero la libertad que me produjo se sintió dulce. Raymond había acomodado su horario para apoyarme a mí y a mi familia y por fin ahora podía yo arreglar el mío para estar ahí por él.

Aun así, los veía casi todos los días. Si no podía llevarlos, mami y papi cocinarían y nos invitarían a cenar a cambio de un favor. Casi siempre papi le pedía a Raymond que le ayudara con la computadora o cualquier equipo con el que él tuviera problemas. A él le encantaba arreglar cualquier aparato, carro o equipo para cortar costos, en vez de contratar a un profesional, y mami siempre llegaba a casa con trabajo que no podía completar ya que eran traducciones de formularios del español al inglés y no tenía las destrezas necesarias. Con el tiempo le dije que empezara a pedirles estos favores a ustedes y que empezara a mejorar su inglés con clases a las que yo la llevaría. La hermosa relación entre Raymond y yo continuaba floreciendo porque nos apoyábamos mutuamente.

~๑~

"¡Olivia, mami no para de llorar y no sé qué hacer!"—Carrie dijo mientras sollozaba desde el otro lado del teléfono.

"¿Dónde está?"—pregunté.

"Está en la sala, en el sofá. ¿Puedes venir?"

Entré y encontré a mami en la sala. Estaba llorando fuera de control de manera desconsolada. Ustedes chicas me recibieron en la puerta con lágrimas en sus ojos del dolor que les causaba ver a mami llorar por alguna razón que desconocíamos.

"No puedo más con él,"—dijo con desesperación, "ya no puedo más".

Supe inmediatamente que esto se debía a papi y me enojé. No estaba enojada con él sino con ella. Continuó hablándome y decía palabras que era imposible entender, pues no podía controlar su respiración entre tantos sollozos.

Luego mami dijo unas palabras que jamás había dicho con anterioridad y yo sabía que de verdad sentía lo que estaba diciendo.

"¡Me quiero morir, Olivia! ¡ya no lo aguanto más!" Esas palabras calaron profundamente en mí, pues jamás le había oído decir eso. Ya no podía aguantarlo más y sabía que ella debía irse de allí.

Les pedí a las tres que subieran para poder hablar con mami a solas. No debían verla así. Mami empezó a hablar. Me dijo que había cometido un error al haberse quedado con papi. Tenía miedo de que aún fuera infiel y sus borracheras y cigarrillos la molestaban aún más que antes. Me dijo que discutieron porque el cigarrillo le estaba haciendo daño a su salud y estas discusiones eran frecuentes porque él no lo dejaba ni siquiera por ella. Discutían tanto que Amelia puso en la puerta de su cuarto un letrero de "no fumar". Ella era la más joven y la más franca de todos. Mami se tomó un respiro y, al final de nuestra conversación, acordamos que debía ver a un terapista.

En los últimos tiempos, mami había usado su tiempo durante las citas con su neurólogo como si fuesen sesiones de terapia, por lo que su neurólogo la refirió a un terapista porque sentía que sufría de depresión. Mami se negó al diagnóstico y dijo que la depresión no era real. Se preguntaba cómo podría tener depresión en este momento de su vida cuando había sufrido mucho más estrés en el pasado.

Fui con ella a múltiples citas en donde los médicos examinaron su estado de salud y la diagnosticaron oficialmente. Me explicaron que mami no estaba en sus mejores facultades para tomar decisiones acerca de su salud, por lo que acordamos que ella siempre me preguntaría antes de tomar decisiones relacionadas con su salud y me asignaron la persona indicada para tomar tales decisiones en caso de que no se le pudiera preguntar a ella, como cuando le tocaba hacerse procedimientos médicos.

Fue en aquel periodo cuando decidió que la terapia en familia le podría hacer bien. Fuimos a una sesión todos juntos (¿recuerdan ese día?) Aquel día por la tarde, papi los llevó a ustedes y yo me los encontré allá. Los siete nos sentamos en ese cuarto lleno de gente y conocimos a una dama altísima, delgada y de cabello chocolate oscuro. Todos estábamos allí por mami. Ella empezó a llorar y a decir cosas que no tenían sentido, salvo para papi y para mí. Empezó a echarse la culpa de todo y explicó, entre sollozos y mocos, que el estrés que nosotros le causábamos había provocado los ataques epilépticos. Dijo que yo era grosera con ella por lo que me había sucedido en el pasado. El resto nos quedamos callados mientras veíamos cómo mami se venía abajo en pedazos. Papi hizo que ustedes salieran de la sala por instrucción de la terapista.

Sin darme cuenta, nos quedamos tan solo mami y yo con la terapista en la sala, aunque se sentía igual de llena con la emboscada de ataques procedentes de mami. Le contó a la terapista lo que papi me hizo. Descargó lo que nunca hablamos y ni me había dado cuenta de que ella cargó con este peso de la misma manera en que yo lo había hecho. Jamás había hablado de esto, no desde que ocurrió. Le contó que siempre se sintió culpable y que trató de complacerme de la mejor manera que pudo. No entendía por qué yo había descargado mi rabia contra ella. Me cocinaba mis comidas favoritas cuando podía y trataba de comprarme cosas que ella sabía que me gustaban siempre que podía permitírselo. Esta era su forma de hacer las paces.

Le gritaba de manera constante a pesar de su salud y sensibilidad. Lo cierto es que su delicado estado de salud era lo único que la mantenía en mi vida. Sentía un gran deseo de alejarme de ella y de papi. Nuestra discusión más reciente había sido por John.

Estaba manejando de regreso a casa cuando mami me llamó y me pidió que hablara con John. Estaba molesta porque John había obtenido una mala nota en la escuela y me pidió que hablara con él y lo castigara. Ella no podía hacerlo pues no tenía las energías para regañarlo. La escuché por unos cinco minutos hasta que se volvió dramática y comencé a llorar mientras manejaba y perdía la paciencia. De repente, empecé a gritar desesperadamente. ¿Saben lo que es una voz aguda y chillona? ¿El tipo de voz que luego te preguntas si lo que dijiste tenía sentido o no? Era ese tipo de voz aguda chillona.

"¡Solo quiero ser su hermana, mami!"—grité. "¡Ya no puedo seguir haciendo esto! Estoy tan cansada de que me llames por todo. ¿Por qué no pueden manejar esto papi y tú? ¡Déjame en paz! Solo quiero irme a casa. Tuve un mal día en el trabajo y lo único que quiero hacer es llegar a casa, estar con Raymond y cocinar la cena. ¿Por qué papi no puede hacer nada? ¡Dile que hable con John!"

"Él no va a escuchar a tu papá"—dijo. "Sabes que lo único que le dirá será algo loco como 'sin televisión por un año' y John no se lo tomará en serio. Estoy demasiado cansada por el trabajo y no me siento bien".

Continué gritando. Odiaba cuando se victimizaba sobre su enfermedad y me lo echaba en cara.

"¿De quién es la culpa de que los chicos no escuchen a papi?"—dije. "Siempre nos enseñaste a esconderle cosas y mentirle. Siempre le dijimos que debíamos pagar por nuestra comida en la cafetería cuando la comida era gratuita, así podías quedarte con su dinero y planear un escape, que nunca harías porque eras demasiado cobarde. Siempre hacías gestos cuando él hablaba, así que nunca aprendimos a respetarlo. ¡Siempre nos pediste que no lo molestáramos o que no le habláramos!"

Colgué el teléfono, me di la vuelta y me dirigí a la casa para castigar a mi hermano.

Mami siempre me llamaba en vez de llamar a papi. Ella y yo éramos mejor equipo que eran él y ella. Si llamaban a John a la oficina del director, o a Carrie la molestaban en el bus, papi nunca ayudaba. O incluso cuando Celeste se peleó con la hija del vecino, o cuando Amelia necesitaba ir a múltiples citas médicas y visitas en el hospital y necesitaba que la recogieran temprano de la escuela porque no se sentía bien … una lista interminable y siempre la historia de nunca acabar.

Apenas hablé durante la sesión de terapia, pero mami tenía razón. Estaba furiosa con ella y en realidad no estaba preparada para hablar de ello. Al menos, no ese día. Ni siquiera cuando me di cuenta de que ambas queríamos terminar con nuestras vidas, en diferentes momentos, por culpa del mismo hombre. Nos habíamos desarraigado de nuestras vidas hacía muchísimos años solo por él y lo único que él logró fue que odiáramos nuestras vidas hasta tal punto que ya no sintiéramos ganas de vivir. Jamás las cosas eran como parecían. Desde el exterior, nadie tenía la más remota idea de lo que en realidad estaba pasando.

Con el tiempo mami dejó de ver a la psicóloga porque nunca creyó que ella estaba deprimida. Cuando me enteré de que ya no estaba tomando sus medicamentos, me enojé incluso más. Me decía que no podía pagarlos porque usaba ese dinero para comprarles aquellas cosas que sabía que ustedes querían, que debía comprar esas cosas en vez de pedírmelas a mí porque yo ya no quería seguir ayudando a la familia y que "solo quería ser su hermana". Me manipulaba, pero podía ver sus intenciones a través de sus juegos. Sentía que era una buena madre porque les compraba todo lo que querían. A decir verdad, podría haber sido mejor madre si se hubiera tomado sus medicamentos.

CAPÍTULO 18

Perdón y propuesta

En la Navidad del año 2007 cada uno de ustedes recibió como regalo un iPod y también una computadora nueva para compartir entre los cuatro, además de otras cosas que querían y necesitaban. La Navidad era mi excusa para consentirlos con regalos. Raymond lo sabía y disfrutó viéndolos cómo abrían sus regalos con entusiasmo y quizás incluso disfrutó tanto como yo aquella Nochebuena.

En la mañana de Navidad de ese mismo año, después de un año de vivir juntos, Raymond me propuso matrimonio. Sacó un anillo de diamantes que había comprado (sin préstamo bancario) y prometió cuidar de mí para siempre.

Estábamos sentados en la sala de nuestro condominio cerca del árbol de Navidad que habíamos colocado, un árbol artificial, más bien delgado y de unos seis pies de altura. Pero, antes de pedirme matrimonio, abrí cada uno de los regalos que él me pasaba: un pijama de algodón que se sentía cómodo y calentito, dos pares de pantalones deportivos y una billetera de cuero de color chocolate. Me había escuchado quejarme por no tener ropa cómoda para estar por casa y que necesitaba una mejor forma de llevar mi dinero porque siempre usaba bolsos grandes. Era un hombre muy práctico y siempre quería que tuviera lo que necesitaba. Esta era su forma de mostrármelo.

Los regalos seguían llegando. También había llevado a enmarcar mi diploma en un marco profesional con los colores de nuestra universidad. Había guardado mi diploma guardado por casi dos años en la misma carpeta que habían dado el día de la graduación y me decía que no lo tenía mostrado con orgullo en mi oficina como debía ser. Por último, me entregó la cámara digital azul, a la que le había echado el ojo desde hacía mucho tiempo, pues quería tener mejores fotos en mis álbumes. Me encantó cada uno de los regalos que me dio y la verdad es que había superado mis expectativas.

Aquel año yo solo tenía un regalo para él y estaba superemocionada de que lo abriera. Había terminado de abrir mis regalos, así que pensé en darle la enorme caja que había guardado debajo del árbol. En ella había una PlayStation 3, que aquel año era lo que más quería. Era el sistema de juegos más reciente, la última moda en el mercado y me había comentado que lo iba a comprar tan pronto como el precio bajara. Yo quería que él tuviera lo que realmente deseaba, así que hice de tripas corazón, no había otra opción y compré la Play junto con su juego favorito.

Verlo emocionarse como un niño cuando se dio cuenta de lo que había en la caja no tuvo precio. Abrió la caja y enseguida empezó a acomodarlo en la sala. Poco después, paró de hacer lo que estaba haciendo y se volvió hacia mí. Entre todos los papeles de regalo y cajas tirados por la sala había una bolsita de regalo que no había visto. "Aún hay un regalo más para ti"—anunció.

Raymond sacó la caja de color rojo vino brillante de la bolsa y se arrodilló sobre una de sus rodillas.

Mientras miraba con completo asombro al anillo de diamante de corte marquesa que estaba ante mí, empezó a hablar.

"Olivia, cuando entraste en mi mundo, no tenía ni idea cuánto iba a mejorar mi vida. Me has enseñado a amar incondicionalmente y me has inspirado a ser mejor persona cada día. Te amo y quiero construir una vida contigo para siempre. ¿Quieres ser mi esposa?"

"¡Sí!"—exclamé.

Luego, me lancé a sus brazos y lo llené de besos.

"¡Vamos, tenemos que irnos!"—grité de la emoción. No podía esperar a contárselo a todos ustedes.

Me puse mi nuevo abrigo y mis nuevos pantalones deportivos encima de mi pijama y salimos corriendo a toda prisa. Usé mi llave para entrar a la casa con Raymond. Todos ustedes estaban dormidos. Los había visto horas antes en la misa de Nochebuena y en el intercambio de regalos. Subí las escaleras corriendo a toda prisa y no era capaz de decidir a quién se lo diría primero, así que intenté ser justa y me organicé por orden de edad. Corrí hacia el cuarto de Carrie y la desperté, luego desperté a John, a Celeste y por último a Amelia. Después de ustedes, se lo dije a mami y a papi.

Raymond y yo nos casamos once meses después con una gran fiesta que los incluía a ustedes, a Drew, a Alejandra, a Seli, a Austin y a otros amigos cercanos de la universidad.

Era una hermosa mañana de noviembre en el sur, perfecta para el día de una boda. En aquel momento mi cabeza de veinticinco años no era capaz de apreciar la belleza de ese día pues tenía otras cosas en mi mente.

La mañana de nuestra boda estuvo llena de caos y gritos, tanto como cabe esperar en una casa ocupada por veinticinco personas con tan solo dos baños. Debíamos llegar a la iglesia antes del mediodía, así que eso añadió más presión. Carrie, de diecisiete años en ese entonces, había peleado conmigo por no querer usar su vestido de dama de honor. El forzarla a llevar ese vestido fue lo peor que jamás le pedí en su dramática vida de adolescente.

Me había quedado en la casa de la calle Fancy la noche anterior y me desperté a las 5 de la mañana para encontrarme con la peluquera y luego traerla a nuestra casa para que nos arreglara el cabello a todas. Era la primera vez que usaba ese baño y miré hacia el techo. *¿Podría él mirarme desde allá arriba? No, pero qué pensamiento tan loco* ... moví mi cabeza y continué con normalidad. Me bañé rápido y bajé. El secador estaba encendido a todo dar en la sala y la gente conversaba en voz alta a pesar del ruido. La amiga de mami, Dana, quería hacerme la pedicura al estilo francés. No había tenido tiempo de hacerme la pedicura durante la semana y ella insistió en que debía verme perfecta aquel día. Hacerme la pedicura me causaba la más mínima preocupación.

Papi me hizo el desayuno en la cocina. Cocinó una tortilla de huevos con queso y me lo pasó en un plato. Lo agarré solo por cortesía y me senté en la mesa para tratar de comérmela a la vez que trataba de enmascarar los ridículos pensamientos que se me venían a la mente relacionados con la tortilla. ¿No se acuerda? Es demasiado irónico que me haga una tortilla así justo el día de mi boda. La trinché con el tenedor y embellecí el estrés del día de mi boda y asuntos pendientes antes de alejarme de la mesa.

Llegados a este punto, papi y yo estábamos en buenos términos y nos hablábamos. Nos llevábamos bien e hicimos un buen trabajo en esconder nuestra incomodidad. Para mí había sido una verdadera maravilla el mudarme de la casa. Estaba cómoda en vestidos o pantalones cortos mientras los visitaba, incluso sabiendo que él estaba cerca. Lo habitual era que cuando él estaba en casa o bien dormía o no pasaba mucho tiempo con nosotros, pero la nueva confianza que tenía ahora era un gran progreso para mí. Me sentí protegida y a salvo cuando estaba con Raymond. Sabía que Raymond lo mataría si me hiciera daño a mí o a cualquiera que yo amara.

Papi y yo hablábamos y hasta hacíamos bromas, pero jamás nos tocábamos. El contacto visual era mínimo. Cuando lo miraba, todo lo que veía era esa misma mirada de culpa que me había dado en el baño aquel día. Pero hoy, en el día de mi boda, teníamos que tocarnos.

Era lo único que me había estado atemorizando por meses. No quería que papi caminara conmigo al altar y le dije a Austin que me acompañara ese día. La idea de tocar su brazo o de aceptar un beso o un abrazo mientras me entregaba en matrimonio, o incluso concederle el *honor* de hacerlo, me daba tremendas náuseas. De hecho, esto me había provocado gran ansiedad en los meses anteriores a mi boda.

Al final, mami me convenció de darle ese honor, porque … ¿qué diría la gente si él no lo hiciera? No podíamos dejar que la gente se preguntara por qué Olivia no quería permitir que el hombre que la crió la entregara en matrimonio. La ropa sucia se lava en casa. Me suplicó que dejara que él lo hiciera, así que, en contra de mi voluntad física y emocional, así lo hice solo para complacer a nuestra madre.

Cuando las puertas del santuario se abrieron y la marcha nupcial empezó a sonar esperé hasta el último momento posible para agarrar su brazo. Me concentré en los invitados que me miraban con entusiasmo y los saludaba a cada paso que daba. Mami había despojado de mí la felicidad de esperar a mi futuro esposo y la reemplazó con miedo y repugnancia. Enmascaré mi malestar muy bien.

~⑨~

No fue sino hasta casi un año de haberme casado que me di cuenta de que mudarme no era lo suficiente como para liberarme de él. Esto que me pasó aún me controlaba. Me hacía sentir furiosa. Mis sentimientos no eran saludables y estaban afectando mi matrimonio y la vida que estaba tratando de hacer con mi pareja. Estaba lejos de él y de mami, pero todavía acarreaba esa oscuridad conmigo.

No quería ver a un terapista para hablar de ello. No me malentiendan, creo en la terapia, pero en este caso sabía que necesitaba algo mucho más grande. Esto estaba profundamente arraigado en mí y necesitaba el único gran poder que conocía para liberarme de todo eso.

Estaba experimentando problemas en mi intimidad con Raymond y quería ser una buena esposa para él, así que me puse a rezar. Me sorprendió volverme tan devota de repente porque la religión para mí solo había sido una herramienta para afrontar las emociones. El catolicismo era el único rito que conocía y, aunque rezaba los domingos en la iglesia, no rezaba en mi rutina diaria. La búsqueda de la oración para mí era señal de desesperación, pero ahora perseguía un poder más grande y absoluto.

Recé cada día, todos los días, durante meses. Puse toda mi fe en las manos de Dios para que me ayudara a curarme, que me ayudara a perdonar a papi y me permitiera estar sana y completa. No podía imaginarme cómo se sentiría estar curada, pero estaba desesperada por saberlo. Al fin comprendí que me resultaba imposible olvidar lo que él me había hecho aquella noche cuando tenía ocho años e incluso la forma en que me miró cuando lo agarré viéndome por fuera de la puerta del baño años después.

Cuando me saludaba, siempre miraba directamente a mi pecho. Él pensaba que era discreto, pero siempre me daba cuenta. Me causaba repugnancia. Nunca olvidaré lo que me hizo. Siempre estaría en mi vida y estaba totalmente segura de que mami nunca lo iba a dejar. Así que mi única opción era perdonarlo. Por fin estaba viviendo una vida feliz y me rehusaba a que él pudiese arruinar eso también.

Ese sentimiento emanó de mi elección, se convirtió en *mi* decisión.

～۹～

No sé si alguno de ustedes recuerda el día en que pasé por la casa de la calle Fancy buscando una biblia. No tenía una, pero mami tenía bastantes. Amelia me dio la suya. En la parte de atrás de aquella biblia, había referencias a los momentos en que uno experimenta sentimientos problemáticos. Busqué esos pasajes que se recomendaban y leí y volví a leer los mismos si los necesitaba. La oración me ayudó.

Y después, un día, me sentí mejor.

Sientes algo tan hermoso en el momento que te das cuenta de cuán lejos has llegado. No tengo palabras suficientes para expresarlo, pero es realmente increíble.

Por hoy, me siento afortunada de que puedo hablar de lo que me pasó sin llorar y que puedo ponerme la ropa que sea cerca de él. Puedo ver cómo se fija en mí sin encogerme de hombros para refugiarme en mí misma. Me siento orgullosa de mi cuerpo y confío en mi cuerpo en todo momento. Me siento tan segura e incluso empoderada. Tras aquel momento cuando sabía que estaba curada, me sentí completamente libre.

Todos ustedes se estaban haciendo mayores. Con el tiempo, sentía menos temor a que pudiera hacerles daño. Ustedes chicas son luchadoras y desbocadas y jamás iban a permitirle que las tocara. Hasta mami y yo estábamos empezando a ver progreso en nuestra relación. Incluso estaba aprendiendo a perdonarla y trataba de comprender cuánto ella lo amaba sin importarle todo el daño que él me había causado.

Mami y yo estábamos en un estado emocional bastante cómodo, pero como ya sabrán, solo fue algo temporal. Me estaba sintiendo fuerte y valiente en aquel momento y eso me llevó a hurgar en mi pasado para encontrar lo que necesitaba. Mami no estaba lista para lo que estaba por venir (y tampoco yo), pero obtuve las respuestas que cambiaron mi vida para siempre.

CAPÍTULO 19

Viaje a mi tierra natal

No fue sino hasta que tuve veintiséis años de edad que sentí el terrible deseo de visitar Panamá después de tantos años y ahora estaba determinada a hacer que fuera posible. Había tenido el deseo de recorrer los últimos veinte años de mi vida, pero jamás lo deseé tanto como esta vez. Aquella urgencia que me corría por las venas se debía a que quería ver a mi padre. Quería ver el lugar donde nací y crecí, quería visitar a los parientes de la familia que amaba y con los que me mantenía siempre en contacto, y quería ver la casa que tanto recordaba. Pero, más que nada, mi padre era la pieza clave que faltaba en el puzle de mi vida. Mi padre biológico siempre fue un misterio para mí. Tenía muy pocos recuerdos de él (los cuales traté de mantener) y su nombre era innombrable en nuestra casa. Era el enemigo. Nunca entendí por qué su nombre no se podía decir. Mami solo decía que le dolería a papi si mencionábamos su nombre porque él era mi nuevo papá. Cuando era niña, creí que eso era verdad.

Durante mi niñez y juventud, había fantaseado muchas veces con la idea de reunirme con mi padre. Siempre soñaba despierta sobre cómo sería ese momento. Me veía en la escuela y veía a mi padre llegar por sorpresa a un salón lleno de gente o a una cafetería mientras comía. Aunque no recordara cómo se veía, lo reconocía inmediatamente y me desmayaba con solo verlo. En estas fantasías de alguna manera él sabía que necesitaba de su ayuda, así que venía a rescatarme.

También pensaba en la posibilidad más realista, en la cual era yo la que iba a encontrarlo. Me veía en Panamá y lo veía en la distancia. Me escondía detrás de un árbol solo para verlo. Buscaría características y parecidos que compartíamos. Nunca quería hablarle en aquellos episodios fantasiosos. Después de todo, ni sabía qué le diría y lo último que quería era interrumpir su encantadora vida.

No sabía mucho de él. Como era un tema tabú, trataba de no preguntar. Puedo contar con los dedos de la mano las veces que pregunté por él en los últimos veinte años. Siempre era cuando papi no estaba cerca y casi siempre me ignoraban.

Tengo ciertos recuerdos que son tesoros que siempre he guardado para mí. Recuerdo saltar a la cuerda por las calles de nuestra barriada mientras agarraba su mano y caminaba con él hacia el dentista. No sé cómo él podía seguir si yo saltaba, pero su caminar a mi lado se veía sin ningún tipo de esfuerzo. Hacía un silbido débil con su boca, que aún escucho en mi cabeza, desde afuera del baño para hacer que yo orinara. Cuando eso no funcionaba en los baños públicos prendía el lavamanos para que el sonido del agua precipitara las ganas de orinar.

Tengo un vago recuerdo de cuando mami e Ibán todavía estaban casados y vivíamos en un apartamento en Colón. Jugábamos a un juego llamado "Olivia sándwich". Me ponían en medio de ellos en la cama y me apretaban con sus cuerpos. Yo me reía a carcajadas y gozaba. El último recuerdo que tengo de él es de cuando jugamos a "adivina las formas de las nubes" mientras comía una paleta de limón.

Todos estos recuerdos eran agradables y me hacían reír y, aunque me acordaba de ciertos momentos específicos, a mi padre nunca se le veía la cara. La imagen mental del hombre a quien llamé papi en alguna ocasión se estaba desvaneciendo en mi memoria. Todo lo que recordaba sobre su apariencia era que tenía unos ojos más claros que los míos y una piel de tez un poco más oscura que la mía. Me preguntaba si eso era cierto o si esa era una imagen que yo me había creado porque lo necesitaba.

Además de esos pocos recuerdos solo sabía lo que mami me había dicho. Una vez me salió una verruga en mi mano y ella me dijo: "eso lo sacaste de tu padre". Cuando era adolescente y empecé a tener acné en mi cara, ella solía decirme "la familia de tu padre sufre de acné". Lo mismo me decía cuando preguntaba por qué me salía vello en mis brazos y de dónde salían mis pies tan feos. Todo lo que estaba asociado con él era siempre negativo. A veces cuando estaba leyendo o estaba sola sentada por un momento, mami se me acercaba y me decía que dejara de morderme la lengua. Decía "tu padre siempre hacía eso, ¡te ves tan horrible cuando haces eso!" Siempre lo hacía sin darme cuenta, pero a veces lo hacía a propósito solo para mantener cierta conexión con él.

Siempre me preguntaba por dónde estaría o qué estaría haciendo. Me preguntaba si tenía otra familia y si ellos me conocían. ¿Pensaba en mí? ¿Por qué nunca me buscó? ¿No me amaba? Mami me había dicho que él quería tener un hijo y ponerle su nombre. ¿Es posible que no me quisiera porque era niña?

Durante esos veinte años en los que tanto me preguntaba por él solo pude hablar con él en dos ocasiones. La primera vez fue cuando mami quería dejar a papi y el hombre con la furgoneta blanca vino a buscarnos. La segunda vez fue cuando cumplí veintiún años. Estaba lista para graduarme de la universidad y Mamacela vino a visitarnos y asistir a mi graduación. Trajo con ella una carta de Ibán.

Mami me dio el sobre manila de tamaño mediano con la carta que él había escrito a mano. Se veía claramente manipulado, así que estaba segura de que mami ya había leído la carta antes que yo. Ella era muy sobreprotectora.

"Esto es tan ridículo. ¡No tenía que escribir todo esto!" —exclamó mientras me pasaba la carta.

Estaba sorprendida por su reacción, pero en cierto modo tenía la razón. Estaba de su lado como siempre.

Procedí a leer la carta.

Querida Olivia:

Son las nueve de la noche aquí en Panamá en el momento en que escribo esta carta. La verdad es que ya han pasado muchos días desde mi primer intento por escribírtela, pero la verdad es que no sé por dónde empezar. Estas son las primeras palabras que comparto contigo en mucho tiempo e, hija mía, vienen desde el fondo de mi corazón.

La verdad es que te perdí. Te perdí hace muchos años. No sé quién eres ni cómo piensas. Desconozco tus logros, tus sueños, lo que te emociona. Desconozco lo que necesitas. Ni siquiera sé cómo te ves ahora. La lista sigue y sigue, pero... ¿por qué continuar?

Tu abuela, quien conoces como Mamacela, me dijo que te iba a visitar y que estás por graduarte de la universidad en unos días. Este es un gran logro y estoy muy orgulloso de ti. No puedo llevarme crédito por la mujer en la que te has convertido, así que manifiesto mi agradecimiento a la mujer que te crió.

Pienso en ti todo el tiempo. Sé muy poco sobre ti, pero espero estar vivo para cuando llegue el día en te vuelva a ver de nuevo y tenga la oportunidad de conocerte. Oro por el día en que podamos ser amigos.

Si alguna vez estás en Panamá, me encantaría verte. Vivo en una casa en el área de Balboa, Ciudad de Panamá —casa #345. Mi número de teléfono es XXX-XXXX y mi celular es XXX-XX-XXX. Espero saber de ti.

Quedo a la espera de tu respuesta y espero con ansias el día en que pueda hablar contigo, verte y abrazarte.

Hasta ese día, Ibán Batista
Tu padre biológico.

"Aggghhh … Espero con ansias el día en que pueda hablar contigo, verte y abrazarte"—dijo mami en tono burlesco.

"Quiere que lo llame"—dije con tanto nerviosismo.

"¿Quieres hablarle?"—dijo mami con cara de rechazo.

Me pausé con cierta intimidación. Tenía tan solo veintiún años cuando recibí la carta y estaba completamente influenciada por mami. ¡Qué situación tan vergonzosa para mí!

"¿Creo que sí?"—respondí con una pregunta.

Así que mami y yo marcamos juntas el número de aquella carta. Ella marcó y preguntó por él. Él estaba allí. Justo al otro lado del teléfono estaba el hombre en el que tanto pensé y por el que yo tanto pregunté durante años. Me pasó el teléfono.

"¿Hola?"—dije.

"Olivia … ¿eres tú?" Su voz no era la que yo me había imaginado, pero me era familiar.

"Sí"—dije con timidez. Mami pegó su cabeza al otro lado del teléfono tratando de escucharlo. Hacía gestos de burla y yo casi no era capaz de escuchar lo que me decía. Les pasó el teléfono a otras personas, pero no entendía a quién le hablaba. Di respuestas simples de una palabra a sus preguntas. No sabía qué decir y la conversación no duró mucho. Mami me quitó el teléfono y colgó al poco tiempo.

Después de esa conversación, si es que cuenta, no volví a hablar con él.

Cinco años después de esa última conversación, merodeaban en mi cabeza los recuerdos de aquellas dos ocasiones en las que hablé con él mientras contemplaba la idea de viajar a Panamá. Sin duda alguna, quería verlo. Después de todo, esta era mi oportunidad de hacerlo y no quería viajar tan lejos y arrepentirme de no haberlo buscado mientras estaba allí.

Mi padre biológico no tiene un nombre común, así que un buen día pensé que a lo mejor debía hacer una búsqueda de internet con su nombre para ver qué aparecía. Pero ese pensamiento iba y venía ya que estaba asustada por encontrar algo. ¿Qué iba a hacer con esa información?

Por fin, un día que me sentí con agallas, lo hice. Escribí su nombre y su apellido en el cuadro de búsqueda. Sentía que iba a tener suerte y miré en las páginas más insignificantes que sabía no me iban a conectar con él o mi país de origen. No sabía nada de él, pero me imaginé que todavía estaba en mi país natal, y ninguna de las búsquedas de Google señalaba a alguien de Panamá.

Por fin encontré a un chico de diecisiete años que tenía el mismo nombre de mi padre y que vivía en Panamá. Este chico tenía un perfil en una red social en español llamada Sonico. Desconocía este sitio de internet, pero decidí entrar para ver si podía saber más de esta persona. Crucé los dedos para que no fuera una página loca con la que no quería estar asociada. ¿A lo mejor este chico tenía parentesco conmigo? ¿A lo mejor no? En cualquier caso, tenía que descubrirlo.

Cuando entré a la página, me di cuenta de que el chico no estaba activo, ni pude saber nada de él, ni siquiera encontré una foto. Esperaba que al menos una foto tuviera algo de significado para mí.

Un manojo de nervios y llena de decepción por no encontrar respuestas tras mi exhaustiva investigación, me salí del sitio de internet y en los días sucesivos empecé a trazar un plan con los siguientes pasos a seguir. Mi mente se volvió loca y no podía dejar de pensar en ello.

¿Debería enviarle un mensaje? Si así fuese, ¿qué le digo? ¿Qué tal si no es parte de la familia? ¿Y si en realidad lo es? ¿Y si me conoce? Incluso peor, ¿y si no me conoce? ¿Qué tal si no me conoce y somos parientes y lo único que le cause sean problemas? ¿Qué tal si, sin mala intención, interrumpo su vida tan feliz y familiar? Tengo a mi familia acá. ¿Quizá deba dejarlos solos? Mami me va a matar si se entera de que estoy buscando problemas.

Sin embargo, no podía dejar de pensar en los recuerdos que tenía de mi padre biológico. A pesar de todo, decidí enviarle un mensaje a este misterioso chico. No quería causarle ningún problema, así que fui muy cuidadosa con mis palabras. Procedí a escribir:

"Hola. Mi nombre es Olivia Batista. Vivo en los Estados Unidos y creo que es posible que seamos parientes. Si quieres ponerte en contacto conmigo, escríbeme un mensaje por aquí o envíame un correo electrónico a XXXX y también estoy en Facebook".

～◎～

Envié el mensaje y me santigüé, le di un beso a Jesús mientras oraba y cerré mi sesión en aquella extraña red social. Decir que era un manojo de nervios es quedarse corto. Sentí ansiedad extrema y una gran lluvia de emociones me apoderó de mí. Miraba mi perfil compulsivamente solo para ver los mensajes vacíos.

Un millón de ideas se pasaron por mi cabeza. ¿Había leído mi mensaje? ¿No lo hizo? ¿Es mi hermano? ¿Quizás lo debí haber redactado de otra manera? ¿Había leído mi mensaje y le había preguntado a mi padre quién era yo? ¿Había provocado algún tipo de discusión o drama? ¿Se casó mi papá? ¿Me conoce su esposa? ¿Qué tal si esta persona no guarda relación conmigo? ¿Qué le diría si de verdad somos familia? ¿Qué hago si saben quién soy, pero no quieren saber de mí? ¿Cómo me sentiría? ¿Pero qué he hecho?

Necesitaba sentirme amada. Estaba asustada y anticipaba cierto rechazo. Mi papá biológico no había peleado por formar parte de mi vida. No vino a rescatarme cuando más lo necesité. Me sentí rechazada por su ausencia. Me puse totalmente en modo protección y empecé a buscar comodidad y amor en donde siempre lo había recibido: en nuestra madre.

Le dije lo que había hecho. Necesitaba su amor. No se podía creer que lo había buscado después de todos estos años y considerando todo lo que me habían dicho de él. Se sentía tan ansiosa como yo por recibir una respuesta y esperamos juntas. Cada día se hacía una eternidad dolorosa. Me preparé para lo peor: cómo debía responder a este chico si al final me contestaba y cómo tendría que lidiar con la situación si me ignoraba.

Tras una semana y media después, recibí el siguiente mensaje:

> "Hola, sé exactamente quién eres.
> Eres mi hermana mayor. He pensado en ti y
> estoy feliz por saber de ti".

Mi corazón explotó. Tenía un hermano de diecisiete años que se llamaba Ibán Jr. y sabía quién era yo. No sabía que él existía y aun así él me aceptó. Empecé a llorar como un bebé. Alivio absoluto llenó mi alma y me dio vida después de tantos días de expectación. Este muchacho que estaba del otro lado de la pantalla tenía todo el control de mis emociones y me dio tanta alegría con sus escasas palabras.

Ibán y yo intercambiamos mensajes privados en donde me explicó que vivía con su mamá. Su mamá y nuestro papá ya no vivían juntos, pero él lo veía cada quince días y que le hablaría de mí la próxima vez que lo viera. Me dijo que teníamos otro hermano y otra hermana (que él no conocía) pero que una vez los había visto desde lejos. No sabía dónde vivía nuestro padre ya que nunca había ido a su casa. Nuestro padre siempre lo visitaba en su casa. Ibán Jr. estaba muy emocionado por conocerme y saber de mí. Enseguida conectamos porque teníamos muchas afinidades y le dije que estaba planeando visitar Panamá durante el verano. Le pedí que le diera a nuestro padre mi dirección de correo electrónico, pero que no le dijera que estaba planeando una visita a Panamá.

Ibán hizo lo que le pedí. Me envió un mensaje apenas vio a nuestro padre y me dijo que le había dado mi contacto. Por lo visto nuestro padre se quedó en shock, pero estaba feliz. Sin embargo, esperé y esperé y no recibí ningún correo de él. *¿Quién no tiene correo electrónico estos días?* Me preguntaba. *¿No quiere hablar conmigo?*

Unos días más tarde de ese suceso, recibí dos solicitudes de amistad en Facebook. Provenían de dos niños, uno de once y la otra de dieciséis años. Las acepté porque sus apellidos eran "Batista". Me preguntaba si eran primos o si eran los hermanos de los que Ibán me había hablado.

Vi sus perfiles inmediatamente y allí estaba él. Había una foto de mi padre. Ahora sí que tenía una cara. ¡Era él! Estaba parado al lado de una mujer, que supuse que era su esposa. Empecé a ver las fotos de mi hermana (¡pues tenía una *hermana* más!) para buscar más fotos de él. Lo vi en su fiesta de cumpleaños al cumplir cincuenta años. Estaba también con mi hermana en la fiesta de quinceañera y *supe* de inmediato que el hombre de las fotos era él.

Me había perdido ambos cumpleaños.

Cuando me casé, tan solo dos años antes de planear mi viaje a Panamá, le había pedido a Mamacela que me trajera el álbum de bodas de mami. Esto era algo muy especial para mí porque eran las únicas fotos que tenía de mi padre. El que había sido en su día un álbum de color blanco ahora estaba borroso, de color crema, con marcas marrones en las esquinas de las páginas. Cuando abrí el álbum, había una cajita circular negra que sonaba con "La marcha nupcial". En la primera página, había una invitación de boda y, al pasar las páginas, hechas de papel grueso con las fotos pegadas totalmente al plástico que las encubría, los vi a ellos. Vi la cara de alguien que no tenía rostro en mi memoria y a nuestra hermosa madre con su precioso vestido de boda. También vi algo que desconocía o jamás creí posible ver: ambos estaban felices.

En todas las historias que me habían contado, jamás eran felices. Pero, este álbum lo confirmó: érase una vez había una pareja (mis padres) que se amaba y esa fue la razón por la cual yo existo hoy.

Reconocí a mi padre en las fotos que mi hermana tenía en su perfil. Era el mismo hombre del álbum de bodas, que aparecía en esas fotos que se habían tomado hacía veintisiete años. Y mi hermana me envió este mensaje instantáneo:

"Hola hermana"—me dijo.

"Hola, ¿cómo están todos?"—respondí.

Luego empecé a preguntarme: ¿Dónde estaba él? ¿Dónde estaba mi padre? ¿A qué se debía su silencio? Era obvio que él les había hablado de mí.

Me contestó diciendo que nuestro padre quería hablar conmigo. Escogimos un día para chatear y nos despedimos.

¿Qué le voy a decir? Me pregunté. ¿De verdad quiero saber por qué nunca me buscó? Mami había dicho que él sabía cómo encontrarme. ¿Por qué me mandó su información de contacto en aquella carta? ¿Por qué había puesto tanta presión en mí? ¿Por qué no me llama? ¿De qué deberíamos hablar? ¿a lo mejor de otros miembros de la familia? ¿de mis abuelos? ¿Sería tonto preguntarle por el historial médico de la familia? Los médicos siempre me preguntan y nunca sé qué responder pues desconozco este lado de la familia.

Después de darle tantas vueltas, decidí que no iba a hacer esas preguntas. Lo que realmente quería saber era lo que teníamos en común, nuestras afinidades y conocerlo a él como persona. *¿Cuáles son sus pasatiempos e intereses? ¿Cuántos años tiene? ¿Cuándo es su cumple? ¿A qué se dedica?*

Tanta expectación casi me mata. Tenía miedo de hablar con él y le pedí consejo a mami sobre lo que debía decirle. Me di cuenta de que se alegraba por mí, puesto que era algo que yo quería, pero también empezó a sobreprotegerme. Ella podía ver cómo este largo proceso había sido demasiado estresante y de un nerviosismo exagerado.

Abrí mi Facebook a la hora acordada y allí estaba ella. Mi hermana se había conectado, lo que significaba que mi padre estaba al otro lado de la pantalla y a miles de kilómetros de distancia esperando para hablar conmigo.

Más o menos la conversación fluyó así:

```
Yo: Hola
Él: Hola Olivia. ¿Cómo estás?
Yo: Bien, ¿y tú?
Él: Muy bien.
```

... los minutos pasaron.

Yo: ¿Cómo está la familia?

El: Estamos bien. Me puedes preguntar lo que quieras. Sé que quieres saber sobre el pasado.

Yo: No tengo preguntas acerca de es.

Él: Estoy seguro de que estás llena de curiosidad sobre muchas cosas.

Yo: ¿Cuándo es tu cumpleaños?

Él: El diecisiete de enero. El tuyo es el catorce de septiembre, ¿verdad?

Yo: No, el diecinueve de septiembre.

Él: ¿Tienes más preguntas?

Yo: ¿Te muerdes la lengua?

Él: No. ¿Por qué me preguntas eso?

Yo: Mi mama me contó que suelo hacerlo como tú lo hacías.

Él: ¿Tienes más preguntas?

Yo: No.

Él: Debo madrugar mañana. ¿Podemos hablar en otro momento?

Yo: Listo, buenas noches.

Ese momento no fue para nada como pensé que sería. Había anticipado este momento por años, pero no fue como me lo imaginé. Quería que yo le preguntara acerca del pasado, pero lo evité a propósito porque me di cuenta de que ya no me importaba. No me importaba saber lo que había pasado antes de este preciso momento. Solo quería conocerlo y tener una relación con él, pero claramente él tenía otra idea. Quería explicarse, quería hablar del pasado, pero yo no lo dejé.

Llamé a mami para contarle sobre aquella incómoda conversación. Se puso furiosa y no decía más que cosas negativas de él. Ella pensaba que era la esposa de mi padre la que estaba del otro lado del chat y que era probable que quisiera saber qué quería yo y qué razones tenía para entrar en su vida así de repente.

Decidimos acordar otra fecha para chatear y, un par de días después, pactamos conectarnos a las nueve de la noche. Me conecté a las 8:59 de la noche, pero a diferencia del primer chat, él no se había conectado todavía. Estaba tan entusiasmada de empezar de cero que incluso había anotado ciertas preguntas que, claro, no estaban relacionadas con el pasado.

Mis preguntas eran: ¿Cómo están mis abuelos? ¿Cómo están mi tía y madrina? ¿Cuáles son sus pasatiempos? ¿Has viajado a los Estados Unidos? Pensé en preguntarle sobre los recuerdos que tenía de mí, de mi niñez, con la intención de probarle a mi madre lo equivocada que estaba con respecto al hecho de que pudiera ser su esposa la que en realidad hablaba conmigo en el chat.

Esperé, esperé y esperé, pero no se conectaba. Cada minuto que pasaba, la expectación, la ansiedad y emoción se convirtieron en decepción y desamor. Lloré. ¿Pero dónde *estaba*? Me dijo que me conectara a las nueve de la noche. Con mi fragilidad emocional no podía aceptar más decepciones por su parte. Ya él me había fallado al no cumplir con mis expectativas y, este hombre, por mucho tiempo, representó la posibilidad de tener una vida mejor. Era el salvador de mis sueños. Supuestamente debía amarme y rescatarme, pero aun así ni siquiera era capaz de conectarse como me había dicho. En realidad, no quería conocerme, lloré y me dolió mucho.

"¿A qué clase de juegos está jugando conmigo?"—le pregunté a Raymond llorando desconsoladamente.

"Olivia, pudo haber pasado cualquier cosa. A lo mejor tuvo mucho trabajo. Quizás se olvidó. Dale tiempo"—dijo Raymond tratando de consolarme.

Veinte minutos después vi que mi hermana se conectó. En la ventana del chat había tres mensajes en donde ella me preguntaba dónde estaba yo y le respondí apenas vi los mensajes.

"Estoy aquí"—escribí furiosa y luego vi su respuesta:

"Dijiste que a las nueve. No estabas aquí".

Me sentí ofendida. En este momento estaba limpiando las lágrimas que corrían por mi rostro porque él no se conectó a las nueve como habíamos acordado y, por encima, ¿me cuestionaba? ¿Cómo se atrevía a acusarme? Yo no hice nada malo.

Tras haber acordado que hubo problemas de conexión, acordamos otra fecha en la que tuvimos una conversación que fue igual de incómoda que la primera. Respondió a mis preguntas, pero sin la sinceridad y cariño que me esperaba. Me mencionó un recuerdo que yo no tenía en mi memoria y, cuando le conté los recuerdos que tenía de él, me dijo que no se acordaba de ninguno de ellos.

Claro que *quería* respuestas por su parte. ¿Por qué no venía a buscarme? ¿Por qué dejó que me fuera con tanta facilidad? ¿Por qué no inició este reencuentro hace un par de años? ¿Por qué tuve que recordarle que tiene una hija? ¿Por qué tenía que ser yo la que ponía todo el esfuerzo? Me tragué todos estos pensamientos negativos y seguí con la conversación.

Aunque no merecía saberlo, decidí decirle que estaba planeando visitar Panamá en seis meses. Aunque no cumplía con mis expectativas, aun así, quería verlo y conocer a mis otros hermanos. Me dijo que lo mantuviera informado sobre los detalles, pero no se veía tan emocionado como lo estaba yo. El volver a tener una relación con él era duro, no estaba segura de las razones, pero parecía que ahora había una barrera emocional entre nosotros. Sin embargo, quería empezar de cero y no me importaba si él no estaba listo para hacer lo mismo.

≈ා≈

A medida que se acercaba la fecha, mi ansiedad empezó a emerger. Estaba tan emocionada por visitar mi tierra natal, la cual asociaba con hermosos recuerdos. Sentía una ruleta de emociones; ahora estaba emocionada y, al cabo de dos segundos, sentía miedo. Este viaje se estaba haciendo realidad. Sin duda que iba a ser una hermosa experiencia, pero aun así era aterrador.

El gran miedo que sentía a la hora de conocer a los Batista era que me rechazaran. Le pedí a mami si podía viajar a Panamá conmigo y ella estuvo de acuerdo. Necesitaba su apoyo. Necesitaba que me amara cuando los Batistas me rechazaran. Aunque Raymond también me acompañaría, mami ya había pasado muchas cosas conmigo. Ella había sufrido por Ibán Batista y su familia. Si alguien podía tener cierta empatía, sin duda era ella.

A medida que se acercaba la fecha del viaje, la verdad salió a la luz.

"Dime de nuevo el itinerario. ¿Cuándo es que te veo?"— mami preguntó.

"Raymond y yo volamos el jueves"—dije. "Ibán, mi hermano Ibán Jr. y mi tía Renee nos recibirán en el aeropuerto".

"¿Los llevarán al hotel? Ya te dije que tu tío Manuel te puede llevar. No quiero que Ibán te haga favores"—dijo con cierta preocupación en su voz.

"No, madre. Conseguí transporte para que nos lleve al hotel. No quiero depender de Ibán. No quiero que piense que necesito algo de él".

"¡Listo, muy bien! ¡No lo necesitas!

"Sí, mami, ya lo sé"—suspiré.

"¿Y cuáles son los planes después?"—preguntó.

"Voy a pasar tiempo con la familia Batista el jueves, así que le pregunté a Ibán si podía convocar a toda la familia para cenar en un restaurante y encontrarnos allí".

"¿Así que verás a tus abuelos, tu madrina y a todos?"—preguntó para saber cada detalle.

"Ese es el plan".

"¿Qué sucede con tu hermano Ibán Jr.?"—preguntó.

"No sé toda la situación, pero sé que no conoce a ninguno de los Batista"—expliqué. "Solamente ve a nuestro padre. No conoce a nuestra hermana Paulina o a nuestro hermano Sebastián. No los conoce a ninguno. Le pregunté a nuestro padre si él podía venir con nosotros a cenar también y aceptó con cierto titubeo. Esto va a ser algo nuevo para ambos, pero al menos nos tenemos a nosotros".

"Listo. Bueno … eso, está bien"—dijo mami mostrando su apoyo de la mejor forma que podía. "Entonces, ¿cuándo te veo?"

"Estaré en casa de Mamacela el viernes. Te veré entonces y continuaremos con nuestro itinerario".

Mami empezó a divagar en sus pensamientos hasta que de repente regresó a la conversación.

"Listo, ¿así que el jueves será el único día que estarás con ellos?"—preguntó. "Estarás con todos y no tendrás mucho tiempo".

"Sí," suspiré, "solo quiero conocerlos. Ahora podré decir que fui a Panamá y que los encontré".

Mami siempre estaba a la defensiva cuando se hablaba de la familia Batista en alguna conversación. No podía mostrar preocupación en mis sentimientos hacia ellos. Cometí el error de decirle lo molesta que estaba con mi papá por haberme defraudado vía chat, así que se volvió muy sobreprotectora. Pensé que lo iba a acorralar, le chillaría y no quería que se interpusiera más entre nosotros. Solo necesitaba que ella fuera mi muleta, sin importar si conocía los detalles o no.

Fue durante esa conversación cuando me enteré por qué siempre ella evadía hablar de él.

"Querrá hablarte del pasado,"—advirtió, "y de cómo yo te separé de él sin su permiso y te traje a los Estados Unidos, y no quieres escuchar nada de eso".

"Yo sé, Yo s..."—espera un segundo ... *¡¡Qué!?*" Estaba anonadada.

"Tuve que sobornar a alguien para que pusiera un sello en tu pasaporte y aprobara tu salida del país sin que Ibán se diera cuenta"—continuó mientras contaba los hechos como si fuera algo que yo ya había escuchado.

Por veinte años pensé que él sabía que nos mudábamos. Pensé que sabía que de verdad nos estábamos despidiendo aquel último día que lo vi y que jamás se opuso a mami por esa idea. Después de todo, me había dejado ir y ni le importó encontrarme. Y pensar que nuestra madre me había sacado del país sin que él lo supiera, eso lo cambiaba todo. No me abandonó. Nosotras lo abandonamos a *él*".

"Así que ... ¿me *secuestraste*? ¿Él no sabía dónde encontrarme? ¿No sabía dónde buscar?"—pregunté mientras mi cara se enrojecía.

Ella subió su tono de voz: "Siempre supo dónde encontrarnos. ¡Lo único que tenía que hacer era preguntarle a Mamacela y ella le hubiera dicho dónde estábamos!"

"¿*De verdad* lo hubiera hecho?"—dije con firmeza.

Sentí cómo la rabia recorría mi cuerpo y estaba roja como un tomate. Hasta ahora toda esta experiencia nos había unido más a ambas. Necesitaba su amor. Necesitaba que ella fuera mi roca mientras viajaba en este frágil tren. No tenía palabras para ella. Al menos no en este momento. No me lo podía creer, ¿cómo había sido capaz de mentirme durante todos estos años? ¿Cómo fue capaz de hacer creer a su hija que su papá no la quería en lugar de decirle la verdad? Quería chillar, quería llorar, tenía demasiadas emociones recorriendo mi mente. *¿Me lo estará diciendo ahora solo porque tuve el coraje de buscar respuestas?*—me pregunté. *¿De no haber sido así, me habría dicho la verdad?*

Toda mi vida había sentido que mi padre me había abandonado y rechazado. ¿Iba a permitir que me sintiera así para siempre? Y ahora me lo está contando con esa indiferencia. En ese momento quise hacerle daño.

Enseguida me di cuenta de que no podía hacer nada en ese preciso momento. No podía pegarle y, si seguía gritándole, igual sufría un ataque epiléptico. Así que decidí mantenerme callada. No dije nada. Ni le dije lo furiosa que estaba, ni lo mucho que me dolió creer algo por muchos años y ahora llegar a saber la verdad. Sabía por qué me lo contaba ahora. Esta era su peor pesadilla y sabía que ahora me enteraría de toda la verdad, por lo que prefirió que la escuchara de su boca, antes de que él lo hiciera.

Ya no estaba en un hoyo negro. Ahora mi vida era sólida, todas las piezas estaban bien encajadas y me sentí poderosa. Contaba con todo el apoyo de Raymond y eso me llenaba de energía para seguir adelante y encontrar mi verdad. Mami no podía detenerme y evitar que yo continuara con este viaje.

～◎～

En las siguientes semanas muchas más verdades vieron la luz. Mami me explicó la pelea que tuvo con Ibán la primera vez que lo llamó desde la casa amarilla. Ella le había pedido dinero porque quería dejar a papi después de que Priscilla se apareció de la nada y le dijo que lo necesitaba para que yo asistiera a un colegio privado, aunque su intención era utilizarlo para huir de papi. Por lo visto, él no quería darle dinero, pues ella se había ido del país sin comunicárselo e Ibán creía que lo había dejado por otro hombre que podía cuidar de nosotras.

Ibán no quería divorciarse de mami. Todo fue idea de ella. Ella se había enamorado de papi e Ibán había luchado por nuestra familia. Tan pronto sospechó que había algo entre ellos, Ibán se aparecía en el trabajo de mami y de papi para vigilarlos.

Todas las historias que mami me había contado de papi durante estos años empezaron a inundar mi cerebro. Ella lo había pintado como un hombre horrible. Me dijo que era violento, que había tomado un cuchillo y la había amenazado, que estaba asustada y temía por nuestras vidas. También me dijo que estaba loco y que se golpeaba la cabeza contra las paredes muy seguido. ¿También eran mentiras? ¿Por qué me había dicho todo esto? ¿Por qué me dijo que él solo quería un hijo? ¿Por qué quería que yo me sintiera así? ¿Cuán diferente habría sido mi vida si hubiera crecido con mi padre? No me habría hecho daño como hizo Andrew.

Todo lo que sabía era mentira. Todo esto me causaba un desastre emocional muy grande. Ella me hacía esto justo cuando estaba aprendiendo a perdonarla por haberse quedado con papi. ¿Pero cómo era posible que esta persona, que supuestamente debía cuidarme, la persona en la que yo necesitaba confiar, pudiera hacerme tanto daño? ¿Cómo podía hacerme esto?

Los meses cercanos al viaje los usé para crear cierta distancia entre nosotras. Necesitaba tiempo para pensar, pero mami no entendía ese distanciamiento. Quería estar segura de que no iba a perderme al yo preferir estar con Ibán. Me preguntaba constantemente por mis comunicaciones con los Batistas, aunque compartir con ella las últimas noticias y novedades que tenía, no era de gran ayuda. Seguía hablando de forma negativa sobre ellos y quería desacreditarlos.

Mientras más me alejaba de ella, mejor me sentía. Necesitaba esa distancia. Llegados a este punto, la odiaba de verdad. Ese tiempo que nos distanciamos me ayudó mucho.

Me ayudó a darme cuenta de que tenía dos opciones: o bien podía estar furiosa y no hablarle nunca más a nuestra madre, y guardarle resentimiento por el resto de nuestras vidas, o bien podía usar esta información para buscarle sentido a mi pasado, hacer este viaje, conocer a mi padre y a los Batista, y concentrarme en mi presente y futuro.

El darme cuenta de mis opciones no hizo que la situación fuera más sencilla. Por un lado, estaba emocionada por aprender cosas nuevas y conocer a mi familia, pero por el otro, temía su rechazo. ¿Qué tal si me saludaban, pero no querían llegar a conocerme? ¿Qué tal si solo se sentían obligados a conocerme? ¿Y si pensaban que tenía motivos ocultos? El encontrarlos había dado un gran significado a mi vida, y más ahora. Conocerlos llenaba un vacío que jamás supe que tenía. No sabía que los necesitaba. Poco a poco estaba recolectando las piezas de mi historia e intentando entender de dónde provenía.

Siempre me sentí amada por ustedes cuatro. Era extraño como, de repente, el aprender que tenía otra familia que no había conocido antes llenaba un espacio que no sabía que necesitaba llenarse. Aun así, era muy importante para mí.

Además, estaba emocionada por ver a mi querida Mamacela, Papou, mis tías, tíos y primos. Con mi desastre de emociones en los días cercanos a la fecha, mami continuaba desvelando las verdades de nuestro pasado. Ella también iba a ver a su padre por primera vez después de veinte años. La última vez que se vieron fue la noche en que empacábamos para mudarnos a los EE.UU. Él estaba en desacuerdo con su decisión de mudarse a otro país con su amante casado.

Por fin el día llegó. Raymond y yo estábamos volando a Panamá. Todos ustedes y mami ya habían volado a Panamá el día anterior para que tuvieran la experiencia de estar en el país del que tanto habían escuchado por muchos años.

Raymond y yo nos paramos temprano para nuestro gran viaje. Llegamos al aeropuerto a las 4 de la mañana para nuestra salida a las 6. Estaba con las emociones a flor de piel. En tan solo pocas horas, conocería al hermano con el que estuve hablando seis meses antes, a una tía con la que jugaba cuando era niña (ella era solo dos años mayor que yo) y por último volvería a ver a mi padre biológico. También vería a mis abuelos por primera vez en veinte años, conocería a mis otros dos hermanos y a toda la familia Batista.

Miraba por la pequeña ventanilla del avión que revelaba sombras de verdes y chocolates que se asomaban entre las nubes. Anhelaba ver mi hermoso Panamá, esa tierra que habíamos dejado hacía tanto tiempo.

El piloto empezó a anunciar nuestro arribo y sentí mi corazón en un puño. No sufro de nervios por volar, pero era la ansiedad que me causaba la expectación por conocer a mi familia. El momento había llegado. Raymond me miraba y percibía mi nerviosismo. Me había dado la tranquilidad que necesitaba durante todo este proceso y lo estaba haciendo de nuevo mientras tomaba mi mano.

"¿Estás bien?" "No… pero lo estaré". Agarré su mano con firmeza.

CAPÍTULO 20

Los Batista

Mientras Raymond y yo caminábamos por los pasillos del aeropuerto de Panamá, él me miraba para guiarse pues no entendía los letreros con direcciones en español. Yo caminaba con cierta incredulidad en mi rostro ya que no me podía creer que en este momento estaba en este lugar. Ya habían pasado veinte años desde la última vez que había estado aquí, cuando me despedí de mi familia y del mundo como yo lo conocía. Habían pasado muchas cosas desde aquel entonces. Pese a todo, aunque sabía que iba a ver a mi familia tan pronto como llegara al área de reclamo de equipajes, no tenía apuro por enfrentarme a esa incómoda situación. Caminé a paso lento, estudiando así cada una de las paredes pintada de color pastel y apreciando a través de las ventanas mi país, nuestro país.

Raymond parecía estar más apurado que yo. Estaba tan emocionado por mi reencuentro. En los últimos seis meses cada vez que me desilusionaba, lograba que me centrase de nuevo y que viera el lado positivo de toda esta situación. Cuando andaba frenética y de manera egoísta me quedaba bloqueada en mis propias emociones, me hacía tratar de entender el punto de vista de la otra persona. Sentía que mami estaba haciendo lo que creía correcto y que no quería hacerme daño. Según él, igual Ibán se mantuvo distante para que me sintiera segura a la hora de conocer a nuestra familia. A lo mejor él tenía razón, pues en esencia yo era una extraña para Ibán.

Por fin habíamos llegado al área de reclamo de equipajes para encontrarme con Ibán, mi padre biológico, que estaba esperándonos allí y listo para saludarnos. Lo reconocí inmediatamente. Estaba parado y llevaba unos pantalones color verde, un polo colorido a rayas y unas sandalias marrones. A su lado estaba la tía Renee, con *jeans* un poco holgados, polo blanco y una cola de caballo. Mami me había dicho que Renee era tan solo dos años mayor que yo y que de niñas nos parecíamos mucho. Examiné nuestro parecido y me di cuenta de que mami estaba en lo cierto.

Ibán Jr. estaba al lado de mi padre con una gran sonrisa en su rostro. Encontré comodidad en su sonrisa y le di mi primer gran abrazo. Lo apreté con fuerza esperando que apreciara mi gratitud. Quería decirle: "Gracias por haber respondido a mi mensaje hace seis meses y haberme hablado de mi padre y mis otros hermanos. Gracias por no rechazarme. Gracias por haberme dado el coraje de hacer este viaje. Gracias por conectarme con una familia que en algún momento fue parte muy importante de mi vida. Gracias por querer conocerme. Gracias por haberte tomado el tiempo de darme la bienvenida el día de hoy". Espero que ese abrazo lo haya dicho todo.

Luego abracé a la tía Renee y, por último, abracé a mi padre. En aquel momento, él era un extraño para mí, aunque un tanto familiar. Me dio un fuerte abrazo y yo le di un breve abrazo de cortesía. Me alejé de él antes de que terminara y mostré una leve sonrisa. No quería ser irrespetuosa, pero no era capaz de corresponderle con las mismas emociones que él estaba tratando de expresar.

Una de mis grandes preocupaciones al conocer a los Batista era que pudiesen sentir que los estaba usando. No quería que pensaran que quería dinero o que estaba tratando de cambiar o amenazar la dinámica de sus vidas. Esperaba que me dieran la bienvenida y que poco a poco llegáramos a conocernos.

Temía que pensaran que quería aprovecharme o tomar ventaja de ellos. Esperaba que este reencuentro fuera lo más positivo posible. Aun así, necesitaba prepararme para un posible rechazo o decepción, por si acaso.

Llamé a mami desde el transporte que me llevaba al hotel usando el teléfono de mi hermano solo para hacerle saber que había llegado bien. Durante esa breve llamada, me preguntó sobre mis planes. Le recordé que tenía planes con los Batista ese día. Comeríamos algo y caminaríamos por el centro comercial para pasar el tiempo antes de la cena en el hotel. Toda la familia Batista iba a venir a verme y conocer a mi hermano Ibán por vez primera. Antes de eso, mami había planeado pasar por el hotel para dejarme un celular.

"¿A qué centro comercial vas?"—me preguntó.

"Al Albrook Mall"—respondí.

"Listo, te dejaré el teléfono antes del atardecer".

"Suena bien"—dije.

"¿Cómo te están tratando?"

"Hasta ahora todo bien, mami. Me tengo que ir". ¿Cómo se atrevía a hacerme estas preguntas sabiendo que estaba con ellos? Me hizo sentir incómoda.

Llegamos al hotel para dejar nuestras cosas, salir a comer y recorrer la ciudad de manera informal en el carro de mi papá. Los cinco estábamos disfrutando del paseo cuando el teléfono de mi hermano empezó a sonar y me lo pasó. Era mami.

"¿Aló?"—contesté.

"Estoy en la zona de los restaurantes del Albrook Mall" —dijo.

"Ven a recoger el teléfono".

"Mami, no estoy en el centro comercial todavía y estoy con gente ahorita"—dije mientras sonreía al resto para hacer parecer que todo estaba bien.

"Ven al centro comercial. Estoy aquí con tu familia y te quieren ver"—dijo mami.

"Estoy con gente mami. No puedo pedirles de esta manera que me lleven. Acabo de conocerlos".

"Ven ahora"—dijo prácticamente a chillidos. "¡Y más te vale que no lo traigas! ¡No lo quiero ver! Te veo cuando llegues" y colgó.

Sonreí con cierto nerviosismo.

"¿Está todo bien?"—preguntó mi padre. "Sí, ja ja ja … Mi mamá está en el centro comercial y quiere darme un teléfono en caso de emergencias …"

"Listo, pues vayamos al centro comercial"—dijo. Interpreté todo lo que había pasado para Raymond, que estaba sentado a mi lado y movió sus ojos en señal de enojo. "Por supuesto, ahora nos ajustamos a su horario"—concluyó.

Pero dentro de mí estaba con un ataque de pánico y visualizando en mi mente todo lo que iba a pasar. Mi día no estaba sucediendo como había planeado, lo cual ya me estaba dando cierta ansiedad. Hoy se suponía que era el día dedicado a los Batista. No tenía planes de ver a los De La Cruz. Claro que quería verlos, pero … ¿por cuánto tiempo nos íbamos a quedar en el centro comercial? No quería ser grosera con nadie. Siempre ha sido muy importante para mí respetar el tiempo de los demás. Toda clase de pensamientos se me pasaron por la cabeza. *¡Oh, Dios! ¿Mis padres se verán por primera vez después de veinte años? ¿Cómo será eso? Mami no lo quiere ver. ¿Cómo voy a hacer que eso pase? ¿Debería decirle*

a mi padre que espere en el carro mientras que yo entro? Sí... voy
a intentar eso.

El teléfono sonó de nuevo y mi hermano Ibán me lo pasó.

"¿Ya llegaste?"—preguntó mami.

"Mami, acabo de estacionar. Me estás molestando mucho"—dije mientras trataba de mantener la compostura.

"Estamos cerca del gran gorila en la zona de la comida"—dijo despreocupada.

"¿Gran gorila?"

"Lo vas a ver. *Él* no viene contigo, ¿verdad? Quiero ver a tu tía Renee y no me molestaría conocer a tu hermano, pero ... ¡no te atrevas a traerlo a él!"

"Me estás estresando"—dije. "Te veo en el gran gorila" y colgué.

"¿Dónde está ella?"—preguntó mi padre. "¿Ella está cerca del gorila en la zona de los restaurantes?"—dije desconcertada. "Voy rápido y vuelvo".

"Ja ja ja ... sí claro"—dijo mi padre. "De ninguna manera te dejaré caminar por un centro comercial en el que nunca has estado. No conoces la ciudad y mucho menos este país. Iré contigo".

"No, está bien"—le pedí.

"Iré contigo"—insistió. Llegados a este punto ya estaba en total modo pánico. Raymond estaba muy molesto, pues mami había encontrado una oportunidad para hacer que esta situación y este bello reencuentro se centrara totalmente en ella. Era obvio que ya yo estaba dando signos de estrés porque mi padre empezó a expresar preocupación por mí.

Me miró y me dijo: "Está bien. Todo va a estar bien"—movió su cabeza en señal de reafirmación. "¿Me entiendes?"—preguntó. Lo había conocido hacía menos de una hora y él no sabía cuánto entendía en español, pero sí leía mi lenguaje de angustia.

No podía decirle que mami no quería verle. ¿Pero qué situación tan incómoda iba a ser? *Oye, mira, sé que nos reencontramos hace menos de una hora y que queremos dejar atrás el pasado y todo eso, pero mi mamá te odia y no quiere verte. Sí ...* eso no sonaba como algo que se iba a interpretar bien. Escogí quedarme callada, pero moví mi cabeza en señal de haber entendido todo lo que él me estaba diciendo.

Habíamos llegado a la zona de la comida y emprendí mi camino en busca del gorila. En mi cabeza era posible caminar lo suficientemente rápido como para coger el teléfono, saludar a la familia y regresar con los Batista incluso antes de que ellos llegaran a la estatua del gorila. Pero estaba equivocada.

Corrí enseguida hacia donde mami estaba y, casi sin aliento, me disculpé de inmediato: "Lo siento, todos están aquí". Apretó su rostro, se mordió los labios y con gran rapidez cambió su cara para aparentar falsa alegría mientras los De La Cruz me saludaban por primera vez después de tantos años. Para entonces, Raymond, junto con los Batista, había llegado al gorila con todos nosotros. Sabía que mami estaba molesta conmigo, pero presenté a Raymond a los que aún no lo conocían. Todo fue muy agradable, a excepción de la escena que estaba justo enfrente de mí.

Allí estaban mami y mi padre biológico por primera vez en veinte años. Era difícil imaginarse que su última conversación hubiera tenido un tono positivo. *Pero claro,* pensé, *ahora todo es de forma amistosa. Es decir, han pasado veinte años y es suficiente tiempo para dejar atrás aquellos sentimientos oscuros ... ¿no?*

Pues, no exactamente.

Ibán había estirado su mano para estrechar la de mami y ella volteó y viró sus ojos a la vez que se daba la vuelta y se alejaba de él, al puro estilo mami, como solo ella sabía hacer.

¿Me han jugado una mala pasada mis ojos? ¿No me digas que eso acaba de pasar? Pensé mientras abrazaba y besaba a mi familia. Agarré el teléfono y les dije a todos que los vería al

día siguiente. Debí haber sido un tanto grosera con ustedes, pero debía alejar a ambos después de lo que presencié.

Después del centro comercial, mi padre nos dejó en el hotel a Raymond y a mí. Iba a recoger a mis abuelos y regresar para nuestra gran cena. Ibán Jr. se retiró para hacer un mandado rápido. Raymond y yo seguíamos adelante tras dormir solamente unas cuatro horas y, a estas alturas, habíamos estado despiertos por casi quince sin ver alguna salida. Nos refrescamos en los treinta minutos que teníamos para nosotros antes de bajar.

La cena de aquella noche fue muy importante ya que tanto la esperábamos. Acordamos tener la cena en el hotel por conveniencia, así que naturalmente Raymond y yo fuimos los primeros en llegar. Nos sentamos en el centro de la mesa reservada para doce. Mi hermano Ibán Jr. llegó solo y nos acompañó mientras esperábamos ansiosamente a que llegara el resto. Nos sentamos uno al frente del otro con cierto asombro y agradecidos por el reencuentro que se avecinaba. Teníamos pocas cosas de qué hablar, pero nuestras sonrisas lo decían todo. Raymond me apretó la mano y puse mi otra mano sobre la suya. Nos teníamos el uno al otro.

Poco tiempo después de su llegada, llegó el resto del grupo. Me saludaron con abrazos y besos en la mejilla. Mis abuelos tocaban mi cara y no se lo podían creer. "Eres tú, ¿de verdad?"—dijeron. Lágrimas de felicidad cayeron por sus mejillas y luego abrazaron a Ibán a la vez que se presentaban ante él. Enmascaré mi incomodidad con confianza mientras les presentaba a Raymond e interpretaba al inglés las conversaciones que tenían con él en el transcurso de la noche.

La familia compartió hermosos recuerdos de mami y de mí mientras comíamos. Raymond y mi abuelo establecieron una conexión única al competir sobre quién se tomaba más cervezas. Mi abuelo hablaba un poco de inglés y Raymond lo apreció por su intento. Entre el bullicio de las conversaciones, miré al otro lado de la mesa para ver a mi hermano Ibán reírse mientras hablaba con mi hermano Sebastián y hermana Paulina (o su abreviación Lina). En este preciso momento mi corazón se llenó de inmensa alegría. El pasado ya no importaba y sólo importaba el presente y cómo seguiríamos adelante todos juntos. Nuestra noche terminó con fuertes abrazos, significativos, reales y con la esperanza de volver a vernos muy pronto.

~✿~

Creo que recuerdan que durante este viaje mami y yo discutimos mucho. Había hecho todo lo que estaba en mi poder para planear cada hora de nuestro itinerario de viaje al detalle, pero todo se descarriló después de la primera noche.

Raymond y yo nos fuimos a dormir después de esa cena especial. Al día siguiente, aquel viernes por la mañana, tenía planes de encontrarme con todos ustedes en casa de Mamacela. Mamacela y el tío Manuel nos recogerían en el hotel para llevarnos. Tendríamos una gran fiesta y toda la familia de mami pasaría a vernos. Luego, el sábado nos dirigiríamos a explorar una pequeña isla, con el irónico nombre de "Isla Grande" para pasar el fin de semana.

Nos sorprendió ver a mi padre en el lobby cuando bajábamos a desayunar antes de que nos recogieran el viernes por la mañana.

"Buenos días"—nos dijo. "Hola, ¿cómo están?" y nos saludamos con abrazos. "No quería despertarles, pero queríamos saber si podíamos acompañarlos a desayunar" —dijo en tono agradable.

Detrás de él había una mujer sentada al lado de mi hermano Sebastián. "Ella es mi esposa Paulina"—explicó. "No tuvo la oportunidad de acompañarnos a cenar anoche, pero quería conocerlos a ambos y Sebastián no fue a la escuela para poder unirse a nosotros. Este no se pierde mucho,

¿verdad?"—dijo riéndose entre dientes mientras le daba una palmada en el hombro a Sebastián. Paulina se paró para saludarme. Nos dimos la mano con cortesía. La risa tímida de Sebastián dividía sus gruesas mejillas de color marrón. Era un niño tan hermoso de doce años. Todavía sentía el total agradecimiento por la noche anterior y aprecié que Ibán me presentara a su esposa. Sin embargo, estaba empezando a sentir que la ansiedad regresaba. El día anterior mis dos mundos no se habían mezclado bien. Hoy se suponía que debía pasar el día con la familia de mami y todos ustedes. Pero igual pensé que tendría tiempo para ambos.

"Claro, únanse a nosotros"—dije. "Mamacela debe estar llegando en unos cuarenta y cinco minutos para recogernos. Disculpen que tengamos que desayunar un poco rápido".

Mi padre estaba tan calmado. "Cualquier momento que pueda pasar contigo tiene un gran valor para mí. Estoy agradecido por esta bendición". Caminamos hacia el buffet de desayuno y luego nos sentamos a conversar.

"Dime, ¿qué tanto recuerdas de Panamá?"—me preguntó mi padre.

"Recuerdo muchas cosas. Creo que es porque me lo preguntaban mucho mientras crecía, así que los recuerdos nunca me abandonaron". Continué mencionando mis recuerdos. Mi padre sonreía con un gesto que yo interpreté como de orgullo.

"¿Qué fue lo que hizo que me contactaras?"—preguntó al poco rato.

"Bueno, siempre sentía curiosidad por usted y los Batista" —dije. "Guardé la carta que me mandó hace cinco años".

"¿Carta?" "Sí, la que me mandó por Mamacela el día en que me gradué de la universidad"—dije. "La guardé y todavía la tengo. Es todo lo que tengo de su parte y, bueno, decidí que ya era el momento de venir a buscarlo". En ese momento sonreí con la esperanza de que mi respuesta hubiera sido suficiente.

Me miró desconcertado y me dijo: "¿dijiste carta?"

"Sí, ¿no recuerda haberla escrito?"

"Claro que la recuerdo"—dijo con firmeza y luego hizo una pausa. "Te escribí muchas cartas por años".

Le creí instantáneamente. ¿Por qué no he de creerle? Claro que me había escrito. A lo mejor mami escondió las cartas de mí, pero no podía pensar en eso ahora mismo. No podía explicar en dónde estarían metidas así que le respondí con la verdad.

"Solo tengo esa"—dije.

Continuamos con nuestra conversación en el patio del hotel mientras conocía a la esposa de mi padre. Era muy amable y encantadora. Aprecié que quisiera conocerme a mí y a Raymond y que mi padre se sintiera cómodo compartiendo su mundo conmigo.

~~◎~~

Los últimos cuatro días de esta semana de vacaciones consistían en explorar el país con la familia De La Cruz. Estábamos de vuelta en tierra firme y teníamos planes de hacer una gira por el Canal de Panamá y luego disfrutar del hotel y lugares turísticos. Sin embargo, todo mi tiempo estuvo dedicado devotamente a la familia Batista. En primer lugar, mi padre apareció en el hotel y pidió llevarnos a la casa de mis abuelos. Otro día, mi hermana Lina nos visitó, así que nadamos en la piscina y almorzamos. Luego mi padre nos llevó a mostrarnos su lugar de trabajo y nos llevó al Canal de Panamá, lugar donde trabaja como ingeniero. Mostraba tanto orgullo por su profesión y sus logros. Durante los viajes en carro solíamos hablar para llegar a conocernos. Nos mostró todos los lugares donde había vivido, donde mami y yo vivimos con él, además de los lugares que solíamos visitar juntos en mi niñez. Ibán nos llevó a conocer su casa y hasta nos llevó a almorzar en el lugar donde mami y él celebraron su recepción de bodas. Quería mostrarme de dónde vengo, mostrarme su vida y su mundo. De manera natural y a su propio ritmo se abrió a mí. Por fin habíamos sido capaces de progresar en nuestra relación y estaba contenta de tener la oportunidad de conocerlo.

A decir verdad, disfruté cada momento vivido con Ibán y los Batista. No había anticipado pasar tanto tiempo con ellos como al final hice, pero lo acepté porque de verdad que disfrutaba estar con ellos. Cuando nos conectamos por primera vez, hacía seis meses, mi padre estaba incómodo y nervioso. No sabía quién era yo o en qué me había convertido. Ahora tenía la oportunidad de llegar a conocerme y yo quería conocerlo todo lo posible. Nos habían robado tiempo de nuestro pasado y ahora teníamos que recuperarlo y aprovechar cada momento.

Pero mientras tanto, mami estaba enojadísima. Pensaba que iba a pasar todo mi viaje con Mamacela y este lado de la familia. En su defensa, la verdad es que eso era lo que había planeado. Por el contrario, mi padre no quería dejarme ir. Ibán acaparó todo mi tiempo, pero tenía buenas intenciones. Mami continuó diciendo cosas feas sobre él y los celos la superaban. Me llamaba y me pedía que le contara todo lo que habíamos hablado y hecho. Quería mantenerme en el teléfono todo el tiempo que sabía que yo estaba con él.

La mañana anterior a nuestro vuelo encontramos a Ibán en el lobby del hotel. Esto era algo que ya esperábamos. Dijo que tenía una sorpresa para Raymond antes de irnos al aeropuerto, así que fuimos con él para ver qué era.

Luego, Ibán nos llevó a su iglesia. Esa era la iglesia donde él y Paulina se casaron y a la que aún asistían los domingos. Paulina entró al edificio de adoquines e Ibán nos guió a ambos por las escaleras y por la gran puerta de madera.

El santuario era muy pintoresco y especial. Se veían pocas personas esparcidas por toda la iglesia. Me arrodillé en el pasillo, hice la señal de la cruz y seguí a Paulina hacia el banco de la iglesia.

"¿Me complacerías por un momento?"—preguntó Ibán.

"Listo"—dije preguntándome qué tendría en mente.

"¿Se arrodillarían ambos para orar conmigo?"—continuó. Interpreté para Raymond y obedecimos.

A la vez que nos arrodillábamos con mi padre y su esposa, cerré los ojos y empecé a orar. No estoy segura de qué pudo rezar Raymond, pero le agradecí a Dios por nuestra semana juntos. Fue un remolino de actividades, risas, vínculos afectivos, discusiones, estrés, falta de sueño y momentos felices. Aunque mami estaba molesta conmigo por no pasar más tiempo con su familia, fue una semana de la que no me arrepiento. No perdí tiempo de familia, pues estaba conociendo a mi *otra* familia. Conocí a mis hermanos y hermana. Pasé tiempo con mis abuelos, con quienes no me había comunicado en veinte años. Conocí a mi papá y su esposa. Comí con ellos en sus lugares favoritos y vi a mi hermano Ibán Jr. pasar tiempo con nuestros hermanos y con la esperanza de que su relación se mantuviera. Me sentí muy afortunada por haber tenido esta oportunidad y fue algo muy hermoso que jamás olvidaré.

En medio de nuestras oraciones sentí que alguien ponía algo alrededor de mis hombros. Raymond y yo abrimos los ojos. Para nuestra sorpresa, mi padre había colocado un rosario enorme de marfil alrededor de ambos como símbolo de su bendición por nuestro matrimonio y luego hizo una oración por nosotros y aceptamos su bendición. Cuando terminó, nos dijo que tenía el mismo rosario italiano colgando en la pared de su cuarto. La bendición y la oración que compartió con nosotros era el mismo ritual que había hecho en su propia boda. La sarta de cuentas estaba colgada en la pared encima de su cama como recuerdo de que Dios desempeña un papel muy importante en su matrimonio.

Después de que nos fuimos de la iglesia, Ibán nos llevó de regreso al hotel para que nos transportaran al aeropuerto. Luego, nos siguió al aeropuerto en su propio carro, caminó con nosotros dentro del aeropuerto y esperaba mientras facturábamos nuestras maletas. Nos preguntó si teníamos tiempo para un último almuerzo y comimos juntos. Cuando ya era hora de llegar a nuestra puerta de embarque, Ibán abrazó primero a Raymond y luego a mí. Este abrazo fue diferente al que nos dimos en este mismo lugar hacía una semana, pues él lloró y sollozó. Sus ojos estaban rojizos y llenos de lágrimas. Había perdido la compostura completamente. Raymond lloró al igual que Ibán y se limpiaba las lágrimas con la parte de atrás de su mano. No creo haber visto antes a Raymond tan tocado por tantas emociones.

"Me abandonas de nuevo"—dijo Ibán con la voz quebrantada. Había tanto dolor detrás de su voz. Reuní fuerzas por los tres y lo apreté hacia mí en silencio. Fue un fuerte abrazo de todo corazón. No encontré palabras para confortarlo y no podía arriesgar nuestra relación. Reconocía que ese momento era abrumador y no quería aceptar la realidad de que estaba dejando a mi padre, al cual empezaba a conocer y que sin duda *adoraba*. Ojalá que mi abrazo lo dijera todo.

CAPÍTULO 21

El regreso

En un abrir y cerrar de ojos Raymond y yo ya estábamos de vuelta en Carolina del Norte. Tenía una mezcla de emociones y confusión en mi cabeza que no sabía por dónde empezar. Estaba tan desconcertada tras esta experiencia en Panamá ya que había sentado las bases para tener una buena relación con una familia que desconocía que tenía. Esta posibilidad ni siquiera existía seis meses antes del viaje.

Era un sentimiento indescriptible y abrumador que percibía al tener un nuevo grupo de personas en mi vida, las cuales ni siquiera sabía que necesitaba. Jamás imaginé tener otros dos hermanos y una hermana; jamás pensé en tener una nueva pareja de abuelos o personas a quien llamar "tía", "tío" o "primo". Ni siquiera en mis sueños más remotos había deseado tener más familia. Pero, de algún modo, ahora los tenía y los necesitaba. Ahora mi vida tenía más sentido. Mi nueva familia había llenado un vacío en mi corazón que ni siquiera sabía que existía. Y para cuando había llegado a conocerlos, gustarles e incluso *amarlos* era la hora de despedirme.

Cuando regresamos, mami y yo pasamos sin hablarnos durante meses. Ella pensaba que estaba molesta con ella y tenía la idea de que Ibán me había dicho su versión de la historia y me puso contra ella. Era cierto que Ibán me había ofrecido la oportunidad de hacer preguntas acerca del pasado, pero yo no quería preguntarle sobre su relación. Estaba centrada solamente en el presente y de ahí en adelante. El pasado ya no me importaba. Todo lo que sabía acerca de ellos dos era lo que mami me había dicho antes del viaje. Ibán solo me confirmó lo que ya sabía en varios comentarios por un lado y por el otro. Me elogió y me dijo que estaba orgulloso de la mujer en la que me había convertido y también elogió a mami por el gran trabajo que había hecho.

Lo cierto es que no estaba molesta con mami, ya no, ni por eso, ni por nada. Hasta el día de hoy jamás le pregunté por esas misteriosas cartas perdidas. ¿Para qué? Por el contrario, me tomé el tiempo para descansar de ella. Necesitaba ese espacio para continuar con cualquier tipo de relación. Si ella iba a formar parte de mi vida, tendría que ser bajo mis términos y tendría que ser una relación en la que yo me sintiera cómoda, pues debía tener mi propia vida con mi esposo y quería estar a su lado cuando él me necesitara. Necesitaba que ella entendiera eso. Necesitaba que resolviera sus problemas con papi, ese hombre con el que ella *decidió* quedarse. Y de verdad, todo lo que necesitaba era que ella y él fueran sus padres y que no dependieran tanto de mí.

Disfruté ese tiempo libre de recibir múltiples llamadas de mami para dejar de lado lo que estaba haciendo y ayudarla a responder un correo electrónico, pues tanta llamada siempre interrumpía mi ritmo de trabajo en los días más ocupados. Disfruté no tener que traducir sus papeles después de mi horario de trabajo. También disfruté estar siempre disponible para ayudar a Raymond y su reciente negocio en el área de reservas de eventos que estaba en la primera fase de crecimiento y expansión. Además, mi propia carrera demandaba mucho; todavía trabajaba para la misma compañía y me habían ascendido, por lo que tenía nuevas responsabilidades. Estaba también muy metida en el voluntariado de mi parroquia y mi vida me encantaba. Ya no estaba tan disponible para ustedes, como había estado en el pasado, pero siempre los tenía en mente. Sé que esto significaba que, en mi lugar, ustedes iban a las citas médicas con mami y estoy segura de que la ayudaron a traducir los papeles que traía a la casa. Lo siento si ustedes sintieron que yo no estaba con ustedes cuando me necesitaban, pero créanme cuando les digo que era lo mejor.

Tres meses después la llamé a su trabajo. Había llegado el momento ... "Te responde Marcela, ¿en qué te puedo ayudar?"—mami preguntó. Sonaba tan dulce que ni me podía creer lo mucho que había extrañado su voz.

"Hola mami, es Olivia"—dije en tono formal.

"Hija, ¿cómo estás?"

Y así de fácil continuamos nuestra conversación como si no nos hubiéramos perdido nada.

CAPÍTULO 22

Gracias, por nada

Era Nochevieja, el último día del 2011. Había pasado un año desde nuestro viaje a Panamá. Nos reunimos en familia en la casa de la calle Fancy, nos divertimos con algunos juegos, comimos y estábamos esperando dar la bienvenida al año nuevo reunidos. La casa estaba hermosa, mucho más que la de Pennsylvania. Ustedes cuatro, Alejandra y su esposo Jacob, Raymond y yo estábamos en la sala cuando mami entró con una carta en la mano. Se la pasó a Raymond y le pidió que la leyera.

Raymond la leyó rápidamente y le dijo: "¿De verdad quiere que la lea en voz alta? ¿No debería ser Andrew quien se lo diga a todo el mundo?"

"¿Qué pasa cariño?"—pregunté sintiendo un bulto en la garganta.

Papi, como siempre, estaba arriba durmiendo o borracho de tanto beber. Raymond suspiró y procedió a leer el último aviso de embargo hipotecario del banco con el que mami y papi tenían la hipoteca.

La sala se quedó en silencio sepulcral mientras procesábamos las palabras que salían de la boca de Raymond. Todas las cabezas que estaban en ese cuarto se encorvaron hacia abajo en señal de decepción. Con cada palabra que salía de aquella carta me ponía más furiosa. Papi solo tenía que hacer una cosa en toda su vida: ofrecer un techo a su familia. Estaba tan furiosa con él por no haberse encargado de ustedes y estaba tan brava con mami porque seguía poniendo toda su confianza en él.

Raymond leyó la carta hasta la última línea. Tras una breve pausa, mami empezó a explicarnos todo.

"Lamento no habérselo dicho antes. He cargado con esto por meses"—dice sollozando y, a la vez que trata de encontrar fuerzas, su voz se quiebra". "Hemos recibidos numerosas cartas y su padre no ha estado pagando la hipoteca. Al principio, el banco estaba dispuesto a ofrecernos opciones de pago, pero él no los llamaba. No los va a pagar. No le importa. No sé qué hacer y estamos por perder la casa".

A estas alturas las lágrimas recorrían las mejillas de mami sin cesar. Amelia empezó a sollozar y se puso inmediatamente a correr por las escaleras hacia su cuarto, quizás porque no quería que la viéramos llorar. Ella siempre ha sido como una roca y es rara la vez que muestra sus emociones. El resto de ustedes ya estaban en la universidad, pero ella aún estaba en su último año de secundaria, así que esta noticia era más dura para ella. Estaba por perder su casa. John se paró y la siguió y no creo que él hubiera estado listo para escuchar el resto.

"¿Por qué no ha pagado la hipoteca?"—dije en tono de reproche.

Mami continuó: "Bueno, como saben, él paga la hipoteca y yo las otras facturas. La hipoteca está solo a su nombre. Perdió su trabajo hace unos meses y se rehúsa a conseguir uno nuevo".

Alejandra y yo nos miramos mutuamente. ¿Papi había perdido su trabajo hace un par de meses y no lo sabíamos? Esto pudo haber sido algo muy estresante para ustedes y estoy segura de que ustedes ya lo sabían antes que yo. Si mami era como era conmigo, estoy segura de que ustedes eran sus amigos y confidentes de mayor confianza. Las preocupaciones de ella se convirtieron en sus preocupaciones.

"En un principio pensé que era extraño que él no se vistiera para ir a trabajar con la ropa que le había escogido" —explicó. "Me dejaba en el trabajo en ropa informal y me recogía en el trabajo con la misma ropa. Su ropa tenía manchas de la comida que había preparado para la cena y ni siquiera se preocupaba por cambiarse. Apestaba a cigarrillo y licor, incluso más de lo habitual. Cuando le preguntaba por el trabajo, me decía que estaba usando su tiempo de vacaciones. No me pareció extraño porque nunca había usado ese tiempo. Era algo creíble".

"Para la tercera semana comencé a sospechar y llamé a su jefe"—continuó. Su jefe no quería hablar conmigo, pero luego explicó que su papá ya no trabajaba en la compañía. En otras palabras, llevó su alcoholismo al trabajo.

"¿Te dijo que a papi lo despidieron por tomar en el trabajo?"—interrumpí. Me estaba llenando de ira y tantos pensamientos rondaban por mi cabeza. *¿Papi había sido tan idiota como para ir al trabajo borracho? ¿Lo habían despedido justamente o su alcoholismo empeoró? Mami apenas gana lo suficiente como para pagar las facturas. ¿Cómo se supone que debo brindar ayuda a mi familia de nuevo? Claramente no en esta casa …*

"Su jefe no quiso decirme mucho"—continuó mami. "Me di cuenta de que lo que me había dicho era solo porque nos conocía. Me dijo que su padre se había liado en un altercado sucio con otro trabajador. Dijo que él debía buscar ayuda para tratar su enfermedad".

Alejandra se sentó, apoyándose en el respaldo del sofá y tratando de procesar la información; Jacob y Raymond se sentaron en el sofá; Celeste y Carrie escuchaban con atención y yo me sumí en mis pensamientos. *¿Pero cómo me podía hacer* *esto? ¿Cómo podía hacerles esto a ellos o a mami? ¿Cómo podía ser tan irresponsable?* Había que hacer algo y tenía que ser ahora mismo. Para que yo lograra que papi cooperara, primero tenía que calmarme.

Mami subió, lo despertó y le pidió que bajara. Alejandra, Raymond y yo nos sentamos con él y, en la privacidad del estudio, empezamos a decirle:

"Mami nos habló de tu situación financiera y queremos ayudar"—empecé. "Si nos sentamos ahora contigo... ¿estarías dispuesto a llamar al banco y explicarles que quieres trabajar con ellos para encontrar una solución?"

Papi aún estaba medio dormido y resoplaba de la frustración. "Si los llamo... ¿hablarás con ellos?"—dije en un tono de voz más alto.

"¡Sí, sí, está bien!"—contestó.

Marqué al número que aparecía en la carta y le pasé el teléfono. Papi acordó hacer un pago en las próximas dos semanas y le ofrecieron un plan para poder ponerse al día con la deuda. La familia pasó el año nuevo con tristeza, pero con fe de que todo iba a salir bien. Empecé a hacer planes para ayudar a papi a encontrar un nuevo trabajo al siguiente día.

～◎～

A las dos semanas papi no hizo el pago acordado. Mami me llamaba a diario en estado de pánico. Quería dejarlo, esta vez era para siempre, pero ya estaba harta de escuchar esa amenaza.

Escuché lo mismo en esta ocasión, lo decía por decir y sus palabras no significaban nada para mí. Sabía que últimamente las cosas no iban del todo bien entre papi y ella, pero ... de verdad, en serio, ¿cuándo habían estado bien? Eso era lo normal entre ellos. Entre mami y yo, la relación estaba en buenos términos y en zona de confort. Ya había pasado casi un año desde el viaje a Panamá, mantenía una situación emocional bastante saludable con ella y con papi, y mami ya no dependía tanto de mí como antes.

Por favor quiero que sepan que los amo y que haría cualquier cosa por nuestra madre, pero mi esfuerzo en los meses venideros era solo por Amelia y no por mami. Amelia tenía miedo de que embargaran la casa en cualquier momento, en la cuenta atrás de sus días para irse a la universidad y temía no poder sacar sus cosas. Después de hablarlo con Raymond por días, le ofrecimos a Amelia que viniera a vivir con nosotros, pero ella declinó la oferta.

Tras varios días, Amelia llamó para preguntar si podía cambiar su dirección y usar la nuestra para la documentación de la escuela porque quería estar segura de recibir el diploma de estudios. También me preguntó si podía dejar en nuestro condo una caja con las cosas más importantes para ella ya que no estaba segura de cuánto tiempo viviría en esa casa.

Esta situación me tenía furiosa. Aunque Amelia era fuerte, mi corazón se quebrantaba por la situación y el estrés a los que estaba sometida. Si mami me llamaba pidiendo ayuda y apoyo emocional ni me podía imaginar el nivel de estrés que ella estaba añadiendo a Amelia. Lo único que Amelia tenía que hacer era preocuparse por su graduación de la escuela secundaria y celebrar sus logros.

Ya había llegado al límite con mis padres una vez más. Mi sangre hervía por mis venas de solo pensar que toda esta situación se podía haber evitado.

Tres semanas después del año nuevo, le dije a Raymond que iba a visitarlos y estallé en un frenesí aquella tarde. Mami me había llamado al trabajo ese día para desahogarse y quejarse y yo ya no la podía aguantar más. Traté de continuar con mi día, pero no era capaz de dejar de pensar en eso. Regresé a casa solo para organizar mis ideas y me fui poco después. Aceleré lo más rápido que pude y entré a la casa de la calle Fancy apenas llegué. Asusté a mami, que estaba viendo televisión en la oscuridad y no me esperaba.

"¿Dónde está papi?"—pregunté.

"Está durmiendo arriba"—respondió ella sin mostrar emoción alguna. Recuerdo haberme preguntado en alguna ocasión lo diferente que era mi reacción a la suya. Mami estaba calmada, mantenía la compostura y yo estaba furiosa. La furia se apoderaba de mí y verla tan maltratada e indefensa me hizo sentir peor.

Corrí por las escaleras, encendí la luz del cuarto y empecé a chillarle. Debía defender a mi familia. Las preocupaciones de mi madre y el pánico de Amelia me llevaron a un delirio furioso y se lo eché todo en cara.

"¡Necesito que hagas algo para solucionar esto! Tu familia se va a quedar en la calle, sin un lugar para vivir en cualquier momento. *¿Qué vas a hacer?* ¡Amelia está preocupada, tu esposa está preocupada y tú no haces nada! No trabajas- ¡Ni siquiera lo intentas! ¿Estás buscando un nuevo lugar para vivir? ¡Has *pagado* al banco? ¡Mami dice que siguen llamando y tú no hablas con ellos! ¿Hiciste *algo* de lo que te pedí?" Me había quedado sin aliento. Toda la rabia y la furia que tenía guardada desde hacía dos semanas salieron a la luz.

"¿Qué quieres de mí, Olivia?"—dijo, todavía somnoliento mientras se paraba de la cama. Su actitud desconsiderada solo hizo que me enfureciera más. "¡Quiero que te ocupes de tu familia porque si no lo haces tú, lo haré yo!"—le amenacé apretando mis dientes, pero mis palabras no surtieron ningún efecto.

Se contuvo un poco y me dijo: "Haz lo que te dé la gana y vete de aquí". Agarró las sábanas y se cubrió de pies a cabeza, lo que me dio a entender que esa conversación había terminado. Había tenido el coraje de confrontarlo, cosa que mami no hizo, y me ignoró. ¿Cómo se *atreve*? ¿Acaso pensaba que no era capaz de hacer el trabajo que se suponía él debía hacer?

"Para que quede todo bien claro, si no encuentras un lugar para los tres en una semana, yo misma buscaré un lugar para Amelia y para mami sin ti, ¿me entendiste?"—dije en tono calmado y con confianza. "Voy a vender todo lo que hay en esta casa y ellas se quedarán con el dinero y se van a ir … ¿está claro?"—añadí.

"¡Ajá!"—dijo en tono de indiferencia. Se burló de mí y me desafió sin importarle lo más mínimo.

Luego bajé y apenas era capaz de hablar con mami.

"¿Qué pasó?"—preguntó.

"Empieza a empacar y pon cosas a un lado"—dije. "Te ayudaré a vender lo que no quieres o que ya no necesitas y te buscaré un lugar para vivir, ¿listo?"

"Listo. Gracias, hija"—dijo mami con cierto alivio y agradecimiento. Nos abrazamos y nos dimos las buenas noches.

Y así de fácil, estaba de nuevo en medio de la relación de mami y papi. No quería que esto pasara. Había intentado no involucrarme y tratar de guiar a mami para que saliera de esta situación cada vez que llamaba y lloraba. Ella estaba destruida. Mami estaba en una situación muy dolorosa de la que no sabía cómo salir sin mí. Hablamos de dos apartamentos que habíamos encontrado para ella y Amelia, pero ambos las rechazaron por tener mal crédito. Ella no era muy buena con la computadora y no sabía vender cosas a través de internet y ni siquiera sabía cómo empezar. Era mi turno de *tomar* las riendas en este asunto.

Para ser honestos, lo sabía desde la Nochevieja, pero lo prolongué con la esperanza de que ella se hiciera cargo. Ella sabía que yo no la iba a dejar sola ante esta situación.

El siguiente mes fue un mes absolutamente crítico. El tiempo era indispensable. ¿Cómo empacar una casa de cinco cuartos y prepararse para vivir en la mitad de espacio? ¿Cómo podíamos hacerlo sin la cooperación de papi que seguía en sus trece? Él estaba en estado de negación, no aceptaba lo que estaba pasando y seguía durmiendo, tomando e ignorando lo que sucedía a su alrededor.

Mami y papi ya habían estado durmiendo en camas separadas durante meses y ella y Amelia vivían con el constante temor de no encontrar sus cosas cuando llegaran a casa, o quedarse sin techo. Mami trabajaba y Amelia iba a la escuela. Luego cuando ambas regresaban, empacaban sus cosas y las dividían por partes. Tomé fotos de los muebles, subí fotos en internet y tuve entrevistas con posibles compradores. Me encargué de hacer anuncios y ayudé con la venta masiva de artículos usados que organizamos delante de la puerta del garaje.

El día de la venta papi llegó de hacer algunos mandados, vio lo que estábamos haciendo y no hizo absolutamente nada. Lo invité a que participara en la venta, pero no aceptó. En vez de eso, se sirvió su bebida, subió y se fue a dormir.

En ese mismo mes empecé a buscar apartamentos para mami y Amelia, pero cada lugar que encontraba pedía buen crédito y sabía que mami no lo tenía. Al final encontré un apartamento de dos cuartos al otro lado de la calle donde Raymond y yo vivíamos en donde el dueño estaba dispuesto a omitir el crédito.

"¡Mami, prométeme que no se va a venir contigo!"—dije con propiedad.

"¡Olivia Rose! Por supuesto, lo prometo. No quiero que él venga con nosotras. ¡Él es la razón por la que estamos metidas en esta desastrosa situación! ¿Pero después de todo lo que he pasado por él?"—sonaba sincera, aunque me resultaba muy difícil creerle.

"¡Lo digo en serio!"—amenacé. "Puse mucho empeño en encontrar este lugar. Tuve que explicar tu situación a el propietario para que obviara el crédito y recibieras un descuento de la renta. Le di mi palabra de que vas a ser buena inquilina en nuestro vecindario".

"Gracias. Lo prometo"—manifestó estar de acuerdo con agradecimiento.

～ⓢ～

Un mes después Amelia y mami estaban seguras y ya instaladas en su nueva casa, sin papi. Desde que tengo uso de razón, mami había hablado tantas veces de este día y por fin llegó. Fue algo tan increíble y estaba muy orgullosa de ella. Había sido infeliz por tanto tiempo y al fin tomó la decisión de hacer algo ante su situación. Amelia estaba tranquila también. La llevaba a la escuela por la mañana y la recogía la mayoría de los días que no era capaz de regresar con algún amigo de la escuela. Mami tenía una casa y estaba lejos de *él*. Todo estaba bien.

Ese mismo año Raymond consiguió un gran cliente que lo ayudó a impulsar su negocio y así pudimos mudarnos del condominio.

Raymond y yo habíamos hablado de esa posibilidad en varias ocasiones. El espacio se nos había quedado pequeño ya que Raymond gestionaba su negocio desde nuestra casa. Exploramos las opciones que teníamos y hablamos con un amigo que era agente de bienes raíces. Nos enteramos de que cumplíamos los requisitos para tener un préstamo saludable que nos permitiría comprar la casa de mis papás que estaba pendiente de embargo. Esto ayudaría a la terrible situación financiera de papi al no tener que pagar tanto por su préstamo, ya que nosotros cubriríamos una buena porción. También hablamos de la posibilidad de dejar que papi viviera en la casa hasta que encontrara un lugar para vivir, en vez de dejarlo que regresara a la casa con las puertas candadas.

A pesar de todo, seguía siendo nuestro padre.

Hablamos de este tema con papi después de haberlo tratado con nuestro amigo el agente de bienes raíces. Como era de esperar, declinó la oferta y se enfureció por nosotros haber traído el tema a colación. Tan terco en que esta era su casa y firme en que nadie lo iba a sacar de allí. "¡Ni siquiera el banco!" Como saben, no llegamos a comprar la casa, pero encontramos otra en la misma esquina. Él se quedó en la casa mientras el banco continuaba con el embargo.

Mientras ustedes estaban en la universidad, mami y papi pasaron tiempos difíciles durante su separación. Mami estaba completamente sola por primera vez en su vida, pues se separó del hombre con el que había huido. Estaba perdidamente enamorada de él a pesar de lo que sufrió. Aun así, ahora que estaba sola era cuando más quería regresar con él.

Papi se sintió traicionado ya que jamás pensó que ella le dejaría después de todo lo que habían pasado juntos. Mami quería que él sufriera y también se sintió traicionada. Ella dejó colgado la posibilidad de que volvieran a estar a juntos, lo que le provocó intencionalmente más dolor a él. En la mente de ella, él había ocasionado todo esto ya que fue irresponsable, lo echaron de muchos trabajos por su alcoholismo y contrajo muchas deudas financieras. Según *él*, ella abandonó su matrimonio y lo dejó completamente solo.

Cuando mami y Amelia se mudaron, papi se sumió en una profunda depresión. Los vecinos al otro lado de la calle llamaban a Raymond para decirle que papi caminaba por la calle Fancy en bata de casa, llorando a gritos y con un solo zapato. Raymond manejaba, le ayudaba a que se calmase y lo dejaba de vuelta en la casa. Papi me llamaba y lloraba. Lloraba porque se sentía solo, lloraba porque pensaba que mami había sido tan cruel con él. Con frecuencia se pasaba por el apartamento de mami, pero ella no lo dejaba entrar.

Ambos me llamaban todos los días y papi casi siempre nos visitaba a Raymond y a mí en nuestra nueva casa a la vuelta de la esquina. Habíamos encontrado una casa en la calle siguiente a la de Fancy Road y casi siempre venía a cenar con nosotros. Con frecuencia lo llamaba para que me viniera a ayudarme a preparar un plato, pues le daba cierto sentido de propósito. Eso lo hacía sonreír.

Daba tanta lástima ver a papi llorar. Sus lágrimas eran de dolor, lloros tiernos y profundos. A pesar de todo el dolor que me había causado en el pasado, ahora era él quien estaba sufriendo. Estaba tan débil, vulnerable y deprimido, mientras que yo estaba fuerte y completa, y era capaz de ayudarlo, por muy pequeña que fuera mi ayuda. Había visto a mami y a papi reñir, pelear, discutir y salir adelante en los momentos más duros. ¿Pero esto? Esto fue lo peor a lo que papi tuvo que enfrentarse.

Papi me llamó una noche durante un episodio de inestabilidad emocional. Había estado más temprano con nosotros aquella noche a la hora de la cena y se había tomado tres cervezas de nuestra nevera mientras yo tomaba una copa de vino. Siempre me disgustaba verlo beber; sin embargo, ahora que papi tenía un nuevo trabajo en un restaurante, su alcoholismo estaba bajo control. No tomaba en las horas de trabajo, solo lo hacía después. El beber lo hacía feliz y estaba bien cuando se fue de la casa esa noche. Bueno, a lo mejor llegó a casa y siguió tomando porque cuando me llamó estaba totalmente *borracho*. Tartamudeaba y balbuceaba algunas palabras entre dientes.

"Es tu culpa que tu madre me haya dejado"—masculló unas palabras que eran difíciles de entender. "Si no le hubieras conseguido un lugar para vivir, aún estaría aquí. Ella todavía me necesitaría. ¡Es tu culpa!"

Sus palabras perforaron mi alma. Tenía razón. Tenía toda la razón.

Sufrí mucho por esto, incluso después de que habían pasado meses desde esa llamada. Sus conflictos siempre me afectaban y no quería intervenir, pero quería estar allí para ayudar a mami y a ustedes. No tenía ni idea de qué era lo mejor. ¿Debería intervenir o dejarlos a ellos con sus problemas y enfocarme en mi propio matrimonio? Al final, decidí que era más importante ayudar a mami a salir de esa situación. Francamente, creo que jamás se me ocurriría haberla abandonado.

La había alentado a que lo dejara. La ayudé a vender los muebles, sus pertenencias y aquellas cosas por las que tanto trabajaron en tener. Encontré una nueva casa para ella y Amelia. La ayudé a mudarse el día acordado y la amenacé con que no se atreviera a llevarlo con ellas. Pensé que estaba haciendo lo correcto y que la estaba defendiendo.

Cuando papi conoció a una mujer en su nuevo trabajo, eso afectó a mami muchísimo y le partió el corazón. Él empezó una nueva relación con una mujer que se mudó a la casa de la calle Fancy, la casa de los sueños para nuestros padres, un año después de que Amelia y ella se mudaran. Esa era la casa en donde celebrábamos los cumpleaños y las fiestas. Era también la casa en donde nos reuníamos los domingos como familia para ver el fútbol americano y disfrutar de una buena comida casera.

A mami le dolió que papi continuara su vida con esa mujer. Obtuvo un nuevo trabajo sin la ayuda de ella e hizo arreglos de pago con el banco, pagó partes de la hipoteca, lo que hizo que se pudiera quedar más tiempo de lo esperado en la casa. Dijo haber dejado el alcohol e invitó a esta nueva mujer a que se mudara a la casa que él y mami habían escogido.

Cuando mami se enteró, se volvió completamente loca y obsesiva. Le dejaba flores en su trabajo o solía aparecerse en el restaurante solo para verlo. Suplicó por su amor, pero ya era demasiado tarde. Él había decidido seguir adelante con su vida sin ella.

~ 9 ~

Una noche, estando profundamente dormida, mi teléfono sonó en mi mesita de noche. Me senté en la cama de una vez y procedí a ver el reloj. Eran las 2:30 de la madrugada y era una llamada de papi, con lo cual no eran buenas noticias.

"¿Qué sucede?"—dije mientras frotaba mis ojos.

"¡Ven a buscar a tu madre!"—gritó. Escuché a mami chillando al fondo del teléfono. Estaba furiosa. "¡Olivia, ven a buscar a tu mamá!"—repitió.

"¡Listo, listo, me estoy poniendo los zapatos! ¿Pero qué pasa?"

Papi trataba de hablar por encima de sus chillidos. "Ella acaba de llegar a la casa y empezó a gritar. Le dijo a Franny que saliera de su casa. Solo ven antes de que llame a la policía. ¡Me está tocando las narices!"

Papi y yo conversamos sobre su nueva novia. De hecho, me encontré con ellos en el supermercado un día de sorpresa y él no tuvo más remedio que presentarnos. No era fan de Franny, pero hice un esfuerzo por ser amable con ella, ya que, a pesar de todo, hacía feliz a nuestro padre y lo sacó del hoyo de depresión en el que estaba metido. Después de ese primer encuentro, ya no quería saber más de ellos, mas es verdad que sentí un gran alivio porque ella estaba cuidando de él. Mami se enteró sobre Franny gracias a unos compañeros de trabajo de papi que se habían ido de la lengua.

"No llames a la policía,"—dije, "ya voy en camino".

Mami estaba sufriendo. Aquella noche, mientras la llevaba de regreso a casa, me dijo que nunca quiso dejarlo, aun cuando lo hizo. Quería que yo encontrara un lugar para Amelia y para ella con la esperanza de que papi regresaría suplicándole que le dejara vivir con ellas cuando lo sacaran de la casa. Ella quería estar allí para ayudarle cuando no tuviese a donde ir con la ilusión de que se reconciliaran y siguieran con sus vidas en el condominio que yo encontré. Jamás se imaginó que el embargo de la casa se iba a demorar por tanto tiempo.

Como saben, mami se sumió en una profunda depresión y esta situación pasó factura a su salud. Su salud se deterioró y no pudo trabajar por mucho más tiempo ya que tenía ataques epilépticos casi cada día que interrumpían su trabajo de manera constante. Los médicos la instaron a que solicitara la valoración de su discapacidad porque sus problemas médicos habían escalado. Sus hijos más pequeños ya estaban todos en la universidad, su hija mayor ya no vivía al otro lado de la calle y su expareja había rehecho su vida tras veinticinco años de matrimonio.

En una ocasión, después de haber recogido sus medicinas en la farmacia, mami trató de convencerme de que manejásemos por delante de la casa de la calle Fancy. Casi siempre intentaba convencerme de que lo hiciéramos. Sin embargo, yo sentía que mortificarse de esta manera por papi no era saludable y casi siempre le decía que no lo iba a hacer, aunque me lo pidiera, a excepción de algunas veces que lo hice porque me lo suplicaba y no podía con la presión.

Pero esta vez no lo hice. La llevé de regreso a su condominio en absoluto silencio. Se molestó conmigo y yo odiaba tener ese control. Yo sabía que ya ella no podía manejar por sí misma, pero también sabía que le haría un daño tremendo si al pasar veía el Ford Taurus verde de Franny estacionado delante de la casa. No podía hacer eso. No podía permitir que se lo hiciera a sí misma. Estacioné el carro en el estacionamiento de su condominio para dejarla. No tenía mucho tiempo, pues debía irme a casa para preparar la cena.

"¿Sabes por qué dejé a tu papá después de todos estos años?"—preguntó antes de bajarse del carro.

"*Ay, por Dios, ¿a ver por dónde vamos ahora?*—pensé.

"No sé mami, elige una razón"—dije con cierto sarcasmo.

"Lo dejé por lo que pasó entre ustedes dos"—dijo con certeza y propósito, pero decidí no animar la conversación.

Suspiré y tragué saliva, pues no esperaba tener esta conversación.

"Lo hice por ti"—continuó y luego agarró su cartera, sus medicinas y se bajó del carro. La vi subir las escaleras hacia su puerta y un millón de pensamientos inundaron mi cabeza.

¿Pero cómo pudo decirme eso? ¿Cómo pudo poner toda esa carga en mis hombros? Yo nunca le pedí a él que me hiciera daño. Jamás lo provoqué. Desearía con todo mi ser que nada de eso hubiera pasado. Trabajé tan duro para superarlo y lograr la normalidad después de lo que él me hizo y hasta fui a terapia en pareja con mi esposo para poder tener un matrimonio saludable e íntimo. Pedí a Dios en mis rezos el poder vivir una vida plena en su conjunto, mientras enmascaraba mis inseguridades y miedos para retratar la familia feliz que siempre deseé. Pero en este momento, *¿ahora* es cuando ella decide echármelo en la cara? *¿Me* estaba culpando por su separación?

De nada, mami. A ambos les digo, *de nada*.

Desde que me fui de su casa, lo único que siempre quise fue no tener que entrometerme en la relación de nuestros padres para que ambos buscaran una solución como familia. Quise que ambos solucionaran sus propios asuntos, que fueran una unidad parental para ustedes (sin contar conmigo) y que sirvieran de ejemplo de lo que debe ser un matrimonio. Por el contrario, hice lo que jamás quise hacer. Lo había permitido y les hice mucho daño a ambos.

≈◎≈

Dos años y un mes después de la mudanza de Mami y Amelia, mami recibió los papeles del divorcio. Tres meses después, papi se casó con Franny en una pequeña ceremonia en la casa de la calle Fancy. Mami se enteró a través de un amigo en común. Desde que Franny había llegado a la vida de papi, lo veíamos mucho mucho menos y apenas sabíamos de él. A ninguno de nosotros se nos invitó a aquella boda. Fue muy difícil para mí acostumbrarme a esta nueva vida sin papi. ¿Cómo era capaz de rehacer su vida con tanta facilidad?

CAPÍTULO 23

Círculo cerrado

Sinceramente jamás voy a comprender la relación entre mami y papi. Durante el proceso de su separación, experimentaron toda clase de emociones. Siempre estaba acuñada en medio de todas sus discusiones y sentía que cada uno me empujaba hacia un lado en su intento desesperado por buscar un aliado o un amigo. Hasta me llamaban para quejarse uno del otro: "Él está afuera de mi condominio y no voy a abrir la puerta", o "solía llamar todos los días pero ahora ya no", o "se alejó de mí después de todos estos años y me dejó cuando más la necesitaba. No causé esto yo solito", o "ella hizo que mis hijos se volvieran en mi contra". Tuve que escuchar de todo.

Se sentían cómodos compartiendo sus sentimientos conmigo porque yo siempre era la que estaba en medio. Sabía por qué peleaban y sabía de sus inseguridades con el pasar de los años. Como vivíamos en espacios confinados, no se podían dar el lujo de tener privacidad.

Recuerdo una vez, cuando estaba en primaria, que una mañana discutieron. Se gritaban uno al otro de tal manera que decidí que era buena idea ponerme en medio de ellos y decirles que no iba a ir a la escuela hasta que ellos arreglaran sus diferencias. Recuerdo haberme sentido valiente y creer que era más lista que ambos, pero no salió como había planeado. Ambos se voltearon, me miraron y me chillaron que saliera de inmediato por la puerta y que corriera a la escuela. Aquella mañana hasta llegué más temprano de lo normal a la escuela. Ahora que lo pienso me parece muy gracioso.

Para mí su separación tiene sentido porque era una relación disfuncional en la que no había unión conyugal ni compañerismo. ¿Cómo funcionó (más o menos) por tanto tiempo? Lo más loco de todo esto es lo mucho que (aún) se aman. Durante la ruptura, las luchas, el estrés y todos nosotros, ellos se aman y su amor es único.

Pero ahora han logrado cerrar el círculo. Ahora mami limpia casas para tener plata en efectivo y no es nada estresante comparado con su trabajo de oficina. Papi es cocinero de línea en un restaurante local de barbacoa. Ambos dieron un giro desde sus inicios profesionales en Panamá, a trabajos que demandaban gran esfuerzo físico en sus primeros años en los Estados Unidos, a regresar a trabajos profesionales una vez aprendieron el idioma y ascendieron en sus trabajos y ahora de nuevo a los mismos trabajos de gran dureza física que ya habían hecho.

Muchos años atrás mami había tomado la decisión de seguir su corazón y mudarse a este país. Era una mujer joven y no sabía cómo funcionaba este nuevo país, pero se arriesgó. (Entre nosotros, ¿quién hubiera hecho eso?) Mami y papi vinieron a este país con dos maletas a su nombre. Trabajaron muy duro para mantenernos y, como resultado de ello, todos vivimos en un país libre y tenemos la educación que tenemos. Tenemos un techo para vivir, zapatos para los pies y comida en la mesa. Nunca sufrimos hambre y siempre nos sentimos amados. No podemos infravalorar todo lo que han logrado.

Gracias a ustedes, ahora cuento con todo el apoyo y el cariño que mi corazón puede soportar. No puedo estar molesta con nuestros padres o el pasado. Todo lo que he experimentado en mi vida me ha hecho ser la persona que soy hoy y me amo a mí misma. Eso se lo agradezco a ellos y también a ustedes.

CAPÍTULO 24

Año nuevo, vida nueva

No me puedo creer lo rápido que pasa el tiempo. Pareciera que fue ayer cuando los cinco jugábamos durante el verano en el sótano de nuestra vieja casa en Pennsylvania. Lamento haberlos torturado y obligarlos a estudiar durante las vacaciones.

Ahora todos ustedes ya están grandes. Tú, Carrie, te casaste y compraste una casa. Eres la única persona que conozco que se pudo graduar de la universidad sin pagar préstamos estudiantiles. Desde un principio trabajaste muy duro y fuiste muy independiente. Eres muy madura y sabia para tu edad. Siempre fuiste una niña peculiar y lo admitiste. ¿Quién es capaz de balancear un brazo, mientras está parada en un punto, para hacerlos girar sobre sí mismos antes de que salgan corriendo? Solo tú. Eres tan valiente. Me tomó mucho tiempo aceptarme a mí misma por lo que soy, pero tú siempre supiste quién eras y no dejaste que nadie te hiciera ver lo contrario. Siempre te he admirado por ello.

Tú, John, ya eres un adulto. ¿Qué pasó con nuestro pequeño *cookie monster*? Aun te veo en tu pijama de color azul devorando todas las galletas de chocolate que teníamos en la alacena. Eras tan lindo y aún lo eres. Me alegro de que por fin hayas salido de aquella fase de mordisqueo. Eres inteligente y, al igual que yo, tienes grandes sueños. Estoy deseando que llegue el día que te vea caminar por el escenario para obtener el título de la carrera por la que tanto has trabajado y que por fin puedas continuar con la carrera profesional que has escogido. Tienes grandes ideas, ¡ve a por ellas!

Celeste, ¡para de crecer! Pareciera que fue ayer cuando estaba sentada entre la audiencia y esperaba para ver el espectáculo de tu escuelita de preescolar. Todos los estudiantes seguían a la maestra cantando y haciendo los mismos gestos que ella hacía. Pero tú no, te quedaste sentada en ese escenario en tu hermoso vestido blanco con volantes en todo su esplendor y esperaste hasta que tus compañeros completaran el concierto para ti. Sabías la canción y las estrofas, pero tú nunca sigues instrucciones y nadie te dice lo que tienes que hacer. Haces las cosas a tu manera según tus propios términos. Eres una líder nata y me asombras cada día. Ahora que eres maestra, espero que tengas a una "Celeste" en tu salón de clase y que sonrías ante su actitud de realeza.

Amelia, puede que tú seas la más chica de todos, pero tienes espíritu de adulta. No encuentro la perfección en las palabras que busco para describir la fuerza que ejemplificas. Has pasado por mucho y todavía continúas enfrentándote a retos de tu salud y lo sabes manejar todo tan bien. Eres increíble y nada te detiene a la hora de hacer todo lo que quieres lograr. Eres mi pequeña cómplice. ¡Eres la cómplice de *todos*! Siempre estás ahí para ayudarnos a nosotros y ¡te necesitamos! No te atrevas a irte muy lejos de nosotros, pues no sabríamos qué hacer sin ti.

Estoy tan orgullosa de todos ustedes. El amor que recibo de ustedes hace que mi mundo siga girando y cada uno de ustedes guarda un lugar muy especial en mi corazón. Y Raymond también, ustedes saben lo especial que es para mí. Mi corazón se desborda del amor que recibo de ustedes. Son una gran bendición para mí.

Raymond y yo llevamos nueve años de matrimonio. Vivimos en una hermosa casa grande en la que pido a Dios que algún día se llene de mini versiones de nosotros, que ustedes vendrán a cuidar, claro. Ambos trabajamos muy duro pero de manera inteligente. Jugamos, nos reímos y nos amamos. También nos esforzamos por ser los mejores modelos a seguir y ejemplares, no solo el uno al otro, sino también para la gente que nos rodea.

Tanto mami como yo nos encontramos en un mejor lugar emocional. De hecho, hacía mucho tiempo que no estábamos tan bien. Mantenemos las distancias, ambas somos francas y honestas y nos aceptamos tal cual somos. Ninguna de las dos deja que el pasado influencie las relaciones actuales, por lo menos no de manera negativa. Mami está centrada en su salud, se mantiene ocupada y ha creado un sistema de apoyo, que no cuenta solamente conmigo, sino que también los incluye a ustedes, y por tanto depende y confía plenamente en ustedes. Ahora las responsabilidades están repartidas. Aunque aún tiene ataques epilépticos, no deja que eso le afecte. Está mucho más fuerte de lo que jamás recuerdo, e independiente también. Deberíamos estar todos orgullosos de ella.

Ahora yo también tengo mejor salud que antes. Durante muchos años, me sentí miserable, atrapada y sola. En aquel entonces, no era capaz de comprender que yo no era la única que se sentía así. Estaba atrapada en mi burbuja de melancolía con un grandísimo deseo de ser independiente, pero retenido por el peso de la dependencia emocional y financiera de mi mamá, que empeoraron incluso más después de su primer derrame cerebral. Para mí, su salud sujetaba las cuerdas de sus marionetas. Solía preguntarme cuán diferente habría sido mi vida si ella no hubiera dependido tanto de mí.

También me preguntaba cómo habrían sido las cosas si ella no me hubiera alejado de mi familia Batista. ¿Me habría hecho daño papi si Ibán hubiera estado en mi vida? ¿Me habría sentido tan impotente y sola? Esos "me habría" no me hicieron bien. El resentimiento es una bestia horrible que yacía dentro de mí y sin duda me llevaba a imaginar un mundo sin mami o sin mí en él. Me costó mucho ver un mundo en el que ambas podíamos coexistir.

Como ya se habrán dado cuenta, hemos pasado por mucho.

Ahora puedo decir que papi no es un mal hombre, pero hizo cosas malas. Es su padre, su único padre y el único que tendrán. Él es mi papi también y, aunque ahora tengo dos papás, era el único que conocía por gran parte de mi vida. Claro que es terrible con la confrontación, guarda rencor, no se acuerda de ninguno de nuestros cumpleaños y la mayor parte del tiempo confunde nuestros nombres. Tiene nueve hijos de cuatro mujeres diferentes y no sabe decir "te quiero". Nos evita a todos porque sabe que estamos molestos con él y con justa razón. Pero, ¿saben qué? Muy a su manera, nos ama. Ahora vive su vida, alejado de nosotros, pero sé que piensa en nosotros. No puede ser de otra manera.

¿Cómo ha podido olvidarse de cuándo Carrie lo reclamaba diciendo que era más de ella que de todos nosotros? Papi era *su* papi, de Carrie, y de nadie más. Solía decirnos eso mientras agarraba su mano con fuerza. "Él es *mi* papi"—afirmaba, y luego lo besaba en la mejilla. No ha podido olvidarse de cómo cargaba a John en su antebrazo como pelota de fútbol americano y lo que John disfrutaba. También tiene que recordar cuando cargaba a la pequeña Amelia en sus hombros en público mientras la gente lo miraba. Amelia era de tez clara y papi tenía la tez oscura. Nadie se podía creer que era su papá, pero a él no le importaba, pues la cargaba orgulloso. Celeste: él era demasiado sobreprotector contigo cuando eras niña porque eras muy delicada. Un día, cuando el hijo de Zoila te empujó, él empujó al niño y ahí lo dejó. ¡Mira que hasta dejó en el piso a su propio nieto por ti! Ese es nuestro papá. Sin duda poco convencional, sin las mejores técnicas para ejercer de padre, pero es nuestro padre.

Papi ama a sus hijos: a ustedes cuatro, Drew, Alejandra, Zoila, Dennis y a mí. Puede que no haya sabido estar ahí en momentos importantes y claro que sí, cometió errores. Él y mami ya no están casados, pero sigue siendo nuestro padre y ¿adivinen qué? Hemos crecido y ahora somos adultos. Somos independientes y tenemos nuestras propias relaciones con él y con mami por separado, a pesar de lo que le hizo a ella o del daño que ha causado a cada uno de nosotros.

Lo he perdonado por lo que hizo.

A pesar de sus defectos, tuvo múltiples trabajos para mantener a sus hijos y traer el pan de cada día a la mesa cuando dependíamos de él. Sí … claro que algunos días él prefería el Bacardí a la leche y el pan. Era un alcohólico y eso es una enfermedad.

Nuestra familia ha pasado por mucho, pero lo superamos en el pasado y lo volveríamos a hacer de nuevo. Continuaremos adelante como siempre hemos hecho. El amor continuará avivando nuestra familia.

Epílogo

¡Está lloviendo a cántaros aquí! ¡Casi no puedo ver la vía, mami!"—chillé. El viaje a nuestro recado a media tarde se había vuelto traicionero. Las nubes de color carbón habían llegado sin previo aviso cuando de repente la tormenta de verano empezó a descargar su furia. El repentino torrencial aguacero ensordeció nuestra conversación y tuve que silenciar la radio. Los limpiaparabrisas se movían tan raudos como podían. Mami hizo se santiguó en el aire mirándome a mí y después sobre su cara y pecho mientras yo intentaba guiar el carro a través de los charcos.

"¿De dónde ha venido esta lluvia?"—añadí.

"Dios, por favor, protégenos"—rezó en silencio a la vez que se aferraba a la medalla de San Cristóbal que colgaba de su pecho.

"¿Te importa si estaciono el carro?"—pregunté. "De todos modos necesito un descanso".

"No me importa hija".

"¿Tienes hambre? Hay un sitio de sándwiches cerca"—sugerí.

"Podría ir a por algo de sopa"—dijo mami mostrando su acuerdo.

Encontré estacionamiento enfrente del escaparate y corrimos hacia la puerta. Pusimos las manos encima de la cabeza como intento fallido para protegernos de esta lluvia. ¿Dónde estaba mi paraguas cuando lo necesitaba? Eliminamos la humedad de nuestro cuerpo a la vez que pisábamos sobre la alfombra negra de la puerta que decía bienvenidos. Caminamos hacia la caja y mami hizo lo que parecían ser unas cuarenta preguntas antes de ordenar la sopa de broccoli que siempre pedía. Yo pedí la sopa de papas con queso, demasiadas calorías, pero … ¡oh, muy buena! Caminamos hacia la mesa cercana a la ventana.

"¿De qué hablábamos en el carro antes de que cayera la tormenta?"—preguntó mami.

"¿Alguna mentira?" Levanté mi ceja hacia ella haciendo la gracias.

Mami se rió y yo sonreí. "Honestamente no me acuerdo"—contesté.

Mami se quedó callada y ensimismada en sus pensamientos.

"¿Estás bien?"—pregunté.

Ella tomó un largo suspiro. "Quiero contarte la historia"— dijo con cierto alivio en su hablar.

"¿Historia? ¿Qué historia?"

"¡La historia!"—exclamó. "La historia de tu padre y yo".

"Por Dios, mami. Estamos bien. Ya hemos dejado eso atrás. ¡Ya no me importa!"

"Sé que estamos bien ahora"—explicó. "Me encanta la buena relación que tenemos ahora, pero aun así quiero contarte esta historia".

"¡Han pasado siete años desde nuestro primer viaje a Panamá! No quiero ofenderte, mami, pero no quiero escuchar más mentiras"—dije con un tono de acusación.

Entrecerró sus ojos de forma juguetona manifestando cierto disgusto por mi comentario: "Es muy importante para mí que escuches mi lado de la historia".

"¿Sabes que solo conozco tu lado de la historia? ¿verdad? Ibán jamás dijo nada negativo sobre ti la última vez …"

Entrecerró sus ojos de nuevo, pero esta vez con incredulidad.

"No me importa, mami"—dije en tono calmado y moví mi cabeza.

"¡A mí me importa!"—insistió.

"¡Pues bueno! ¡Listo, me rindo! Pero si me la cuentas, solo quiero escuchar la verdad"—dije.

"Solamente quiero contarte la verdad".